OS SETE DO RIO VERMELHO

ANTHONY RYAN

OS SETE DO RIO VERMELHO

ANTHONY RYAN

Tradução
Isadora Prospero

Planeta minotauro

Título original: *Red River Seven*

Preparação: Bárbara Prince
Revisão: Angélica Andrade e Renato Ritto
Projeto gráfico e diagramação: Matheus Nagao
Capa: Ellen Rockell – LBBG
Imagem de capa: Shutterstock
Adaptação de capa: Isabella Teixeira

Dados Internacionais de Catalogação a Publicação (CIP)
Angélica Ilacqua CRB-8/7057

Ryan, A. J.
Os sete do rio vermelho / Anthony Ryan ; tradução de Isadora Prospero. - São Paulo : Planeta do Brasil, 2024.
240 p.

ISBN 978-85-422-2706-2
Título original: Red River Seven

1. Ficção escocesa 2. Ficção científica I. Título II. Prospero, Isadora

24-3734 CDD E823

Índice para catálogo sistemático:
1. Ficção escocesa

2024
Todos os direitos desta edição reservados à
Editora Planeta do Brasil Ltda.
Rua Bela Cintra, 986, 4º andar – Consolação
São Paulo – SP – 01415-002
www.planetadelivros.com.br
faleconosco@editoraplaneta.com.br

Acreditamos nos livros

Este livro foi composto em Kings Caslon e Battery Park e impresso pela Gráfica Santa Marta para a Editora Planeta do Brasil em agosto de 2024.

Dedicado ao saudoso Nigel Kneale, criador de Quatermass
e mestre do apocalipse de alto conceito.

Nenhum homem pisa duas vezes no mesmo rio,
pois não é o mesmo rio e ele não é o mesmo homem.

Heráclito

CAPÍTULO 1

Foi o grito, não o tiro, que o acordou. Não era um grito humano.

Ele sabia que houvera um tiro — o eco familiar se dissipava e zumbia em seus ouvidos enquanto ele erguia a cabeça, piscando os olhos, que ardiam como numa mistura de sal e garoa. O grito soou de novo enquanto ele mudava de posição para apertar os punhos contra o metal gelado e emborrachado, empurrando uma superfície que subia e descia. Ele se virou com um espasmo na direção do berro, o som agudo e perfurante enviando uma pontada de dor através de seu crânio. Após ele piscar mais algumas vezes, a criatura que gritava entrou em foco, o que confirmou sua natureza inumana.

A gaivota virou a cabeça para ele, uma brisa cortante e incômoda bagunçando suas penas enquanto ela balançava no convés como se estivesse se preparando para alguma coisa. Ele se questionou se o animal pretendia voar contra ele — gaivotas podiam ser violentas —, mas ela só abriu o bico amarelo para grasnar mais uma vez antes de abrir um par impressionante de asas e lançar-se no ar. Seguindo a rota do voo, ele a viu deslizar rente à água cinza revolta antes de desaparecer na névoa.

— Mar... — A palavra arranhou sua língua seca antes de escapar dos lábios. — Estou no mar. — Sem nenhum motivo, isso lhe pareceu incrivelmente engraçado, então ele riu. A intensidade dessa reação o surpreendeu, as gargalhadas altas e sem fôlego fazendo-o cair mais uma vez no convés enquanto se retorcia. *Convés*, percebeu quando o riso esmoreceu. *Estou num barco ou navio.*

Seu impulso imediato foi se erguer novamente e analisar os arredores, mas de novo, por motivos desconhecidos, ele não fez isso. Por um minuto inteiro, permaneceu encolhido e imóvel no chão do convés, o rosto a meros centímetros do revestimento de borracha. O coração disparava enquanto ele tentava descobrir a causa da paralisia. *Estou com medo. Por quê?* O motivo lhe ocorreu com vergonhosa obviedade, e ele quase riu de novo. *O tiro, imbecil. Houve um tiro. Agora se levante antes que atirem de novo.*

Cerrando os dentes, ele empurrou o chão do convés e forçou-se a ficar de joelhos, girou a cabeça em busca de ameaças enquanto os olhos acompanhavam as ondas envoltas na névoa, o rastro branco sobre cinza deixado pelo barco e um bote inflável pequeno, coberto de lona, balançando um pouco em suas amarras. *Barquinho, barcão*, pensou ele, e conteve outro ataque de risos. *Histeria*, corrigiu-se, puxando o ar profundamente.

O que viu ao virar para a direita afastou qualquer vestígio de humor.

O cadáver estava caído contra uma antepara, a tinta cinza-escura colorida pelo jorro vermelho e preto que muito recentemente emanara do crânio do morto. Ele usava um uniforme militar simples e botas, a jaqueta sem qualquer distintivo ou nome. A cabeça pendia para um lado, o rosto era desconhecido — mas, claro, a passagem de uma bala de debaixo do queixo até o topo do crânio altera bastante as feições de uma pessoa. Um braço estava flácido ao seu lado, o outro apoiado no colo, a mão apertando uma pistola.

— M18, Sig Sauer. — As palavras, pronunciadas suavemente, eram um reflexo de reconhecimento. Ele conhecia essa arma. Era uma pistola de serviço padrão do Exército dos Estados Unidos. Capacidade de dezessete balas. Alcance eficaz de cinquenta metros. Porém, mais significativo no momento era perceber que, embora soubesse o nome da pistola, ele não sabia o próprio nome.

Um grunhido escapou dele, expressando uma confusão tão aguda que era quase dolorosa. Ele fechou os olhos, o coração batendo mais rápido que nunca. *Meu nome. Meu nome é... Qual é a porra do meu nome?!*

Nada lhe ocorreu. Só encontrou um vácuo silencioso. Como se estendesse a mão para uma caixa vazia.

Contexto, disse ele a si mesmo, enquanto o medo começava a ceder para o pânico. *Você bateu a cabeça. Sofreu um acidente ou algo assim. Isto é um sonho ou alucinação. Pense num contexto. Um lar. Um emprego. Depois vem o nome.*

Ele grunhiu com o esforço de se concentrar, lágrimas caindo dos olhos enquanto os apertava cada vez mais forte.

Um lar. Nada.

Um emprego. Nada.

Amante, esposa. Nada.

Mãe, pai, irmã, irmão. Nada.

A escuridão que via cintilou nas estrelas, mas ele se recusava a aderir a qualquer coisa familiar. Nenhum rosto e certamente nenhum nome.

Lugares, pensou ele, dominado por um tremor febril. *Nomeie um lugar. Qualquer lugar... Poughkeepsie. Que caralhos? Por que Poughkeepsie?* Será que ele conhecia Poughkeepsie? Seria ele de Poughkeepsie?

Não. Era de um filme. Algo dito por Gene Hackman em um filme. Aquele com a grande perseguição de carros sob o El... *Operação França. Consigo me lembrar de citações de filme, mas não do meu próprio nome?*

Ele levou as mãos à cabeça, batendo nela com um encorajamento punitivo, então parou quando sentiu o cabelo curto que cobria seu couro cabeludo. *Raspado*, percebeu, os dedos apalpando a pele, úmida após um borrifo de água marinha. *Raspado rente...* Os dedos pararam quando encontraram uma interrupção na textura espetada, algo elevado que ia de cima do olho esquerdo até o topo da cabeça. *Cicatriz.*

Hipóteses de acidentes e ferimentos surgiram outra vez, mas se interromperam quando ele notou uma regularidade na cicatriz, cuja linha reta tornava sua natureza clara. *Cirurgia. Alguém abriu minha cabeça.* Ele não conseguiu detectar pontos, o que significava que a incisão tinha sarado. Mas a protuberância elevada e inchada da ferida, por mais caprichada que fosse, o forçava a concluir que o que tinha acontecido fora feito há pouco tempo.

Operado, depois enfiado num barco com um homem morto. Seus olhos voltaram-se ao cadáver de novo, demorando-se com morbidez automática na mancha de matéria vermelha e preta na antepara antes de passar para a pistola. *Mas não estava morto até alguns minutos atrás.* Além disso, ele viu, quando se aproximou aos pouquinhos, lutando contra a náusea e uma aversão instintiva a coisas mortas, que o desconhecido suicida com uniforme militar e arma de serviço tinha a cabeça raspada. Uma inspeção mais atenta das porções intactas do crânio mostrou uma cicatriz lívida que ele presumiu ser idêntica à sua.

Quando recuou, notou outra coisa. Depois de atirar em si mesmo, o pulso do morto tinha caído no colo de tal modo que descobriu a parte de baixo do antebraço, e a manga puxada revelava parte de uma tatuagem. Estender a mão para tomar a pistola foi uma ação surpreendentemente rápida e resoluta, e também o modo como ele acionou a trava de segurança e enfiou a arma na cintura do próprio uniforme.

Memória muscular, refletiu, tomando o pulso do cadáver e empurrando a manga para ver a tatuagem inteira. Consistia em uma única palavra, um nome, gravado na pele em letras precisas e nítidas sem qualquer ornamento: CONRAD.

Ele esperou que o nome disparasse alguma lembrança, agitasse sua memória, fizesse brilhar uma luz, mas novamente só encontrou a caixa vazia.

— Cicatriz — refletiu em voz alta. — Cabeça raspada, roupas. O que mais temos em comum, colega?

Os botões da própria jaqueta estavam fechados, e ele demonstrou uma falta de jeito consideravelmente maior ao abri-los do que fizera ao tomar a pistola do morto — de Conrad. *Você não quer saber o próprio nome?* Ele mordeu a boca para não rir de novo, forçando os movimentos a serem precisos até os botões se soltarem, e puxou as mangas para cima. Também havia uma tatuagem em seu braço direito, na mesma tipografia, com um nome diferente: HUXLEY.

— Huxley. — Ele falou baixinho a princípio, só um sussurro que mal alcançou os ouvidos, e repetiu mais alto quando a caixa vazia foi novamente sua única recompensa. — Huxley. — Nada. — Huxley! — Nada. — HUXLEY!

A palavra saiu mais como um rosnado furioso do que um grito, sem agitar nenhum vestígio de memória, mas provocando uma reação — só que não dele. O barulho veio de dentro da escotilha aberta à direita do corpo de Conrad, um orifício sombrio em que a mente sobrecarregada dele não tinha se dado ao trabalho de reparar até o momento. Os sons eram abafados e difíceis de identificar, talvez uma breve movimentação seguida por uma curta exalação, mas ele não tinha certeza. O que era certo era que ele e o pobre Conrad não estavam sozinhos naquele barco.

Esconda-se! O impulso foi instintivo, automático. Algo que um criminoso pensaria, talvez? Ou só alguém bem sintonizado com as incertezas de uma situação de sobrevivência, porque não havia dúvidas de que era isso que ele estava vivendo. *Sério?*, perguntou a si mesmo. *Tem algum exemplo que queira compartilhar, Huxley? Alguma experiência relevante com certeza seria útil nesta conjuntura em particular.*

Huxley, porém, só pôde se oferecer outra caixa vazia.

Não vou me esconder. O que ele podia ver da embarcação deixava bem óbvio que não era um barco grande, e isso significava que havia poucos lugares onde se esconder. Além disso, quem quer que esperasse naquela escotilha talvez soubesse quem ele era. Ele levou a mão em direção às costas, mas puxou-a de volta antes de agarrar a pistola. Apontar uma arma para as pessoas era um jeito ruim de fazer amigos.

— Oi! — gritou ele para dentro da escotilha, um cumprimento trêmulo e rouco que certamente não passou uma impressão forte. Ele tossiu e tentou de novo, erguendo as duas mãos e entrando na cabine. — Vou entrar, ok? Não estou armado nem nada. Só queria dizer...

A mulher se ergueu de trás de um par de assentos acolchoados, uma pistola Sig Sauer apertada nas duas mãos, o cano um círculo preto, o que significava que estava mirando bem no rosto dele.

— ... oi — terminou ele, os lábios se retorcendo num sorriso fraco.

A mulher o encarou em silêncio por tempo suficiente para que ele absorvesse alguns fatos evidentes. Um: ela tinha a cabeça raspada e uma cicatriz, assim como ele e Conrad. Dois: ela usava um uniforme sem distintivos, assim como ele e Conrad. Três: pelo jeito como sua mão tremia e suas narinas se inflaram enquanto ela puxava o ar depressa, dominada pela adrenalina, ela estava aterrorizada e reunia coragem para matá-lo.

Como exatamente encontrou a coisa certa para dizer no momento, ele não sabia, mas as palavras saíram fáceis e calmas de sua boca, livres de ameaça ou súplica ou qualquer coisa que pudesse levá-la a apertar o gatilho em pânico.

— Você não sabe seu nome, sabe? — perguntou ele.

Ela franziu a testa. A combinação da roupa militar e da cabeça raspada tornava difícil adivinhar sua idade. Trinta, talvez mais velha? Ele via principalmente medo em seu rosto, mas também uma inteligência afiada nos olhos, que entretanto não parou o tremor preocupante da arma.

— Qual é o *seu* nome? — perguntou ela, com um sotaque americano, costa leste. Boston, talvez. Como ele sabia disso?

— Não faço ideia — respondeu ele, virando o braço erguido para mostrar a tatuagem. — Mas acho que você pode me chamar de Huxley. Como eu chamo você?

Ela franziu a testa ainda mais, outra onda de temor fazendo suas feições se contraírem antes que ela estremecesse, forçando-se a se controlar.

— Fique aqui — disse ela, dando um passo lento para trás, seguido por mais dois. Enquanto isso, ele permitiu que seus olhos perambulassem pela cabine. Era pura funcionalidade militar, sem adornos. Cabos revestidos cobriam as paredes e saíam no convés. Outra escotilha à direita tinha uma escada que levava para baixo. Atrás da mulher com a pistola, o convés se erguia alguns centímetros e havia um trio de assentos acolchoados vazios diante de um tipo de painel de controle equipado com um conjunto de monitores e botões, mas sem volante. *Leme*, ele se corrigiu. *O volante de um barco chama-se leme. Você não sabe de nada?* Os monitores eram telas planas e modernas protegidas por plástico reforçado, pretos e desligados, apesar de ser óbvio que o barco estava em movimento e, até onde ele podia ver, sob controle. Além do painel de controle, três janelas inclinadas mostravam um céu cinza e um mar oscilante e enevoado.

— Ouvi um tiro — disse a mulher, fazendo-o se concentrar nela outra vez. Ainda apontava a pistola para ele, o braço estendido enquanto abria os botões da manga.

— Tem outra pessoa lá fora. — Ele apontou a cabeça por cima do ombro. — Morto. Parece que atirou em si mesmo. Se chama Conrad, pelo menos de acordo com a tatuagem.

Rolando a manga até o cotovelo, ela olhou para o nome revelado e então mudou a arma de mão para mostrar a ele: RHYS.

— Você conhece esse nome? — perguntou ela, a voz tingida com uma acusação desolada que indicava que ela já sabia a resposta.

— Não mais do que conheço este. — Ele ergueu a própria marca outra vez. — Ou Conrad. Desculpe, moça. Você é uma estranha para mim, assim como eu sou pra você e, por sinal, para mim mesmo. Cá estamos, dois amnésicos num barco. Talvez apontar armas um pro outro não seja uma ideia tão boa se quisermos descobrir o que está acontecendo.

— Como eu vou saber que esse Conrad atirou em si mesmo? — perguntou ela, os olhos afiados reluzindo.

— Não vai. Assim como eu não sei se você atirou nele e fez parecer suicídio. Eu não vi acontecer, afinal.

Ele viu os olhos dela passarem à sua cicatriz, sua mão livre movendo-se para explorar a própria.

— Cirurgia, certo? — disse ele. — Parece que alguém ficou fuçando aqui em cima.

A mão com a arma se abaixou lentamente enquanto ela continuava apalpando a cicatriz.

— Menos de um mês atrás — disse ela, dando meio passo para a frente e apertando os olhos para a cicatriz dele. — O mesmo pra você. Julgando pela cicatrização.

— Você entende dessas coisas? É médica? Cirurgiã?

A confusão tomou o rosto dela conforme o medo retornava, a resposta emergindo como um murmúrio desesperado.

— Eu não sei.

Ele começou a formular outra pergunta, algo com a intenção de desencavar conhecimentos médicos, mas um grito alto e furioso vindo da direção da escada o fez levar a mão à pistola de Conrad.

— Não! — Rhys ergueu a própria arma de novo, as duas mãos no cabo, o dedo apoiado no protetor de gatilho. Uma empunhadura experiente que, ele notou, espelhava a sua.

— Relaxe, moça — disse ele.

— Não me chame assim! — O dedo dela estremeceu. — Eu odeio, porra!

— Como você sabe que odeia?

Ela hesitou, cerrando a mandíbula e rangendo os dentes. *Enfiando a mão na própria caixa vazia*, concluiu ele, e decidiu que seria melhor não permitir que ela refletisse por muito tempo.

— Parece que temos companhia. — Ele apontou para a escada. — Talvez seja melhor nos apresentarmos.

Ela se encolheu quando outras vozes soaram lá de baixo, mais altas que antes, sobrepondo-se em uma algazarra confusa.

— Você primeiro — disse ela, abaixando a pistola, mas não completamente dessa vez.

A escada era íngreme e claramente projetada para ser descida encarando os degraus, algo que ele não estava preparado para fazer. Com a mão agarrando um dos lados, ele apoiou os calcanhares cuidadosamente em cada degrau enquanto descia, notando pela primeira vez que usava um par de botas de combate levemente arranhadas. Sentiu um impulso agudo de sacar a pistola, mas resistiu devido à mulher assustada às suas costas. Se alguém na cabine abaixo sentisse a necessidade de atirar nele, Huxley não teria muito a fazer quanto a isso. Felizmente, ele os encontrou ocupados com outra coisa.

— Fale! — grunhia um homem alto, com um braço musculoso ao redor do pescoço de um sujeito consideravelmente menor. O homem alto segurava uma arma Sig Sauer contra a têmpora do mais baixo, pressionando a boca do cano com força contra a pele dele. Não foi surpreendente ver que ambos tinham a cabeça raspada e cicatrizes de cirurgia. Assim como as duas mulheres encostadas em um par de beliches, ambas rígidas e indecisas. — Me diga quem você é! — O homem mais alto apertou mais a pistola, tirando um arquejo assustado da vítima.

— Ele não sabe.

Todos os olhos se viraram para Huxley, já na metade da escada. As duas mulheres recuaram enquanto o homem alto, previsivelmente, encontrou um novo alvo.

— Quem é você, caralho? — Sotaque britânico, forte e nítido. Um par de olhos duros cintilava acima da mira da pistola; nem a voz nem a arma demonstravam o tremor incerto de Rhys.

Huxley riu, o humor resistindo enquanto descia o resto da escada. Havia uma mesa baixa no pequeno corredor entre os beliches e ele jogou a própria arma nela, apoiando as mãos nas beiradas e apertando com força até conseguir parar de rir.

— Senhoras e senhores — disse ele, endireitando-se e erguendo as mãos. — Bem-vindos ao novo Especial de Sábado à Noite: *Quem é você, caralho?* Eu sou seu anfitrião, Huxley. — Ele virou o braço para mostrar a tatuagem. — Aparentemente. Esta noite nossos participantes vão competir pelo prêmio de um milhão de dólares se puderem responder a uma única pergunta simples. Vocês conseguem adivinhar qual é?

Ele fitou o homem alto em silêncio, vendo as feições se contraírem e estremecerem com a mesma confusão profunda e agonizada que todos ali compartilhavam. Grunhindo, o homem alto soltou o outro e o empurrou para longe.

— Ele tentou pegar minha arma — resmungou.

— Pareceu uma precaução sensata. — O homem mais baixo falava com um leve sotaque que apontava origens europeias, mas que havia sido engolido em grande parte pelo inglês fluente para ser identificável. — Sendo que você é o maior entre nós. — Ele correu a mão hesitantemente pela cabeça antes de abrir os botões da manga direita. Enrolando-a, revelou um antebraço esguio e um nome inscrito: GOLDING.

— Plath — disse uma das mulheres, mostrando o próprio braço. Para Huxley, ela parecia a mais jovem do grupo, mas não muito. Perto dos trinta anos, no mínimo.

— Dickinson — disse a outra mulher. Era a mais velha do grupo, mas esguia, toda músculos de crossfit e faces angulares.

— Que tripulação literária nós somos — disse o homem alto, estendendo o próprio braço para revelar o nome PYNCHON.

— Escritores? — perguntou Golding, semicerrando os olhos para a própria tatuagem.

— É. — Pynchon traçou um dedo sobre as letras gravadas na pele. — *O leilão do lote 49* é um ótimo livro. Eu sei disso do mesmo jeito que sei que o céu é azul e a água é molhada. Mas não sei dizer onde ou quando o li.

— Me faz pensar no que mais a gente sabe — disse Huxley. Ele olhou para a pistola na mesa, lembrando da facilidade com que recitara seu nome e especificações. Esforçou-se para pensar em outro exemplo, mas Rhys falou primeiro.

— A capacidade do pulmão do homem adulto médio é seis litros. — Ela se moveu até o lado de Huxley. Qualquer senso de camaradagem que o gesto pudesse ter transmitido foi dissipado pela tensão com que ela cruzou os braços, os músculos se flexionando e as veias nítidas sob a pele. Como Dickinson, ela tinha músculos de academia, mas não era muito trincada: era resultado de um trabalho de meses, não de anos. — Algo que eu só... sei — disse ela, os olhos percorrendo o grupo.

— Em condições árticas, um ser humano requer mais de 3.600 calorias por dia — afirmou Dickinson. — A altura do Matterhorn é 4.478 metros.

Golding falou em seguida, irritando Huxley com a cadência ainda irreconhecível da voz:

— Benjamin Harrison foi o 23º presidente dos Estados Unidos.

— E o 34º? — perguntou Huxley.

— Dwight D. Eisenhower.

— E o 45º? — perguntou Plath.

Golding fez uma careta enojada.

— Não acho que devo mencionar em companhia educada.

Pynchon bufou e olhou ao redor da cabine, os olhos se demorando em vários detalhes enquanto falava.

— Este é um barco-patrulha Mark VI da Marinha dos Estados Unidos, classe Wright. Tem um sistema de propulsão a jato impulsionado por motores a diesel gêmeos de 5.200 cavalos. Velocidade máxima de 45 nós. Raio de ação máximo de 750 milhas náuticas.

— O que nos leva à questão — disse Plath, olhando para o teto — de quem está pilotando.

— Ninguém — disse Huxley. — Não há... leme. Mas definitivamente estamos em rota para algum lugar.

— Então onde estamos?

— No meio do oceano. — Huxley deu de ombros. — Bom, algum oceano. Vi uma gaivota.

— Não estamos longe da terra, então — disse Golding.

— Isso é meio que um mito — informou Pynchon. — Gaivotas podem ser encontradas a centenas ou milhares de quilômetros mar adentro.

— Nós sabemos todas essas coisas — falou Dickinson, com a deliberação precisa de alguém expressando pensamentos recém-organizados —, mas não nossos próprios nomes. Claramente temos especialidades e conhecimentos. Portanto, é razoável concluir que fomos colocados neste barco por uma razão.

— Algum experimento doentio — sugeriu Huxley. — Tiraram nossas memórias e nos enfiaram num barco com armas carregadas pra ver o que acontece.

Dickinson balançou a cabeça.

— Não consigo ver um propósito nisso.

— E remover lembranças específicas simplesmente não é possível — disse Rhys, erguendo uma mão à cicatriz e a abaixando de novo. — A memória não reside em uma região exata e distinta do cérebro. Remover a capacidade de lembrar a história pessoal, mas manter conhecimentos e habilidades adquiridas, está além de qualquer coisa que já li em periódicos de neurociência. — Ela fechou os olhos e suspirou. — Ou que penso ter lido. No momento, não consigo me lembrar de um único exame ou consulta com paciente, mas *sei* que já os fiz.

— Conrad talvez soubesse — disse Huxley. — Deve ter tido algum motivo pra fazer o que fez.

— E quem exatamente é Conrad? — perguntou Pynchon.

— Entrada e saída onde esperaríamos que estivessem. — Rhys se agachou para examinar de perto o buraco irregular embaixo do queixo de Conrad. — Queimaduras de contato na derme cercando o ferimento. — Ela recuou do corpo, inclinando a cabeça minimamente na direção de Huxley. — Se foi encenado, é um trabalho convincente.

— Se eu o tivesse matado — respondeu Huxley —, por que o deixaria aqui em vez de só jogá-lo no mar?

— A desconfiança é inevitável nessas circunstâncias — falou Dickinson, o rosto severo enquanto observava o corpo. — E você foi o primeiro a acordar, até onde sabemos.

— Não, *ele* foi o primeiro a acordar. — Huxley apontou com o queixo para Conrad. — Mas tenho bastante certeza de que fomos colocados nos beliches quando tudo isso começou. — Ele ergueu a segunda pistola em sua posse, aquela encontrada em uma cama vazia na cabine de baixo. — Acho que esta era minha. Eu a deixei lá quando acordei, cambaleei até aqui, talvez seguindo Conrad, talvez não. Não lembro. Só sei que, quando acordei, ele estava aqui.

— Então por quê? — questionou Golding. Ele tinha se posicionado perto do bote inflável, e Huxley notou o cuidado com que o examinava, em busca de sinais de dano. — Será que não lembrar quem era o levou ao suicídio?

— Talvez a reação dele tenha sido mais severa do que a nossa — sugeriu Rhys. — Qualquer que seja o procedimento a que fomos submetidos, é óbvio que foi bem radical, possivelmente até experimental. Faria sentido haver alguns efeitos colaterais inesperados.

— Ou... — Huxley pousou os olhos nas feições flácidas e exangues de Conrad, perguntando-se se haveria alguma expressão ali, um leve vinco nas sobrancelhas ou ângulo nos lábios que apontasse para desesperança. Ou talvez o rosto de qualquer cadáver fosse como um teste de Rorschach e ele visse o que esperava ver.

— Ou o quê? — instou Rhys.

— Ou ele lembrava — terminou Huxley. — A operação não funcionou e ele lembrava por que estamos neste barco. Se for o caso, parece que não estava muito animado para a viagem.

— Toda essa especulação é inútil — falou Dickinson. — Só podemos tomar decisões com base no que sabemos. E o mais importante é descobrir onde estamos e qual é o nosso destino. — Ela se virou para Pynchon. — Até agora, só um de nós demonstrou qualquer conhecimento detalhado desta embarcação.

Pynchon estava parado na escotilha, um braço musculoso apoiado no batente, a expressão congelada em concentração cuidadosa. Gesticulando para o céu enevoado e a neblina que flutuava sobre as ondas além da amurada, ele disse:

— Não temos bússolas nem mapas. Podemos estar em qualquer lugar. — Ele parou, balançando a cabeça enquanto a testa se franzia ainda mais, e acrescentou em um murmúrio suave: — É estranho essa neblina ainda não ter se dissipado.

— Se eu pudesse ver o sol — começou Dickinson, semicerrando os olhos para o céu nublado —, tenho certeza de que conseguiria estimar nossa direção. Com base no ângulo da luz, imagino que estamos seguindo uma trajetória oeste. Se a névoa se dissipar até à noite, as estrelas vão nos dar uma estimativa aproximada da nossa posição geral no planeta. — Ela apontou para além da frente da cabine superior. — E os controles?

— Venham ver. — Eles seguiram Pynchon até os assentos acolchoados, onde ele estendeu uma mão e bateu em um painel de aço cinza no centro do painel de controle. — Um barco-patrulha classe Wright é guiado com um joystick e um acelerador que ficariam aqui. Como podem ver, não há nada disso aqui. Este barco está no piloto automático. — Ele bateu os dedos nas telas pretas. — Além disso, não há displays. Não há GPS. Não há bússola. Nem um relógio. Dei uma olhada rápida lá em cima e tem um sensor LIDAR que imagino que possibilite o uso do piloto automático, evitando obstáculos e mantendo uma rota reta, mas não há radar nem antena de rádio.

— Não querem que a gente saiba onde estamos — concluiu Huxley.

Pynchon franziu as sobrancelhas em concordância sombria.

— E não temos como mudar de rota.

— E quanto ao bote inflável? — perguntou Golding.

— Não tem motor de popa — respondeu Huxley. — Acho que você deixou isso passar quando estava procurando buracos no casco. Também aposto que, se olhar lá dentro, não vai achar remos. Então, a não ser que queira zarpar nele e boiar pelo oceano até morrer de desidratação, não é uma grande saída de emergência. Alguém está muito determinado a nos manter neste barco.

Um silêncio prolongado se estendeu sobre eles enquanto submergiam em medo ou cálculos. Vendo como cada rosto tendia mais ao segundo do que ao primeiro, Huxley concluiu que, uma vez que a onda inicial de incerteza e terror tinha esmaecido, aquelas pessoas tinham virado um tipo de gente que tem uma resistência arraigada ao pânico.

Até Golding, embora lançasse alguns olhares decepcionados para o bote inútil, demonstrava mais concentração do que estresse. *Fomos escolhidos*, decidiu Huxley. *Selecionados. Todos nós. Não estamos aqui por acidente.*

— Dickinson tem razão — disse ele. — Precisamos estabelecer o que sabemos. Não só sobre este barco, mas sobre nós. Especificamente, quais são nossas habilidades, porque, se estamos procurando motivos para tudo isso, imagino que é aí que vamos encontrá-los.

CAPÍTULO 2

Previsivelmente, foi Rhys quem encontrou as outras cicatrizes. O céu escureceu pouco depois que eles inspecionaram o que Pynchon chamou de casa do leme. As luzes, que presumiram ser acionadas por um sensor, se acenderam nos conveses da proa e da popa, o que Huxley sentiu que aumentava, em vez de aliviar, a impressão de isolamento. A névoa não tinha se dissipado, negando-lhes mesmo um vislumbre das estrelas ou da lua, e o mar se tornara um redemoinho preto como tinta, cheio de ameaças de profundidade desconhecida. Além do alcance das luzes não havia nada, o barco estava isolado feito um pontinho brilhante em um vazio anônimo e infinito.

Todos concordaram com a sugestão de Dickinson de conduzir uma inspeção minuciosa na embarcação antes de mergulhar mais fundo nas habilidades de cada um. Entretanto, isso foi logo interrompido por um período de indecisão sobre o que fazer com Conrad. Sugestões de cobri-lo com a lona do bote inflável logo deram lugar à opção mais pragmática de entregá-lo às ondas.

— Sem refrigeração, ele vai apodrecer bem mais rápido do que vocês imaginam — disse Rhys. — E não fazemos ideia de quanto tempo vamos passar nesta banheira.

Eles revistaram os bolsos vazios do corpo, depois Pynchon e Huxley o ergueram, parando em seguida, pois Rhys notou algo quando a camiseta verde-oliva descorada de Conrad saiu de dentro do cós.

— Esperem, abaixem ele.

Rhys rolou Conrad de lado no convés, erguendo a camiseta para revelar cicatrizes em suas costas. Havia duas, uma de cada lado, alguns centímetros abaixo das costelas.

— Mais cirurgias — disse Huxley, o que provocou uma troca de olhares significativos antes que todos começassem a puxar a própria camiseta. As cicatrizes de Huxley pareciam estar no mesmo estado que aquela em sua cabeça: protuberantes, mas sem pontos. — Não é aqui que ficam os rins? — perguntou ele a Rhys.

Ela passou um momento apalpando o próprio conjunto de marcas e então se ergueu para examinar as dele.

— Não ficam longe. Pacientes de transplante renal têm incisões em pontos parecidos. Essas são mais largas do que o normal, e incisões duplas são raras para transplantes.

— Alguém tirou nossos rins? — Os olhos de Golding se arregalaram enquanto ele apalpava as costas, nervoso.

Rhys lhe deu um olhar levemente desdenhoso.

— Não. Se tivessem, estaríamos todos mortos.

— Eles puseram alguma coisa ou tiraram alguma coisa — disse Huxley, recebendo um aceno sombrio em resposta.

— Sem um raio-X, não temos como saber qual dos dois foi.

— E ele? — Pynchon cutucou Conrad com a ponta da bota. — Não é como se uma autópsia fosse matá-lo.

Rhys lhe lançou um olhar depreciativo que logo deu lugar a uma expressão contemplativa.

— Tenho quase certeza de que não sou patologista. A não ser que o procedimento seja óbvio, provavelmente não saberei dizer o que foi.

— Ainda assim — disse Pynchon —, vale a tentativa, não acha?

Rhys franziu o cenho, os braços cruzados em um gesto que Huxley suspeitava ser sua resposta primária ao estresse.

— Vou precisar de um bisturi — disse ela. — Ou de uma faca bem afiada.

Eles encontraram uma faca de combate nas mochilas em estilo militar que Pynchon desenterrou debaixo das tábuas de madeira na cabine da tripulação. Havia sete no total, todas com o mesmo conteúdo: faca, lanterna LED, óculos de visão noturna, um cantil cheio de água, rações secas para três dias, kit de primeiros socorros, três pentes para as pistolas deles e mais cinco para as carabinas M4 que tinham sido deixadas ao lado de cada mochila.

— Não economizaram nos armamentos, né? — observou Huxley, erguendo uma das carabinas. Como acontecera com a pistola, suas mãos se moveram com familiaridade automática para puxar o ferrolho e verificar se a câmara estava vazia antes de ejetá-la e reinserir o cartucho. — Faz a gente se perguntar para que tudo isso deveria servir.

— Tem uma metralhadora automática de 25 milímetros na proa também — disse Pynchon. Sua inspeção das armas tinha sido consideravelmente mais minuciosa: ele as dispusera na mesa e as desmontara em suas principais partes constituintes antes de montá-las de volta, tudo em um intervalo de poucos minutos. — Inativa, mas o equipamento de mira está intacto e ainda consumindo energia. Eles tiraram o radar e o GPS, mas nos deixaram uma arma grande pra caralho. Parece improvável que tivessem feito isso se não esperassem que a usássemos em algum momento.

— Isso é um rádio? — perguntou Plath, enfiando a mão no compartimento para pegar um de dois objetos adicionais. Tinha mais ou menos o tamanho de um smartphone, mas era feito de aço duro pintado de preto, com uma antena curta saindo de uma ponta. Também contava com uma pequena lente bulbosa de um lado. Huxley notou que a destreza com que ela manuseou o dispositivo e o escrutínio afiado em seu olhar a faziam parecer mais velha do que sua estimativa inicial.

Lá estava uma pessoa acostumada com tecnologia, mesmo que não a reconhecesse.

— É um rastreador — disse Pynchon. — Ele envia dois tipos de sinal de localização: infravermelho e de rádio. É usado para guiar ataques aéreos até um alvo.

— "Ataques aéreos" — repetiu Huxley num murmúrio, achando que o termo estava longe de ser reconfortante.

Pynchon guardou os dois rastreadores na própria mochila.

— É bom saber que podemos receber algum apoio aéreo.

O inventário também incluía duas cordas enroladas, cada uma afixada a um gancho de escalada de aço com garras retráteis.

— Cinquenta metros de extensão — disse Dickinson, virando cada corda com mãos claramente experientes. — Corda de escalada estática básica. Limite de peso de 1.800 quilos. — Ela olhou para o compartimento vazio e fez uma careta. — Nada de ascensor ou mosquetão. É bom a gente torcer para não ter nenhuma escalada séria à frente, ou estamos fodidos.

Eles encontraram outras duas tábuas, que se recusaram a se mover, apesar de grandes esforços.

— Deve ter algo aí — concluiu Pynchon, enxugando suor da testa. — Por que selar um contêiner vazio?

Huxley bateu a bota na beirada da tábua e notou como ela não cedeu nem um centímetro.

— Algo que não temos permissão de ver. Pelo menos não ainda.

Rhys se ocupou em abrir Conrad, mostrando pouca hesitação e sem lavar as mãos antes, como Huxley esperava. Após deitar o corpo de rosto para baixo na popa do barco, ela inseriu a ponta da faca de combate no fim da cicatriz da direita e começou a cortar. Huxley pensou que Golding seria o primeiro a vomitar, mas, para sua surpresa, Dickinson foi antes dele, correndo até a amurada e inclinando-se para o vento carregar o vômito para longe. Golding se juntou a ela pouco depois, enquanto Plath, embora claramente nauseada, ficou em pé e assistiu a toda a operação, assim como Pynchon, que só revelou sua náusea com algumas caretas. Além de Rhys, Huxley foi o menos afetado, sofrendo apenas com uma pequena pontada de repugnância quando a faca abriu a pele e liberou um fluxo gosmento de sangue parcialmente coagulado.

Já vi isso antes. Outra coisa que ele sabia, mas não sabia como. Decerto não era médico, e não achava que fosse patologista, mas não havia dúvida em sua mente de que aquele não era o primeiro corpo que via ser aberto.

— Não há sinais óbvios de doença — disse Rhys, grunhindo enquanto puxava um objeto vermelho, do tamanho de um pulso, da incisão aberta. Ela pegou seu cantil, lavou o rim e ergueu para a luz da lanterna de Huxley. Enquanto ela o virava de um lado para o outro, Huxley viu sua testa se vincar.

— Achou algo? — perguntou.

— Isto — ela bateu a lâmina da faca no que parecia ser um pedaço de cartilagem pálida na porção superior do órgão — é a glândula adrenal. Parece maior que o normal, mas não muito. Com certeza não o suficiente para justificar uma suspeita de doença. — Ela olhou o rim outra vez e então, suspirando, o jogou de lado. — Não tem muito mais que eu possa fazer sem equipamento adequado. O que quer que tenha sido feito conosco não deixou sinais claros.

— E agora? — perguntou Golding.

Erguendo-se, Rhys jogou a faca no convés e usou o resto da água no cantil para lavar as mãos antes de lançar um último olhar para o cadáver flácido e profanado de Conrad.

— Um funeral parece necessário.

Ninguém sugeriu dizer nada à guisa de ritual. Huxley segurou os braços do homem, e Pynchon, as pernas, e juntos eles ergueram Conrad e o jogaram por cima da amurada. Ele borrifou um pouco de água, rolou e boiou brevemente enquanto a correnteza o carregava até o rastro do barco, onde ele logo desapareceu em meio ao redemoinho preto e branco. A ausência de qualquer sentimento fez Huxley se perguntar se indiferença impiedosa era outra característica que os tinha colocado naquele barco.

— Certo — disse Dickinson, sua postura um pouco rígida. Huxley imaginou que, na visão dela, vomitar era um vergonhoso lapso de fraqueza. Aquela, decidiu ele, era uma mulher com um senso arraigado de autocontrole e um desejo de impor sua autoridade. — Habilidades.

Pynchon era um soldado. Isso pelo menos era óbvio. Sabia recitar uma infinidade de jargões relacionados a armamentos, sem pausar ou hesitar. Entretanto, qualquer indicação de onde tinha aprendido isso — junto com seu nome, patente e número de série — tinham sido apagados de sua mente. Também descobriram que o nome em seu antebraço não era sua única tatuagem. Espirais célticas e góticas decoravam seus bíceps e ombros, interrompidas cá e lá por trechos vazios que contrastavam com a impressão geral de um design coeso.

— Insígnias de unidade, talvez — disse Huxley. — Tiradas a laser. Eles não querem mesmo que a gente tenha qualquer pista sobre nossa identidade.

— Você fica dizendo "eles" — apontou Golding. A concentração que Huxley tinha notado antes estava de volta, mas intensificada por olhos semicerrados e evidentemente desconfiados. — Quem são eles?

— Ah. — Huxley jogou as mãos para o alto. — Agora você me pegou. Fui lascado pela minha própria arrogância. "Eles" são um secreto grupo de conspiradores marcianos, reptilianos e globalistas que comem crianças arianas no café da manhã e nos prenderam neste barco como parte de seu esquema infinitamente opaco e incompreensível para fazer seja lá o que queiram fazer. — Ele sustentou o olhar de Golding, firme e sem humor. — Eu não sei quem eles são, caralho. Então que tal a gente descobrir quem *você* é?

Como antes, o instinto de Golding tendia a fatos históricos.

— Em 1848, ambos os navios da malfadada Expedição Franklin para encontrar a Passagem do Noroeste ficaram presos no gelo no estreito de Victoria. Tentativas de caminhar até um lugar seguro fracassaram, e os sobreviventes da tripulação recorreram ao canibalismo antes de perecerem de hipotermia e fome. — Ele parou para oferecer um sorriso fraco e pesaroso. — Não consigo imaginar por que isso me veio à mente.

Uma sequência de perguntas aleatórias revelou que Golding era um repositório de uma considerável quantidade de fatos, desde os triviais até os vagamente relevantes.

— Um dos primeiros exemplos de como lesões cerebrais afetam a personalidade vem da história de Phineas Gage, um homem que passou por uma mudança de personalidade radical após um acidente com alguns explosivos fazer com que uma cavilha de ferrovia perfurasse seu crânio...

— Você é historiador — cortou Huxley. — Eles devem ter pensado que trazer uma biblioteca de referência ambulante seria útil.

— Torna o que eles fizeram com a gente ainda mais impressionante — comentou Rhys, novamente passando a mão sobre a própria cicatriz. — Deixar tanta informação pra trás ao mesmo tempo que tiraram tanta coisa.

— *Se* eles deixaram alguma coisa — disse Plath. A princípio, Huxley tinha julgado seu sotaque como britânico, que nem o de Pynchon, mas alguns degraus mais alto na escada de privilégios. Naquele momento, detectou uma nota antípoda nas vogais que a fez parecer uma expatriada australiana de longa data. Ela era a mais reticente do grupo, ouvindo tudo com uma expressão cuidadosamente neutra que Huxley sabia ser uma máscara. Ele via isso no jeito como ela mantinha as mãos nos joelhos, sentada na beira de sua cama de beliche, as costas retas, o peito subindo em intervalos cuidadosos e regulares. Controle de respiração era uma técnica padrão para lidar com o pânico, e pelo visto tão arraigada nela que era mais instinto que memória.

Não é como o restante de nós, decidiu ele. *Uma substituição de último minuto, talvez? Ou só estavam com falta de recrutas?*

— Em que sentido? — perguntou ele.

Plath engoliu antes de responder, a voz modulada para livrar-se do tremor que sem dúvida ameaçava se revelar a qualquer momento.

— Phineas Gage, lembram? A lesão cerebral o mudou, transformando-o em outra pessoa. Como sabemos que não aconteceu o mesmo com a gente?

Uma pausa enquanto olhares trocados se tornavam caretas de introspecção desconfortável, uma confusão dolorida evidente em cada rosto.

— Não sabemos — disse Rhys, oferecendo a Plath um sorriso que era quase uma careta. Se ela pretendia parecer reconfortante, fracassou. — Não temos como saber. Só podemos determinar o que sabemos neste momento. O que nos leva a você.

— Não tenho certeza. — Plath balançou a cabeça. — Não sinto que sou especialmente boa em nada.

— Estou bem seguro de que você não estaria aqui se fosse o caso — disse Huxley. — Precisamos nos concentrar, ser granulares.

Ela semicerrou os olhos para ele.

— Granulares?

— Pensar nos detalhes. Pequenas perguntas para revelar o cenário maior. Me dê um nome, qualquer nome, o primeiro que vier à cabeça.

— Smith.

Golding deu uma bufada depreciativa.

— Bem útil. — Ele empalideceu e se calou após um olhar severo de Pynchon.

— Uma canção — disse Huxley, voltando a olhar para Plath. — Fale, não pense.

— "Someone to Watch Over Me".

— Bela canção. — *Mas não revela nada.* — Uma cor.

— Verde.

— Um número.

— Duzentos e noventa e nove milhões, setecentos e noventa e dois mil, quatrocentos e cinquenta e oito. — Plath piscou, inclinando a cabeça enquanto os pensamentos giravam em sua mente. — É a velocidade da luz no vácuo, em metros por segundo.

Rhys se inclinou para a frente em sua cama, o olhar atento no rosto de Plath.

— Nomeie as partes constituintes de um átomo.

— Prótons, nêutrons e elétrons. — Plath fechou os olhos. — O peso atômico do hidrogênio é 1,008. A fusão nuclear ocorre em temperaturas acima de um milhão de Kelvin...

— Já entendemos — disse Golding. — Você é cientista.

— Física — corrigiu Rhys. — Se fôssemos comparar QIs, imagino que já teríamos a vencedora.

— Sei não. — Golding arqueou uma sobrancelha para Huxley e Dickinson. — Ainda temos dois competidores.

— Sou alpinista — disse Dickinson. — Sei dizer as alturas e abordagens mais comuns para todas as principais montanhas escaláveis da Terra, e um monte de outras que não costumam ser conhecidas na cultura popular. — Ela deu uma risada curta e claramente forçada. — Meio estranho alguém decidir enfiar uma alpinista num barco, hein?

— É só isso? — perguntou Huxley. — Só montanhas? Nada de família? Pessoas?

— Não, só fatos e números. Sei um monte de coisas sobre os efeitos de climas extremos, especialmente o frio, então imagino que não me satisfazia só em escalar montanhas. Já devo ter feito algumas expedições polares também... — Seu olhar ficou distante, e ela abaixou a cabeça. Huxley viu vincos em sua testa, e um grunhido baixo escapou dos lábios de Dickinson. Quando falou de novo, sua voz estava muito mais suave do que os tons estridentes de um momento antes. — Aurora boreal, eu me lembro disso.

— As luzes do norte — disse Rhys. — O tipo de coisa que deixa uma forte impressão em quem viu pessoalmente.

— Não. — Dickinson piscou com força algumas vezes, uma veia se destacando na têmpora. — Parece mais do que só uma lembrança. Parece um momento, algo significativo. — Mais piscadas e um leve estremecimento enquanto ela se esforçava para recuperar qualquer que fosse o fiapo de memória que tinha desencavado. — É difícil. Quanto mais tento alcançar, mais dói. Mas acho que havia outra pessoa comigo quando vi a aurora, alguém que eu conhecia, alguém importante para mim.

— Marido? — insistiu Huxley. — Irmã? Esposa?

— Eu... — Ela suspirou e balançou a cabeça, uma nota levemente sardônica colorindo a voz enquanto dizia a frase que em um tempo curtíssimo todos eles haviam passado a temer. — Eu não sei.

— A amnésia é quase sempre temporária — disse Rhys. — Seja induzida cirurgicamente ou não. O cérebro é muito bom em se autorreparar. Não pare de pensar na aurora boreal. Isso pode forçar conexões, até levar a uma recuperação parcial.

— Parcial? — perguntou Pynchon. — Está dizendo que há uma chance de nunca nos lembrarmos de quem somos?

— Quero dizer que essa situação toda é uma bagunça do caralho e eu não tenho mais informações do que você sobre o melhor jeito de lidar com isso. — Rhys respirou fundo para se acalmar e passou o foco para Huxley. — Parece que é sua vez.

— É, eu estive me perguntando sobre... — começou ele, mas Golding o cortou.

— Você é policial. Detetive. Agente do FBI, talvez. — Ele deu de ombros em resposta à careta aborrecida de Huxley. — O jeito como você fala as coisas, as perguntas em particular. Tudo tem um ar muito processual. Parece bem óbvio.

— Definitivamente — concordou Pynchon.

— Certo. — Huxley conteve sua irritação com esforço, perguntando-se por que a percepção deles o incomodava tanto. — Detetive. — Ele bateu no peito. — Alpinista ou exploradora polar. Física. Médica. Soldado. Historiador. Todos juntos no mesmo barco. O que isso nos dá?

— O começo de uma piada bem merda? — sugeriu Golding.

— Especialistas — disse Pynchon, ignorando-o do jeito que alguém ignora o zumbido de fundo de uma televisão. — Uma equipe composta de especialistas, o que implicaria em uma missão, o que, por sua vez, implicaria em um objetivo.

— Estamos a caminho de algum lugar. — Os olhos de Huxley vagaram pelo teto, o zumbido constante dos motores alto em seus ouvidos. — Para fazer alguma coisa.

— Alguma coisa que envolve armas. — Rhys apontou para os armamentos na mesa. — E um barco cheio de pessoas muito inteligentes e capazes, sem nenhuma lembrança de quem são.

Isso trouxe um interlúdio de conjecturas silenciosas, e Huxley se encolheu quando a confusão dolorosa se espalhou por ele de novo.

— Mais alguém sente dor quando tenta lembrar? — perguntou ele, recordando o desconforto de Dickinson em desenterrar o que potencialmente era sua única experiência real.

— Pode apostar — disse Rhys. — Achei que pudesse ser um efeito da cirurgia. Mas se não formos só nós duas... — Ao receber acenos confirmatórios dos outros, ela fez uma careta. — Então não é acidental.

— Terapia de aversão — disse Huxley. — Quanto mais nossas tentativas de lembrar doerem, menos vamos querer fazer isso.

— Mas por quê? — perguntou Dickinson, e a completa incapacidade deles de responder prenunciou outro silêncio, mais prolongado.

Foi Golding quem falou primeiro, uma ansiedade crescente erguendo sua voz uma oitava.

— Eu não posso ser o único pensando que deve ter um jeito de virar este barco.

— Os controles estão selados — disse Pynchon. — Eu dei uma olhada nos motores; mesma coisa. E não temos ferramentas além de armas e facas.

— Os motores são a diesel, imagino? — perguntou Plath.

— É, mas qualquer coisa que os faça ligar ou parar foi removida ou coberta em aço sólido, então nem pense em abrir caminho atirando.

— Motores a diesel precisam de saídas de ar para funcionar. — Plath se remexeu, tossindo e fungando em outra demonstração de estresse disfarçado. — Podemos atirar em uma delas.

— O que nos deixaria à deriva — disse Huxley. — Com motores que talvez peguem fogo. E vai saber se alguém viria nos resgatar?

— Devemos estar sendo monitorados de alguma forma — disse Dickinson. — Rastreadores, câmeras, escutas.

Pynchon balançou a cabeça.

— Se existe uma câmera neste barco, eu não encontrei. Não quer dizer que não exista, claro, só que está tão bem escondida que talvez seja impossível de encontrar. Plantar um receptor-transmissor a bordo é mais provável, já que eles poderiam colocá-lo em uma série de lugares e a gente nunca veria. Pode estar afixado embaixo do casco.

— Então podemos presumir que eles sabem onde estamos — concluiu Dickinson. — Mesmo que a gente não saiba.

— Provavelmente não é uma boa ideia presumir qualquer coisa além do que já estabelecemos como fato — disse Huxley.

— O que não é muito, no fim das contas. — Golding soltou um suspiro pesado e se deitou na sua cama, o antebraço sobre os olhos. — Eu pretendo dormir — anunciou ele. — As sinapses requerem turnos regulares de sono REM para operar em total eficiência, não é, dra. Rhys?

— Justo. — Rhys deu de ombros, em resignação. — Podemos dormir e voltar ao problema pela manhã, com a cabeça mais clara.

— Não acho que consigo — disse Plath, as mãos unidas e os nós dos dedos brancos.

— Tente — disse Rhys a ela, erguendo as pernas para a própria cama. — Você pode se surpreender.

Todos dormiram, e depressa, até Plath. Huxley sentiu a chegada da fadiga assim que a cabeça encontrou o enchimento fino do travesseiro, mas se forçou a ficar acordado por um tempo, ouvindo as respirações lentas e regulares e a ausência de movimento que indicava o verdadeiro sono. Ninguém roncava, embora Golding tivesse a tendência a resfolegar de um jeito leve, mas irritante.

Devia ter posto alguém de vigia, ele se repreendeu enquanto as sombras se fechavam ao seu redor e seus olhos se fechavam. *Estou surpreso por Pynchon não ter sugerido...*

Sonhos são criados do tecido da memória, então não deveriam ter ocorrido. No entanto, ele sonhou. Foi uma coisa vaga e efêmera de cores cambiantes: uma sobreposição de névoa azul e dourada, uma forma branca e espectral movendo-se sobre sua linha de visão. Ele pensou ter ouvido o oceano, as ondas quebrando em vez das águas batendo contra o casco, e mais perto, mais vibrante, o som de uma voz, a voz de uma mulher...

A confusão o atingiu com força quando ele acordou, a dor de cabeça o fazendo levantar da cama para revirar um dos kits de primeiros socorros em busca de analgésicos.

— Talvez queiram que a gente sofra — resmungou ele, jogando o kit de lado quando sua inspeção só revelou ataduras e Band-Aids.

— Pareceu um longo tempo — grunhiu Golding, sentando-se, a boca aberta num bocejo. — Quer dizer, longo demais. Estou todo rígido, como se tivesse dormido por semanas.

Huxley franziu o cenho em concordância silenciosa. Apesar da dor, uma redução geral da fadiga indicava um sono profundo e prolongado. Além disso, a barba em seu queixo parecia mais áspera e sua bexiga estava desconfortavelmente cheia. Ele foi forçado a concluir que aquele não tinha sido um sono natural. *Foi alguma outra coisa que fizeram com a gente*, decidiu ele, traçando as cicatrizes. *Isso explica por que Pynchon não sugeriu manter vigia.*

Seus pensamentos foram interrompidos por outra pontada de dor na cabeça, potente o bastante para fazê-lo soltar um silvo através dos dentes cerrados.

— Por acaso você não achou nenhum Advil aí, né? — perguntou ele por cima do rugido da descarga, quando Rhys emergiu do banheiro nos fundos da cabine da tripulação.

— Beba água — recomendou ela. — A desidratação vai te deixar pior.

Eles comeram alimentos frios para o café da manhã: barras de granola e frutas secas, acompanhadas de água, já que nada mais saboroso tinha sido fornecido.

— Será que a gente deveria racionar isso? — questionou Plath, parando enquanto levava um cantil aos lábios.

— Tem cerca de quarenta litros empilhados na sala do motor — disse Pynchon. — Devemos ficar bem por um tempo.

Dickinson franziu o cenho enquanto fazia cálculos e mastigava uma barra de granola.

— Quarenta litros divididos entre seis pessoas... sete, incluindo Conrad... não é tanto assim. Com tudo isso — ela gesticulou com a barra meio comida para os pacotes espalhados na mesa —, eu diria que temos calorias e água suficientes para no máximo sete dias.

A voz de Plath se tornou um sussurro enquanto ela fechava a tampa do cantil.

— Eles só esperam que sobrevivamos por uma semana.

— Talvez nos reabasteçam quando chegarmos aonde estamos indo...? — sugeriu Pynchon, deixando a frase no ar e inclinando a cabeça para o teto. Seus olhos se arregalaram.

— O quê...? — começou Huxley, mas Pynchon o calou com um gesto. Então eles ouviram um murmúrio distante, mas rítmico, que todos reconheciam.

— Avião — sussurrou Plath, erguendo-se da cama às pressas, embora Pynchon fosse o primeiro a subir a escada.

Todos se aglomeraram na proa, espiando um céu ainda oculto pela neblina. Huxley achou impossível determinar uma direção com base na vibração constante da aeronave que se aproximava, mas o ouvido de Pynchon, que parecia mais experiente, o fez apontar diretamente para a popa.

— Está na mesma rota.

— Parece que eles sabem mesmo onde estamos — disse Dickinson.

— Se forem eles. — Huxley apertou os olhos para a névoa flutuante, perguntando-se se não tinha assumido um matiz novo e rosado da noite para o dia. — Pode ser qualquer um.

O barulho do motor do avião aumentou, crescendo até virar um rugido que abafou qualquer conversa. Huxley podia acompanhar a fonte, girando a cabeça para segui-la enquanto ela passava diretamente acima deles. Ainda assim, não viu nada, nem sequer uma silhueta vaga na névoa.

— Quatro motores — disse Pynchon. — Quase certeza de que é um C-130.

O rugido de múltiplas turboélices diminuiu dentro do vazio enevoado além da proa, evanescendo até sumir com uma rapidez desanimadora. Eles continuaram de pé, encarando aquele ponto e esperando um retorno do som, mas não ouviram nada.

— Se voltar — disse Golding —, devemos atirar nele?

Pynchon lhe deu um olhar enojado antes de virar para Rhys.

— O que foi que você disse? Sobre sermos inteligentes e capazes?

— Ah, vá se foder — retorquiu Golding.

— Mesmo sem saber se a gente se conhecia antes disso — disse Pynchon —, tenho certeza de uma coisa: eu realmente não gosto de você.

— Isso não é produtivo — afirmou Dickinson. — Precisamos estabelecer fatos, lembra? Você disse que era um C-130. É um avião de carga, certo?

— Isso. — Pynchon piscou, dando as costas para Golding e encarando um ponto distante e obscurecido além da proa. — É conhecido como Hércules. Alcance de 2.200 milhas náuticas, mas que pode ser estendido com um reabastecimento no ar.

— Carga — repetiu Dickinson. — Então, foi entregar ou buscar alguma coisa.

— Não necessariamente. Há múltiplas variedades de C-130: naves de ataque, vigilância marítima, guerra eletrônica...

A atenção de Huxley se dispersou enquanto Pynchon se entregava ao seu pendor por jargão militar. *A resposta de estresse dele, talvez?* Quando os olhos de Huxley foram parar no interior da casa de leme, captaram um brilho que não estava ali alguns momentos antes.

— Pessoal — disse ele, interrompendo o discurso de Pynchon para apontar o painel de controle até então apagado. Uma das telas estava ligada e mostrava um mapa.

CAPÍTULO 3

Pynchon traçou um dedo na tela, seguindo o que parecia ser um litoral interrompido por uma larga enseada. O mapa era nítido em sua simplicidade, cores primárias e linhas finas sem qualquer numeral ou texto.

— Bem — disse ele —, pelo menos sabemos que não estamos em outro planeta.

— Você seriamente considerou que estivéssemos? — perguntou Rhys, recebendo um dar de ombros como resposta.

— Acho que nada me surpreenderia a esta altura.

— Então — cortou Huxley, com paciência um tanto forçada —, o que estamos vendo?

— Não há nomes, como pode ver. — O dedo de Pynchon bateu no litoral. — Mas isso definitivamente é o estuário do Tâmisa. E isso — o dedo passou para um ponto verde pulsante no centro da tela — é a nossa posição. Minha estimativa: estamos a cerca de oitenta quilômetros da costa sudeste do Reino Unido, nos aproximando do rio Tâmisa, que leva direto a Londres.

— O que é isso? — Rhys apontou outro ponto pulsante, este vermelho. Estava em uma área onde o estuário se estreitava para as proporções de rio.

— Não faço ideia — respondeu Pynchon. — Mas, nas atuais velocidade e direção, vamos descobrir em cerca de uma hora.

— Londres significa algo para alguém? — Huxley se virou para olhar os outros, vendo só a frustração e confusão de sempre. — Cidade natal, talvez?

— Só sei que Ana Bolena teve a cabeça cortada na Torre de Londres em 19 de maio de 1536 — ofereceu Golding. — E que a Lloyds de Londres foi estabelecida como uma entidade separada em 1686. O nome romano original da cidade era Londinium, famosamente saqueada por Boudica em...

— Bem, isso não serve pra porra nenhuma — disse Pynchon, virando-se para Huxley. — A gente deveria se armar. Se preparar. Alguma coisa está nos esperando e não temos como saber se é boa ou ruim.

Huxley olhou de novo para os pontos pulsantes se aproximando um do outro na tela. *Bom, ruim ou indiferente?* De uma coisa ele tinha certeza: quando alcançassem aquele ponto, pelo menos teriam algumas respostas.

— Ok, o que devemos fazer?

Pynchon posicionou a si mesmo e Huxley na proa, parados ao lado da ameaça atarracada e insetoide que era a metralhadora automática. Ambos portavam carabinas carregadas. Os ferrolhos estavam trancados para disparar uma rodada. A coronha, inteiramente estendida e pressionada no ombro. Uma mão na frente dela, a outra no cabo da pistola. Os dedos descansando no guarda-mato. O dedão na trava de segurança.

Manusear a arma era fácil e familiar, mas vestir o colete tático, não tanto. Huxley o passou sobre os ombros e prendeu as várias fivelas com uma precisão que revelava só um pouco de memória muscular. Em contraste, Pynchon se enfiou no cinto com toda a velocidade de um reflexo, conferindo se os cartuchos estavam bem acomodados nos bolsos antes de enfiar na cintura a faca de combate embainhada em feltro.

Dickinson, Rhys e Plath estavam na popa, também armados com carabinas. Golding fora designado à casa do leme, com instruções para relatar qualquer mudança no mapa. O barco continuou em uma rota constante, mas tranquila, pela água, os motores mantendo o mesmo zumbido rítmico. Foi quando Huxley começou a discernir uma sombra longa e baixa na névoa que o zunido dos motores ficou mais baixo e o barco desacelerou.

— Isso é um litoral? — perguntou Huxley a Pynchon. Ambos tinham as carabinas empunhadas. Não havia binóculos a bordo, mas a mira ótica de cada carabina oferecia uma amplificação de três vezes. Olhar através da mira só tornou a sombra marginalmente menos vaga, mas Huxley discerniu o leve brilho branco de ondas se quebrando em sua base.

— Margem norte do estuário. — A carabina de Pynchon movia-se devagar da direita à esquerda, seu olho sem piscar contra a mira.

— O que você acha da névoa? — Huxley abaixou a arma, estreitando os olhos para a neblina rosada. — Quer dizer, não parece natural, né? Névoa não dura tanto tempo. E a cor...

— Não sou meteorologista. — Pynchon franziu o cenho, depois ergueu o olho da mira. — Talvez essa fosse a especialidade de Conrad. Quem sabe? — Ele voltou à inspeção. — O que quer que seja deve estar logo à frente... — O cano da arma parou de se mover, e ele tirou a mão da coronha para apontar. — Ali, às doze. Está vendo?

Huxley encontrou depressa, a mira passando sobre as ondas enevoadas antes de pousar em uma explosão de cor em meio ao cinza: um tom forte de laranja, projetado para atrair o olhar. A cor formava uma faixa cilíndrica bulbosa ao redor de um cone com listras amarelas e pretas que balançava preguiçosamente nas ondas.

— Baliza jogada do alto — disse Pynchon, e Huxley viu a bagunça de cordas caindo pelo lado do cone até a água, onde a forma branca e esvoaçante de um paraquedas caído era visível logo abaixo das ondas. — Parece que o avião estava entregando algo, afinal.

Huxley ficou de olho na baliza conforme o barco os levava mais para perto e distinguiu as placas rebitadas que formavam os lados do cone. Não viu nenhuma marcação além das listras pretas e amarelas, mas discerniu as bordas curvas de uma escotilha retangular.

O desligamento súbito dos motores e o grito de Golding vindo da casa do leme aconteceram simultaneamente.

— Mensagem! — A voz do historiador saiu abafada pelo vidro grosso, mas sua gesticulação frenética era clara o bastante. — Tem uma mensagem!

O barco ficou menos estável sem a propulsão para a frente, e Huxley e Pynchon criaram uma inclinação nítida enquanto seguiam para a popa. Os outros já tinham se reunido ao redor da tela. O mapa desaparecera, substituído por palavras em letras simples, branco no preto:

INVESTIGAR

SÓ DOIS

MOTOR EXTERNO NO PORÃO

— Curto e direto — observou Golding.

Todos tomaram um susto quando os motores se religaram com um rosnado, erguendo uma coluna de fumaça branca e fazendo a proa do barco virar para estibordo. Um segundo depois, eles se desligaram de novo.

— Está só mantendo a posição — disse Pynchon, seguindo para a escada. — Temos um motor externo pra encontrar.

Uma das tábuas seladas no convés inferior estava erguida um centímetro, e Pynchon a puxou para revelar a longa haste, a hélice e o manche de um motor externo.

— Não deveria ser maior? — perguntou Rhys, observando a máquina com uma careta, em dúvida.

— É todo elétrico. — Pynchon bateu na caixa coberta de Kevlar no topo da haste. — Caixa de bateria. Acho que podemos presumir que o alcance foi limitado para garantir que a gente não pegue o bote e vá embora.

— Isso é meio doido, não é? — disse Golding, o rosto contraído de perplexidade, e a voz assumiu um tom estridente: — Quer dizer, é óbvio que eles podem se comunicar com a gente. Por que jogar uma boia no caminho e mandar a gente ir dar uma olhada? Por que não só nos dizer o que estamos fazendo aqui?

— É um teste — disse Plath. — Raciocínio e cognição básicos. Leiam a mensagem, encontrem o motor, afixem-no ao bote e cheguem à boia. Estão querendo checar se ainda estamos vivos e se somos capazes de seguir instruções.

— O que significa que, — acrescentou Rhys — quando nos botaram neste barco, não tinham certeza se estaríamos vivos e sãos a esta altura. — Um sorriso sem um pingo de humor cruzou os lábios dela antes de afirmar o óbvio: — Conrad não está.

— Teste ou não — grunhiu Pynchon, erguendo o motor e tirando-o do compartimento —, não acho que vamos a lugar nenhum até checarmos aquela baliza.

Não houve discussão sobre quem iria. Pynchon ergueu a lona do bote, prendeu o motor, empurrou uma alavanca para ativar o gancho que o baixava até a água e inclinou a cabeça para Huxley.

— Vamos?

— E se... acontecer alguma coisa? — perguntou Rhys.

— Defina "alguma coisa". — Huxley deu de ombros, impotente, enquanto se acomodava na proa do bote, Pynchon assumindo o controle do motor. — Acha que a baliza vai explodir? Se transformar num robô assassino, talvez?

Ele não vira humor no rosto dela até então e sentiu que o meio-sorriso breve e relutante a fazia parecer bem mais jovem.

— Não se preocupe. — Ela fez uma expressão séria para reconfortá-lo. — Definitivamente vamos deixar vocês morrerem, se o pior acontecer.

Huxley levou os dedos à testa em uma continência fingida.

— Aonde vai um, não vai nenhum.

De acordo com a estimativa irritada de Pynchon, o motor não aguentava mais do que três nós na potência máxima.

— Se aquela coisa explodir mesmo, a gente nunca vai conseguir fugir dos destroços a tempo.

— Se eles jogaram a baliza no nosso caminho, poderiam ter simplesmente jogado uma bomba. E por que se dar a todo esse trabalho só pra nos matar agora?

Pynchon relaxou a mão no acelerador quando estavam a poucos metros da baliza. De perto, era muito maior do que Huxley achara no começo, com três metros de altura, uma plataforma e apoios de mão acima do donut laranja inflado que formava sua base. Tomando a corda afixada ao anel de borracha na proa do bote, Huxley se preparou e então saltou até a boia. A plataforma estava úmida, mas consistia numa grade de metal que evitou que escorregasse. Ele amarrou a corda em um dos apoios de mão, o nó firme e feito com os mesmos movimentos lentos, mas precisos, com que ele tinha vestido o colete tático. Mais memória muscular.

Ele segurou a corda com firmeza enquanto Pynchon desligava o motor e subia do bote. Ambos tinham as carabinas às costas, mas Pynchon não fez menção de empunhar a dele — não havia nada em que atirar.

— Estava desse lado — disse Huxley, movendo-se de um apoio a outro enquanto seguia para a direita. A escotilha tinha cerca de 65 centímetros quadrados e não apresentava nenhum jeito óbvio de ser aberta. Após alguns segundos de observação ineficaz, Huxley empurrou, sentindo-a ceder poucos milímetros. Houve um zumbido leve e mecânico, então ela deslizou para o lado, revelando um objeto amarelo e retangular em um suporte.

— Telefone a satélite — disse Pynchon.

— Lembra algum número de cabeça? — Huxley estendeu a mão para o telefone, então parou quando ele soltou um toque baixo, mas agudo. Sua mão pairou perto do estojo plástico espesso do dispositivo, tremendo. Ele achou digno de nota que Pynchon também não fez menção de atender.

— Alguém quer conversar — disse Pynchon, enxugando um borrifo de água do mar do lábio superior, que Huxley sabia conter também um pouco de suor.

Por quê?, ele se perguntou, fechando o punho para controlar o tremor. *Por que isso me assusta tanto?*

Com uma careta, ele bufou e respirou fundo, erguendo o telefone e segurando-o contra o ouvido sem dizer nada. *Vocês querem falar. Então falem.*

A voz que veio do alto-falante era feminina e modulada para soar monótona e inexpressiva, sem nada que pudesse ser chamado de emoção.

— Diga seu nome.

Huxley precisou engolir antes de conseguir grunhir uma resposta.

— Quem está falando?

— Diga seu nome. — Uma repetição neutra, igualmente monótona.

Ele trocou um olhar com Pynchon, que só deu de ombros e assentiu.

— O nome Huxley está tatuado no meu braço.

— Diga o nome dos outros membros do seu grupo.

Outro aceno de Pynchon, que se inclinara perto o bastante para ouvir, o suor agora óbvio no seu odor.

— Pynchon — disse Huxley. — Rhys, Dickinson, Plath e Golding.

Houve uma pausa e um clique muito suave do alto-falante antes de a voz monótona retornar.

— Onde está Conrad?

— Morreu.

— Como?

— Suicídio.

— Descreva o corpo.

— Sem reação, com grandes buracos na cabeça resultando de um ferimento de bala à queima-roupa.

— Nenhum outro ferimento ou sinal de enfermidade?

Foi a vez de Huxley pausar. Ao lado dele, Pynchon mexeu os lábios sem emitir som, a respiração lenta e pesada. *Enfermidade?* Algo naquela palavra, embora tivesse sido dita com a mesma falta de inflexão, carregava um peso definitivo.

— Todos temos incisões cirúrgicas recém-cicatrizadas — disse Huxley. — Mas não é disso que você está falando, é?

Outra pausa, esta longa o suficiente para irritá-lo.

— Responda a minha pergunta. — O revestimento do telefone rangeu no seu punho. — Quais outros sinais de enfermidade deveríamos ter visto?

— Isso não é relevante no momento. — Ainda falava sem emoção, o que o enfureceu mais do que se a declaração tivesse sido feita com uma risada provocadora.

— Nem fodendo que não é relevante. Quais sinais de enfermidade?

— O barco continuará inativo se um resultado satisfatório não for atingido desta conversa. Na sequência, outras orientações da sua rota serão fornecidas. Você entende?

Huxley conteve uma explosão de raiva, afastando o telefone do ouvido e o pressionando à testa enquanto uma vontade tentadora, mas traiçoeira, ergueu-se em sua mente: *Jogue essa merda no mar.*

Um cutucão de Pynchon dissipou a raiva o suficiente para ele botar o telefone ao ouvido de novo, a palavra emergindo por trás dos dentes cerrados.

— Entendo.

— Algum dos outros demonstram sinais de raciocínio confuso ou agressividade injustificada?

— Pra um bando de pessoas que não conseguem lembrar quem são, presas num barco navegando sabe-se lá pra onde, eu diria que estamos tão estáveis quanto poderia ser esperado.

— Alguém se lembrou de alguma coisa? Algo pessoal?

— Não... — Ele hesitou, o cenho franzido enquanto repassava mentalmente suas interações com os outros. *Aurora boreal.* — Espere. Dickinson disse algo meio pessoal, mas era só um detalhe menor.

— Não existem detalhes menores. O que ela disse?

— Algo que se lembrou de ter visto. Durante uma viagem para o norte do Círculo Ártico, ela acha.

— Seja específico.

— A aurora boreal. Ela sente que estava com alguém quando a viu, alguém importante para ela. — Uma pausa muito curta, outro clique distante na linha.

— Ela está com você agora?

— Não, Pynchon está aqui. Dickinson e os outros estão no barco.

— Para garantir sua sobrevivência, é imperativo que vocês sigam as seguintes instruções: levem este telefone de volta ao barco. E matem Dickinson.

Um encontro de olhos arregalados e pasmos com Pynchon, o telefone quase escorregando de sua mão.

— Quê?!

— Dickinson é um perigo a todos vocês agora. Para garantir sua sobrevivência, vocês devem matá-la.

— Ela é a porra de uma alpinista, talvez uma exploradora...

— Qualquer membro da equipe que recorde lembranças pessoais deve ser considerado um perigo. Retornem ao barco e a matem.

— Isso não vai acontecer. — Huxley apertou o telefone com mais força, pressionando-o perto dos lábios, cuspe voando conforme a fúria vencia a cautela. — Escute aqui, nenhum de nós vai fazer merda nenhuma até obtermos respostas...

O som que ecoou do barco foi uma mistura de estalo seco com um estrondo, sua origem nítida e inconfundível. *Tiro.*

— Retornem ao barco — disse a voz, tão monótona quanto sempre. — E a matem.

Pynchon ordenou que ele controlasse o motor, tirou a carabina das costas e se empoleirou na proa enquanto Huxley puxava o acelerador até seu parco máximo. Eles ouviram gritos do barco quando se aproximaram da popa, o que fez Pynchon pular imediatamente e desaparecer na casa do leme com a carabina no ombro. Huxley correu atrás dele, lembrando de amarrar o bote à amurada antes de seguir. Ele tirou a própria carabina do ombro ao entrar na escuridão da casa do leme, o pé que deslizava em algo molhado. Olhando para baixo, viu uma mancha vermelha no convés.

— Puta merda! — O grito dolorido veio de Golding, que estava de costas, sangue brotando entre os dedos enquanto apertava as duas mãos na coxa. — Ela atirou em mim! A puta atirou em mim!

Rhys estava do lado dele e abriu uma atadura de um dos kits médicos.

— Não se mexa! Acho que foi só de raspão.

— Não parece que foi só a porra de um raspão! — Golding soltou um gemido alto enquanto ela afastava as mãos da ferida e analisava a bagunça carmesim através do buraco no uniforme.

— O que aconteceu? — quis saber Huxley, examinando a casa do leme, mas não encontrou mais ninguém.

— Dickinson. — Rhys pegou um cantil e jogou água na ferida de Golding, grunhindo de satisfação com o que encontrou. — Levou um pouco de carne, mas a bala não atravessou a perna nem ficou alojada. Você teve sorte.

— Ah, é? — O rosto de Golding empalideceu e sua garganta convulsionava na expressão típica de um homem prestes a botar para fora seu café da manhã. — Me sinto tão sortudo no momento...

— Foi Dickinson quem fez isso? — insistiu Huxley.

— Ela começou a falar logo que vocês chegaram na baliza. A divagar, na verdade. — Rhys fez uma careta enquanto Golding virava a cabeça para vomitar, mas estoicamente continuou aplicando a atadura na ferida. — Não falava coisa com coisa, ficava cada vez mais agitada. Tentamos acalmá-la, mas ela começou a gritar, ao mesmo tempo que apontava a arma para o convés como se tivesse algo ali. Aí ela apertou o gatilho. Isso — Rhys amarrou a atadura com um giro experiente dos pulsos — foi um ricochete.

— Cadê ela agora?

— Cabine da tripulação. Ela largou a arma. — Rhys apontou a cabeça para uma carabina no convés. — Plath está tentando falar com ela. Isso é um telefone a satélite?

O aparelho enfiado em um dos bolsos de munição no colete de Huxley.

— É.

— Então vocês falaram com alguém, certo? O que disseram?

Huxley olhou para Pynchon e o encontrou tenso, os olhos abaixados como se envergonhado, embora não houvesse sinal de tremor nas mãos que seguravam a carabina.

Huxley foi para a escada.

— Preciso falar com Dickinson.

— Você ouviu o que eles disseram — murmurou Pynchon. Huxley passou por ele e desceu a escada até cabine da tripulação, onde encontrou Plath ajoelhada ao lado de Dickinson, que estava encolhida. O rosto da mulher era todo culpa e infelicidade, os olhos úmidos e os lábios repetidamente recuando para revelar dentes cerrados em um esgar sibilante.

— Eu vi... — disse ela, levando a mão à testa.

— O quê? — encorajou Plath. — O que você viu?

— Você viu também, tem que ter visto.

— Não tinha nada lá...

Plath se calou ao som das botas de Huxley no convés. Ela e Dickinson ergueram a cabeça para ele com um tipo de medo diferente nos olhos.

— Ela se acalmou bastante — disse Plath, seu tom fazendo-o imaginar se ela vira uma decisão em seus olhos que ele não sabia ter tomado.

— Ainda está lá em cima? — perguntou Dickinson a ele, sua expressão desolada em uma súplica desesperada. — Sumiu, certo? Por favor, me diga que sumiu.

Huxley sabia que não era psiquiatra, mas algum instinto arraigado lhe disse com completa certeza que estava olhando nos olhos de uma mulher que, no intervalo de meia hora, tinha caído na insanidade. *Dickinson é um perigo a todos vocês agora.*

— Sumiu — disse ele. — Acho que você assustou ele.

— Obrigada. — Ela fechou os olhos e apoiou a cabeça contra o lado de uma cama, as palavras saindo numa torrente sussurrada. — Obrigada, obrigada, obrigada.

Huxley ouviu Pynchon descer a escada, as botas pisando com força no convés com intenção óbvia. Olhando por cima do ombro, Huxley lhe deu um olhar firme e balançou a cabeça.

— Deixa eu falar com ela — disse ele a Plath, e tocou seu ombro para movê-la com gentileza. Ela recuou, com olhares ansiosos para Pynchon e ele.

— Alguma ideia de como chegou lá? — Huxley perguntou a Dickinson, agachando na frente dela e ignorando o arranhar suave da alça da carabina de Pynchon enquanto ele ajustava sua empunhadura na arma.

— Não! — Dickinson balançou a cabeça, rápido e feroz. — Quer dizer, é impossível, certo? Papai matou ele. Eu vi. Ele me fez assistir.

— Mas você viu ele aqui, aqui e agora.

— Talvez... — Dickinson passou a língua sobre os lábios, a garganta engolindo convulsivamente e uma compreensão maníaca que reluzia nos olhos. — Talvez seja parte do, do... experimento. Que seja. Talvez não seja real. — A mão dela bateu na cama e então na parede atrás de si. — Uma simulação! — Seus olhos se arregalaram, a respiração emergindo num arquejo com a revelação. — É claro! Não estamos aqui de verdade. É isso. É o único jeito...

— O ferimento de bala na perna de Golding parece bem real — apontou Huxley.

— Bem, claro que pareceria, né? — A expressão dela se encheu de raiva desdenhosa, exasperação pela incapacidade dele de entender. — É assim que uma simulação funciona.

Huxley teve a impressão distinta de que ela se segurava para não acrescentar a palavra "idiota" ou "imbecil" à declaração. Suavizando o tom, ele tentou outra tática.

— Você mencionou seu pai. Então se lembra dele agora?

— Papai? Sim. — Ela relaxou um pouco, soltou uma risada curta e estridente. Conforme esvanecia, sua expressão ficou mais sombria, a boca se retorceu de raiva, a voz ficou embargada, as palavras emergiram em uma série de grunhidos. — Eu me lembro do papai. Me lembro do que ele fez, do que ainda gostaria de fazer. Foi por isso que ele fez aquilo. Me comprou um filhotinho só pra poder matar ele na minha frente, porque eu não ia mais aceitar, porque ameacei contar pra mamãe...

O ataque veio sem aviso. Não houve pausa ou alteração na postura dela. Só um salto de pura agressão, sem hesitar, selvagem e veloz como um animal. O corpo musculoso dela o atingiu com a força de um aríete, fazendo-o cair no chão, mãos impossivelmente fortes cravando os dedos nos ombros dele.

— Papai! — A palavra era formada de um rosnado, e salpicos de baba vazavam da boca de Dickinson. Ela se empinou acima dele, os dentes expostos e a cabeça inclinada como um gato que procurava o melhor lugar para morder. Antes que a explosão estrondosa da carabina de Pynchon pusesse uma bala através do crânio dela, Huxley viu algo mudar no rosto de Dickinson, uma mudança em músculos e ossos, retorcendo-o, transformando-o...

Ele piscou na chuva de sangue e outras matérias, tanto duras como macias, os ouvidos zumbindo após o disparo. Lutou contra a ânsia de vômito quando o corpo sem vida de Dickinson caiu sobre ele, sangue quente pingando do buraco irregular na testa. Pynchon arrastou o cadáver para permitir que ele recuasse às pressas enquanto tentava limpar a sujeira do rosto, mas só o manchava mais.

Pynchon deu uma fungada enquanto acionava a trava de segurança da carabina, uma sobrancelha erguida ao examinar o cadáver de Dickinson antes de assentir para o telefone enfiado no bolso de munição de Huxley.

— Parece que eles não estavam mentindo, no fim das contas.

CAPÍTULO 4

— Lembrar-se de detalhes pessoais. — Rhys não tirou os olhos do corpo de Dickinson enquanto falava, sua atenção fixa nas feições distorcidas da mulher. — Foi isso que disseram?

— Quem lembrar algo sobre sua identidade será um perigo. — Huxley abaixou a cabeça para molhar a nuca com água do cantil, coçando atrás das orelhas para limpar os últimos pedacinhos ásperos de osso e pele. — A voz também perguntou sobre sinais de enfermidade no corpo de Conrad. Mas não foram muito específicos.

— Por que você fica dizendo "a voz"? — perguntou Plath. — Falou que era uma mulher.

Huxley começou a dar de ombros, como que para dispensar a pergunta, mas hesitou quando lhe ocorreu que a mente de cientista dela poderia ter encontrado algo significativo.

— Soava feminina — disse ele. — Mas não como uma pessoa. Não havia emoção real.

— Poderia ser uma voz de máquina — sugeriu Pynchon. — Avisos de voz automáticos em naves militares são todos femininos porque chamam mais atenção.

— Podemos focar na questão mais urgente? — Rhys se endireitou de onde estava agachada junto ao corpo de Dickinson. Eles a deitaram na popa, um processo que envolveu respingar generosamente o interior do barco com sangue e outros fluidos menos coloridos. De novo, a visão de uma morte violenta causou aversão em Huxley, mas não ao ponto da náusea. *Já vi tudo isso.* Ele resistiu ao impulso de cutucar a revelação na esperança de disparar uma lembrança verdadeira, grato pela pontada de desconforto que acompanhava o pensamento. *Talvez eles tenham feito isso doer para nos proteger.*

— A causa de morte parece bem óbvia — disse Golding, embora qualquer irritação que o comentário pudesse ter provocado tenha sido mitigada pelo rosto pálido e infeliz, e o tremor que coloria seu tom. Ele veio mancando da casa do leme para o convés aberto, apertando a amurada enquanto seu rosto se encolhia de agonia. Uma inspeção mais profunda dos pacotes nos armários não revelara analgésicos de nenhum tipo.

— Há claras mudanças fisiológicas aqui. — Rhys tocou a mandíbula de Dickinson, um dedo pressionando a pele para explorar o osso por baixo. — E aqui. — Sua mão se moveu para a testa parcialmente destruída, deslizando sobre as sobrancelhas. — Mudança morfológica rápida e pronunciada.

— Parece um sinal de enfermidade pra mim — disse Huxley.

Rhys inclinou a cabeça em concordância.

— Com certeza. Mas não vimos nada assim no corpo de Conrad.

— Talvez ele não tenha tido tempo. Dickinson primeiro ficou doida, para usar o termo técnico, antes de... — Ele acenou para as feições desfiguradas da mulher morta. — Talvez Conrad soubesse o que estava acontecendo e... tenha tomado a atitude apropriada.

— Alguma ideia de que tipo de doença poderia causar isso? — Pynchon perguntou a Rhys.

— Embora eu não consiga lembrar meu próprio nome, estou bem confiante de que meu eu real nunca viu nada assim em toda a sua carreira.

— Alguém viu. — O olhar de Huxley se demorou nos músculos distorcidos sob o sangue que cobria o rosto de Dickinson, lembrando do aspecto predatório que ela assumira logo antes de Pynchon atirar. Ele não tinha dúvida sobre o perigo que ela representava, nem qualquer recriminação para Pynchon; se tivesse ficado viva, ela teria matado a todos. — Eles sabiam que poderia acontecer.

— Então somos cobaias — disse Plath. Paradoxalmente, ele sentia que o medo contínuo dela tinha diminuído após a morte de Dickinson. Ela continuava tensa, as mãos ainda unidas, mas não tão apertadas quanto antes. Ergueu-as aos lábios, os olhos fechados em pensamento, quase como se fizesse uma prece. — Uma taxa de falha de dois entre sete, até agora. Em alguns testes de medicamentos, isso poderia ser considerado um resultado positivo.

Golding soltou um grunhido enojado e fixou um olhar exigente em Huxley.

— O que mais a voz disse? O que estamos fazendo neste barco?

— As respostas foram bem escassas. A voz disse que o barco não vai se mover até... — Ele se interrompeu quando o telefone a satélite emitiu seu trinado agudo, vibrando contra o peito dele. *Bem na hora. Não posso criticar o* timing *deles.*

Os outros o seguiram para a casa do leme enquanto tirava o aparelho do bolso. Ele ergueu a mão para pedir silêncio e apertou o botão verde, virando o alto-falante para a orelha enquanto os outros se aproximavam para ouvir.

— Dickinson está morto? — Nada de cumprimentos ou preâmbulos. Era a mesma voz de antes.

— Sim — disse Huxley. — Morreu.

— Alguma outra morte?

— Golding levou uma bala de raspão na perna. Rhys diz que não é sério. Ela é a médica aqui, não é?

— Algum outro membro do grupo demonstra sinais de raciocínio confuso ou agressividade injustificada?

O olhar dele passou sobre os outros. As feições de Golding estavam pálidas de dor e contraídas num esforço de conter uma enxurrada de perguntas. Pynchon estava sombrio e pensativo. Plath, ainda com as mãos pressionadas à boca. Rhys, com os braços cruzados de novo, sem se dar ao trabalho de mascarar o medo no rosto.

— Não.

Golding começou a falar, mas sua voz foi abafada pelo rugido dos motores ligando, a água se revolvendo branca atrás da popa.

— Livrem-se do corpo de Dickinson — instruiu a voz no telefone. — Há obstruções à frente. Vocês devem liberá-las para continuar. Vão ver que um dos contêineres trancados no porão agora está aberto. Ele contém explosivos. Pynchon possui as habilidades e o conhecimento para usá-los corretamente. À medida que prosseguirem, garantam que estejam armados a todo momento. Se encontrarem qualquer outra pessoa, matem-na imediatamente. Elas são um perigo a vocês.

— Eu estou falando com uma pessoa real? — perguntou Huxley à voz. Por algum motivo, parecia a pergunta mais pertinente no momento. — Você é... uma IA ou algo assim?

Uma pausa curta, uma série de cliques.

— A comunicação será retomada em doze horas — disse a voz, e o silvo que indicava uma linha aberta cessou quando a ligação se cortou.

Depois de resmungar uma obscenidade qualquer, Golding pulou sobre o aparelho, tropeçando na perna ferida, mas conseguiu fechar uma mão ao redor e berrar para o alto-falante:

— O que estamos fazendo nesta porra de barco? Quem é você?

— Já desligaram. — Huxley o empurrou, fazendo Golding colidir com um assento e então desabar no convés. Ele escondeu o rosto nas mãos e tremia enquanto soluços escapavam dos seus lábios. Huxley julgou que era melhor deixá-lo em paz.

— O mapa voltou. — Pynchon assentiu para o mapa na tela, que novamente mostrava um ponto verde pulsante que entrava mais fundo no estuário, deixando o ponto vermelho para trás. Ele jogou a carabina no ombro e foi até a escada. — Acho melhor eu dar uma olhada nos nossos brinquedos novos.

— Isso é o que eu acho que é?

Pynchon ergueu uma sobrancelha para Huxley antes de enfiar a mão no compartimento e erguer o objeto para verem melhor. Tinha a vaga aparência de um rifle, mas sem a coronha traseira. Em vez de um pente, um pequeno tanque pressurizado estava posicionado na frente do gatilho. Embaixo da boca havia uma caixa triangular com um pequeno bico.

— Se está pensando que é um lança-chamas... — Pynchon apertou um botão embaixo da caixa triangular, e acendeu um jato de fogo azul do tamanho de um dedo — ... você está certo.

Haviam encontrado dois lança-chamas sobre uma base que parecia formada de tijolos cobertos de papelão.

— C4 — disse Pynchon, erguendo um dos tijolos para ler o texto gravado em estêncil no embrulho. Revirando mais um pouco o compartimento, ele desencavou uma sacola de lona com dezenas de hastes de metal finas e cabos cuidadosamente enrolados. — Detonadores, timers, pavio. — Pynchon deixou a sacola de lado com mais cuidado do que demonstrara ao lidar com o explosivo de fato. Ele apertou os lábios enquanto examinava o conteúdo do contêiner. — É muita coisa, mas não vai nem arranhar o que vamos encontrar antes do anoitecer.

— E o que seria isso?

— A Barreira do Tâmisa. Vários milhares de toneladas de aço e concreto projetadas para salvar a capital da enchente que a teria reivindicado anos atrás.

— A não ser que a jornada acabe lá.

— Sinto que não vamos ter essa sorte. — Pynchon devolveu o tijolo de C4 ao compartimento, mas ficou com a sacola e um dos lança-chamas. — Golding — disse ele, com a voz baixa. — Raciocínio confuso.

— Ele acabou de levar um tiro. Um nível elevado de estresse parece justificado nessas circunstâncias. Também não notei nenhum sinal de agressividade injustificada. E ele não deu sinais de lembrar de detalhes pessoais.

— Não que tenha nos contado. Me parece que agora todo mundo neste barco tem um incentivo para guardar suas lembranças para si.

— O efeito dessa... coisa, o que quer que seja, parece ser mais imediato que isso. Dickinson passou de sã a homicida no intervalo de minutos.

— O que quer dizer que não podemos hesitar se acontecer de novo. Não importa quem seja.

— Até você?

Pynchon fez uma careta que era tão ofendida quanto confusa.

— É claro. Se eu começar a falar sobre os bons e velhos tempos de escola, espero que você bote uma bala na minha testa sem hesitação. E não se preocupe. — Ele deu uma batidinha no ombro de Huxley antes de se levantar, sacola e lança-chamas em mãos. — Terei o maior prazer em fazer o mesmo por você.

— Eu nem quero pensar pra que isso deveria servir — disse Golding, espiando o lança-chamas com doses iguais de desgosto e ansiedade.

Eles se reuniram na casa do leme após jogar Dickinson da amurada, outro funeral prático marcado pela completa falta de rituais. Sem mais nada para fazer, passaram o tempo observando o mapa na tela.

— Imagino que essa não seja nem de longe a velocidade máxima do barco — disse Huxley, vendo como os dois pontos na tela se afastavam de maneira gradual.

— Estimo que seja um quinto do que ele consegue fazer. — Pynchon se inclinou para a frente e espiou através do vidro. As margens do estuário estavam visíveis como enormes sombras indistintas na névoa, mas estava claro que o canal se estreitava consideravelmente a cada quilômetro percorrido. — Vamos levar algumas horas para alcançar a barreira...

Huxley viu o clarão e sentiu o calor antes de ouvir o som quando um estremecimento percorreu o barco da popa à proa. O som, um estrondo ecoante que sacudiu seus ossos, os atingiu enquanto ele se virava para ver a coluna de fumaça laranja forte que florescia na névoa, o miasma opaco dissolvido pela explosão. A água abaixo da explosão se transformou em um disco branco cintilante com pelo menos 450 metros de diâmetro.

— A baliza — disse Huxley, uma afirmação que parecia ao mesmo tempo redundante e necessária.

— Bomba termobárica. — Pynchon encarou a flor laranja evanescente com uma ausência notável de surpresa. — À queima-roupa, a explosão tem uma força similar à de uma ogiva nuclear de baixo rendimento.

— Então, se ainda estivéssemos boiando ao redor dela... — Huxley soltou o ar pelos lábios, sentindo vontades tão grandes quanto de dar risada e vazão a uma fúria cheia de palavrões. — Pelo menos não era um robô assassino.

— Por que dispará-la agora? — perguntou Rhys.

— Eliminação de cobaias vivas. — Plath enfim soltara as mãos, e falou com uma inexpressividade não muito diferente daquela da voz do telefone. — Resposta típica no caso de um experimento fracassado.

— Provavelmente estava programada num timer — disse Pynchon. — Se eles não tivessem religado os motores dentro de determinado período... — Ele franziu a testa, pensativo. — IA no telefone. Explosões programadas. Ativação remota de componentes chave. Parece que fizeram questão de que o máximo possível dessa missão fosse automatizada.

Huxley viu a névoa voltar a se fechar conforme o último feixe branco sumia da água. *Preciso mesmo perguntar sobre essa névoa da próxima vez*, decidiu ele, encostando a mão no telefone.

Como esperado, o telefone permaneceu em silêncio enquanto eles continuavam a seguir o estuário até que se tornasse um rio. Ambas as margens estavam mais visíveis, e as linhas duras, verticais e oblíquas dos prédios eram discerníveis entre as silhuetas mais suaves de árvores. Algumas luzes cintilavam cá e lá, principalmente ao redor das torres finas do que ele presumiu serem fábricas ou docas. Porém, não revelavam nada do mundo que havia além da névoa ao redor. O litoral também permanecera em silêncio, até que, cerca de duas horas após a explosão da baliza, eles ouviram um ronco muito distante.

— Isso não é trovão. — Pynchon inclinou a cabeça, tentando ouvir melhor. Tinham ido ao convés da popa assim que soou o primeiro estrondo murmurante. O barulho continuou, mas eles não viram mudança na névoa nem nas parcas luzes nas margens.

Detectando uma brevíssima pausa entre os picos de som, Huxley se virou para Pynchon.

— Mais explosões?

Ele assentiu.

— Quase certeza de que é artilharia.

— E um tiroteio — disse Golding, apontando para o ouvido em resposta aos olhares questionadores deles. — Está claro como o dia pra mim. Talvez eu tenha sido escolhido pela minha audição impecável.

Mais alguns segundos de escuta atenta e Huxley também ouviu: os rufos de tambor staccato repetitivos que revelavam tiros de armas automáticas.

— Uma batalha — concluiu Rhys. — Mas quem está lutando contra quem?

— A última guerra que sei nomear é a do Afeganistão — disse Huxley.

— Nenhuma guerra é travada em solo britânico há mais de dois séculos. — Golding inclinou um pouco a cabeça. — Se desconsiderarmos a Irlanda do Norte.

— Nenhum som de tráfego, luzes mínimas, e agora isso. — Pynchon fez uma careta. — Parece que deu merda mesmo.

— Só aqui ou em outros lugares? — perguntou Plath.

Claro, nenhum deles tinha uma resposta, e a pergunta prenunciou um longo silêncio. Por fim, a canção de batalha esvaneceu, só para ser substituída pouco depois por algo ainda mais desconcertante. Era até mais perturbador devido à sua direção, parecendo vir de cima em vez de começar nas margens do rio, um lamento pesaroso e dissonante.

— Uma gaivota? — perguntou-se Golding, espiando o céu oculto.

Huxley lembrou-se da gaivota estridente que, junto à pistola de Conrad, o tinha despertado no início. O som de agora era um pouco diferente, instável e prolongado, em vez de um grito rítmico. Além disso, ele não tivera um vislumbre sequer de gaivota alguma desde que acordara da primeira vez.

— É humano — disse Rhys. Como todos os outros, ela encarava o céu obscurecido, os olhos estreitados. — Mas de onde vem?

Pynchon soltou um leve grunhido de compreensão, gesticulando com a carabina para uma forma cinza grande que coalescia da névoa além da proa. Era uma estrutura de proporções monolíticas, com enormes pernas de concreto unidas por um mastro imenso ascendendo a alturas envoltas na névoa.

— Uma ponte? — perguntou Plath.

— A Dartford Crossing. — Uma expressão curiosa, levemente perplexa, cruzou o cenho de Golding antes de ele acrescentar em uma voz suave: — Ou a Ponte Rainha Elizabeth, para ser exato.

Sentindo uma pontada de alarme, Huxley apertou a carabina com mais força. Tentou não encarar as feições de Golding em busca de sinais de recordação, mas o historiador notou mesmo assim.

— Relaxe — disse ele, afastando-se um pouquinho. — Só pareceu um título estranho pra ela, de repente.

— Sem contexto, alguns nomes, especialmente nomes de lugares, vão mesmo parecer estranhos — disse Rhys.

Uma nova onda de lamentos atraiu a atenção deles de volta à grande forma obscurecida da ponte. O barco tinha chegado ao monolito uniforme, o que dava a impressão de passar sob as pernas de um gigante.

— Só gritos e mais gritos. — Golding se encolheu, os dedos estremecendo na própria carabina. Como todos os outros, ele segurava a arma com uma empunhadura experiente, mas ainda parecia estranha em suas mãos. Deslocada. — Não consigo ouvir palavras... — Ele deixou a frase no ar quando o lamento subitamente ficou mais alto, ecoando pelos flancos das pernas cinzas do gigante.

Pynchon e os outros ergueram as carabinas, mas Huxley resistiu ao impulso de fazer o mesmo. Um instinto indefinido lhe dizia que não havia ameaça ali. Como consequência disso, foi o único que viu a pequena forma escura mergulhar através da névoa, enquanto seus colegas de tripulação continuavam focados em apontar as armas para a neblina vazia. O grito disforme continuou enquanto a forma desabava, e Huxley a viu se debater e girar no ar — uma pessoa, caindo e gritando. Gênero e idade desconhecidos. Ela caiu na água quase no ponto exato entre os pilares da ponte, erguendo um borrifo alto. O lamento morreu imediatamente, assim como, Huxley presumiu, a pessoa anônima. O ar saiu num silvo dos seus lábios enquanto ele observava a coluna d'água cair e as ondas se espalharem. *Dessa altura, é como cair em pedra.*

— Não há movimento — confirmou Pynchon, a carabina apontada para o corpo. O rosto da pessoa estava voltado para a água, as roupas infladas ao seu redor, os braços estendidos. Enquanto o barco seguia no seu curso, o corpo balançou na espuma do motor e se virou, mas afundou antes que Huxley pudesse virar sua mira óptica em direção a suas feições.

— Isso não nos disse muito — comentou Golding.

— Nos disse uma coisa. — Pynchon ergueu os olhos para as alturas enevoadas outra vez. — A parte central da ponte não existe mais, caso contrário ele não teria caído ali. Como eu disse, as coisas realmente deram merda por aqui.

Eles avistaram a Barreira do Tâmisa no final da tarde, uma longa procissão de silhuetas altas que se arredondavam até formar picos em meio à névoa cada vez mais escura. O barco não pareceu desacelerar, e logo ficou claro que aquele marco não seria uma barreira.

— Não sei dizer onde ou quando, obviamente — disse Pynchon, passando a mira pela fileira de píeres do tamanho de catedrais que formavam a barreira, até parar no amplo espaço vazio no meio, — mas sei que já vi danos como esses antes.

O píer no centro da barreira era uma versão arruinada e diminuída daqueles dos lados. A curva de alumínio do telhado tinha desaparecido, e grande parte de sua estrutura fora reduzida a um monte de entulho que se projetava a cerca de um metro acima da linha d'água. Os portões que davam propósito à barreira estavam todos erguidos entre os píeres remanescentes, mas ao redor dos flancos do seu irmão destruído, o rio fluía em um espiralar de rápidas correntes revoltas.

— Artilharia jogada do céu. — Pynchon abaixou a arma. — Bomba de 230 quilos guiada por laser, provavelmente.

— Alguém queria alagar Londres — disse Huxley.

— Ou talvez alguém quisesse tornar o rio navegável — sugeriu Plath.

— Você acha que isso foi bombardeado só pra nos deixar passar?

Ele ficou impressionado com aquela recém-encontrada compostura evidente no olhar que ela lhe lançou, quase fulminante de tão desdenhoso.

— Eu acho que somos um grupo de pessoas sem memória e armadas navegando rumo a uma das maiores cidades no mundo, que, por enquanto, não demonstrou qualquer sinal de vida além de lunáticos suicidas gritando na névoa. Já concordamos que estamos aqui por um motivo. Não é exagero supor que esse bombardeio seja parte disso.

— Isso foi feito há algum tempo — disse Pynchon. — Dias, talvez semanas. Antes que essa merda piorasse. — Ele apontou para a névoa ao redor. Huxley sentia que seu matiz rosado tinha se aprofundado ao longo das últimas horas, embora pudesse ser efeito do pôr do sol.

Plath inclinou a cabeça em reconhecimento.

— O que indicaria que esta missão é a culminação de um planejamento e um esforço extensivos. A conclusão óbvia é que estamos aqui em resposta ao que quer que tenha acontecido nesta cidade.

— Resgate, talvez? — Pynchon fez uma careta duvidosa. — Se é que há alguém pra resgatar.

— Ainda temos um contêiner fechado no porão — lembrou Huxley. — Não precisa ser um Sherlock Holmes pra conectar esse fato particular ao nosso objetivo final.

O barco balançou um pouco enquanto passava pela barreira e a corrente revolta fazia a proa virar para bombordo e estibordo com uma violência de causar ansiedade. Porém se endireitou depressa, o som dos motores aumentando e diminuindo conforme um jato de propulsão mais intenso os levava para longe das águas agitadas. O primeiro naufrágio ficou visível pouco depois: a proa de uma embarcação grande, de casco escuro, rompeu a superfície a uma curta distância da costa. A cadeia de sua âncora formava uma linha reta diagonal na água, dividindo as porções do nome parcialmente submerso e pintado em letras brancas no casco: BILLIE HOLIDAY.

— Parece que alguém era fã de jazz — comentou Golding.

— Acho que é uma draga — disse Pynchon. — Uma embarcação grande. Não afunda fácil.

O barco desacelerou logo depois e mais naufrágios apareceram, consistindo em pouco mais que formas abstratas na névoa sombria. A proa mudava de direção a cada poucos minutos, uma mão invisível fazendo ajustes na rota para evitar os novos obstáculos. As margens do rio estavam mais próximas, os detalhes ainda ocultos pela luz evanescente e a névoa. Com a mira da carabina, Huxley distinguiu sombras ondulantes ao redor das bases de estruturas que indicavam uma cidade inundada. Ao contrário das porções orientais do rio, ali não havia nenhuma luz, só um longo muro de prédios silenciosos e vazios.

— Hã-uh — grunhiu Pynchon quando a escuridão ao redor praticamente ocultou as margens de vista. Ele e Huxley estavam parados um de cada lado da metralhadora automática, apontando as carabinas para o vazio além da proa. Pynchon tinha ativado uma lanterna com mira laser acoplada à coronha de sua arma, e apontava o pontinho de luz vermelha de uma sombra vaga para outra até parar, hesitante, em uma forma particularmente larga e imóvel à frente.

— O que é? — Huxley espiou pela mira, mas só viu uma confusão de curvas e ângulos.

— Parece um monte de naufrágios todos juntos. — O ponto do laser seguiu da direita à esquerda várias vezes antes que ele o desligasse. — Mas não consigo ver uma passagem.

Como que para sublinhar essa avaliação, os motores ficaram mais barulhentos enquanto davam ré, desacelerando até o barco parar. Pynchon abaixou a arma, a luz da casa de leme brilhando na pele coberta de suor.

— Acho que é aqui que entra a dinamite.

Huxley examinou o muro confuso de sombras.

— No escuro?

Pynchon deu uma bufada quase divertida.

— Jesus, não. — Ele apertou a amurada para se firmar enquanto os motores davam um dos seus rugidos breves para manter a posição, depois seguiu para a popa. — Vamos esperar pela manhã. E desta vez vamos manter vigia. Eu pego o primeiro turno e te acordo em duas horas.

— Seria de imaginar que eles nos dariam ao menos uma âncora.

A reclamação soava estranha vinda dos lábios de Rhys, atipicamente irritadiça, de um jeito que fez Huxley refletir sobre como era absurdo atribuir traços de personalidade a alguém que ele sequer conhecia. A irritação dela decorria dos motores de liga e desliga a intervalos aleatórios para manter o barco em posição. Isso, e a gravidade da situação deles, dificultava o sono, pelo menos para ela e Huxley. Pynchon não precisou acordá-lo para seu turno de vigia, uma vez que Huxley passara o tempo contemplando a parte de baixo da beliche de Golding.

O historiador tinha caído num sono profundo quase imediatamente, assim como Pynchon, após relatar duas horas sem novidades. Huxley presumia que a habilidade de dormir sempre que houvesse oportunidade fosse um hábito arraigado da vida militar. Plath levou mais tempo, deitada na cama com as mãos sobre o peito. Seus olhos ficaram abertos por um tempo e, quando ela os fechou, sua postura não mudou, fazendo-o se perguntar se estava de fato adormecida. Ao subir a escada, ele encontrou Rhys em frente à casa do leme.

— Se tivessem nos dado uma, poderíamos ficar tentados a baixá-la — respondeu Huxley, arqueando uma sobrancelha — e nunca a erguer de novo.

Rhys concordou com uma leve curva dos lábios antes de ficar em silêncio, com a cabeça apoiada contra o encosto do assento. Ambos sentaram-se diante do painel de controle; o mundo além do vidro havia se tornado um breu graças ao brilho do mapa imutável na tela. Huxley ficara tentado a jogar algo para cobri-lo, mas a visão do ponto vermelho pulsando no centro de uma faixa azul se provara irresistivelmente fascinante.

Após uma pausa extensa, Rhys falou de novo, a voz monótona de fadiga e frustração.

— É diferente, desta vez. Dormir, quer dizer. Você se lembra da primeira vez, depois que jogamos Conrad no mar? Foi como cair num coma. Agora é só... sono. — Ela se remexeu, puxou as pernas para cima e fez uma careta quando não encontrou uma posição confortável. — E eu pelo menos não consigo. Talvez a insônia já fosse uma coisa regular pra mim.

— Ou talvez tenha algo a ver com isto. — Huxley passou a mão sobre a cicatriz na cabeça. — O que fizeram com a gente. Talvez aquele primeiro sono tenha sido um efeito colateral ou parte necessária do procedimento.

— Talvez — repetiu ela num murmúrio. — Talvez, talvez. Parece que estamos vivendo num mundo de infinitos "talvezes".

Ele queria oferecer conforto, mas não tinha nada. Nenhuma anedota. Nenhum exemplo de resiliência diante de tragédia ou desastre. *Se eu fosse mesmo um policial, devia haver algo. A vez que acalmei um skinhead pilhado de metanfetamina com uma espingarda? Ou uma vítima de violência, esfaqueada ou baleada, que eu mantive viva até os paramédicos chegarem?* Mas isso eram invenções, não lembranças. Era possível que ele tivesse passado a vida atrás de uma mesa, analisando planilhas em busca de lavagem de dinheiro ou fraudes. Ou ele nem tinha sido um policial e interpretava um papel que seus companheiros igualmente afetados tinham lhe dado. Sentiu a ausência de uma história pessoal de forma mais aguda do que nunca, e a dor retornou, dessa vez com uma nova intensidade, enquanto ele sofria por ser separado de algo fundamental, algo necessário.

— Você provavelmente não deveria tentar lembrar — avisou Rhys, a postura ainda encolhida, mas o olhar consideravelmente mais focado.

— Não estava tentando. — Ele forçou um sorriso. — Prometo.

Ela relaxou um pouco e apoiou o queixo nos joelhos erguidos.

— Eu estive pensando na dor. Não acho que seja efeito colateral.

— É, foi o que eu pensei. Se tentar lembrar, você sente dor. Reforço negativo ou algo assim. Mas me pergunto como eles fizeram isso.

— Implantes. Deve ser. Tem um dispositivo chamado *shunt* que é usado pra tratar pacientes com perda de memória de curto prazo. Ele envia sinais elétricos através de certas partes do cérebro para estimular a memória. Não é difícil imaginar algo que faça o oposto.

— Não funcionou com Dickinson ou Conrad, né?

Ela ergueu as sobrancelhas em concordância sombria.

— Não, mas isso é de se esperar com uma tecnologia ainda nos primórdios. Plath pode ter razão, sabe? Tudo isto pode ser um experimento.

Huxley inclinou a cabeça para a escuridão além do vidro.

— Se for, eles levaram a coisa a um ponto bem extremo.

— Não falo do que aconteceu lá fora, eu quis dizer *nós*. Estamos aqui claramente como uma resposta ao que quer que tenha acontecido, mas não quer dizer que não somos um experimento, um teste para a tentativa real.

— Ou nós *somos* a tentativa real. — Ele se acomodou de volta no assento, encarando o ponto piscante no mapa. — Toda essa automatização... deve haver um motivo pra isso. Não te ocorreu que podemos ser as únicas pessoas que restaram?

— A última esperança da humanidade. — Ela soltou uma longa exalação trêmula que ele entendeu como uma tentativa fracassada de risada. — Essa pode ser a ideia mais deprimente até agora.

Ela voltou a ficar em silêncio, inclinando a cabeça para apertar a bochecha contra os joelhos. Quando falou de novo, as palavras eram suaves, vacilantes.

— Eu tenho estrias e uma cicatriz de cesárea. Não muito extensa, então imagino que foi uma única criança. Gosto de pensar que eu tinha uma filha em vez de um filho. Não é horrivelmente sexista da minha parte? — Foi uma pergunta retórica, então ele não disse nada. Rhys continuou quase sem pausa. — Quantos anos ela tem? Brinca de Barbies ou *action figures*? Que marca de cereal come? Sente falta de mim? Dói, mas eu não consigo parar de tentar lembrar.

Huxley não olhou para ela, e soube que veria lágrimas se o fizesse. Não olhar era covardia, ele sabia. Se ele se virasse e visse essas lágrimas, seria um convite a uma conexão, algo que o assustava. *Se ela lembrar a marca de cereal favorita da filha, vou ter que atirar nela.*

Uma distração, tanto bem-vinda como temida, veio na forma de um coro estridente de gritos da margem norte do rio. Foi abafado pelas paredes da casa do leme, mas eles ainda ouviram.

— As gaivotas voltaram — murmurou Huxley, empunhando a carabina e caminhando até o convés da popa.

Com a névoa, tentar enxergar na noite era um exercício inútil. A neblina ao redor tinha se assentado em nuvens espessas sobre a água, que captavam a luz escassa do barco e criavam um muro pálido e impenetrável. Huxley se perguntou se aquilo de alguma forma amplificava os gritos, que soavam alto demais para serem produto de gargantas humanas. Começaram como um balbucio, como risadas misturadas com um tagarelar sobreposto de bobagens ininteligíveis. Huxley só conseguiu chegar a duas conclusões, uma delas sendo o fato óbvio de que o barulho vinha de um grupo em vez de uma pessoa só; a outra, a insanidade delas.

— Parece uma bela festa — grunhiu ele. Mantinha a coronha da carabina apertada no ombro, mas não ergueu a arma, pois não havia nada em que atirar.

— Eles estão gritando pra nós? — Rhys segurava a própria arma com a mesma combinação de familiaridade e desconforto demonstrada por Golding e Plath, as faces vermelhas após enxugar o rosto depressa enquanto encarava a névoa.

— Não consigo ver mais ninguém, você consegue?

— Como eles nos enxergam nisso?

— A luz chega longe quando não tem muita competição.

Ele ergueu a carabina num gesto espasmódico quando o coro balbuciante passou por uma mudança súbita, os berros sem sentido se mesclando em um grande grito. Huxley ouviu raiva nele, e uma boa dose de dor, mas principalmente medo — o grito coletivo de um grupo aterrorizado. *Isso é uma ameaça ou um alerta?*

O grito coletivo morreu depressa, mas não foi substituído pelo silêncio. Em seguida veio uma voz, só uma, masculina, ainda gritando, mas dessa vez formando palavras indistintas, a princípio embargadas como se ditas por uma boca deformada:

— Eu... sei... — disse o sujeito invisível, e então Huxley ouviu o borrifo de um corpo pulando na água. Mais sons de água agitada se seguiram, a voz cada vez mais alta conforme o homem se debatia na direção deles. — Eu sei... quem vocês são!

Huxley encostou o olho na mira óptica, vasculhando a névoa sem ver nada.

— Eu sei quem vocês são! — Mais perto, mas ainda nenhum sinal de algo em que ele pudesse atirar.

— Parece que ele sabe algo que a gente não sabe. — A voz de Rhys soava entrecortada e rouca, de um jeito que revelava o humor forçado. Olhando para a esquerda, Huxley viu que ela também erguera a carabina, com a trava de segurança em posição de tiro, o seletor no modo semiautomático. Ela tossiu antes de falar de novo. — Vamos fazer umas perguntas pra ele.

— EU SEI QUEM VOCÊS SÃO!

Nesse instante, Huxley viu uma dispersão de branco entre o cinza avermelhado, um corpo se debatendo na corrente. Seu dedo foi da trava ao gatilho, mas ele se segurou antes de apertá-lo. Queria ver o rosto do sujeito, ver se de alguma forma parecia com o de Dickinson quando ela tentara matá-lo. Rhys, porém, não compartilhava da curiosidade dele.

A carabina dela disparou duas vezes, o clarão que saiu da boca parecendo enorme na escuridão, altos aguilhões brancos despontando na névoa. Huxley instintivamente pulou para longe da picada ardente dos cartuchos ejetados que voaram em direção ao seu pescoço. Quando olhou de novo pela mira, tudo que viu foram ondas. A margem distante estava silenciosa de novo, o coro de gritos aquietado por medo ou indiferença.

— Podíamos ter descoberto alguma coisa... — começou ele, mas Rhys já estava se virando, voltando a trava de segurança da carabina para o lugar.

Antes de ela desaparecer na casa do leme, ele a ouviu murmurar:

— Eu preciso estar viva para me lembrar dela.

CAPÍTULO 5

O sonho voltou quando ele conseguiu duas horas de sono agitado antes do amanhecer. Foi mais definido dessa vez — a névoa azul dourada dissolvendo em mar e praia, ondas que quebram num litoral arenoso na maré alta. Nuvens esparsas pontilhavam um céu azul-claro imaculado, e ele sentia o vento na pele, deliciosamente fresco. O espectro branco que passara como um fantasma na frente de seus olhos tornou-se uma silhueta, com uma saia de algodão inflando-se enquanto fazia piruetas sobre a areia e segurava um chapéu de palha contra a cabeça com cachos que desciam pelos ombros. E a voz, ainda indistinta, mas maravilhosa e familiar...

A dor o afastou do sonho com insistência violenta, um aperto como dedos de aço gélido cravados no centro do seu cérebro. Ele não conseguiu conter um arquejo agonizado ao acordar; a violência do espasmo quase o fez cair da cama. *Um sonho não é uma lembrança*, disse a si mesmo, o coração martelando, inundado de alívio quando percebeu que estava sozinho na cabine da tripulação. *Não é a mesma coisa.*

Ficou deitado ali por um tempo, esperando o coração se acalmar. A pulsação desacelerava e então voltava a disparar com surtos de conjectura temerosa: será que estava se sentindo diferente? Queria se ferir? Queria ferir os outros? Não gostava de Golding e sentia uma aversão crescente por Plath, mas isso decorria da convivência ou da memória? Além disso, não achava que queria matar ninguém. Mas uma pergunta o preocupava mais do que todas as outras: quem era aquela mulher na praia?

O som da voz de Pynchon trouxe um fim à sua imobilidade quando ele gritou escada abaixo com autoridade brusca:

— Acorde, sr. Policial. É hora de outra excursão.

A aurora revelou detalhes desanimadores da tarefa que teriam pela frente. O obstáculo consistia em uma bagunça de barcos entrelaçados, todos danificados em graus diferentes. A maioria era pequena — botes e barcos de passeio forçados a unir seus cascos estilhaçados com as embarcações muito maiores que formavam a maior parte da barreira. Um rebocador com três quartos submersos servia como o baluarte direito da estrutura caótica. À esquerda, uma lancha do tamanho de um iate, que Pynchon denominou "a rainha dos palácios de gin", criava um muro inclinado e instransponível. Entretanto, a obstrução principal, aquela que ele escolheu como o objetivo deles, era uma longa barca com teto de vidro no centro. Todo o edifício caótico se estendia diante deles, sinistro e hostil com suas muitas escotilhas e cascos rachados, os portais sombreados ainda mais escuros sob a névoa. Ela não tinha esvanecido com o sol matinal, não que Huxley esperasse que isso fosse acontecer. Além disso, o matiz avermelhado estava ainda mais notável, levando a uma conclusão óbvia.

— Isso não é névoa de verdade, é? — perguntou ele, virando-se para Plath.

Pelo arco reservado e levemente aborrecido das sobrancelhas dela, ele deduziu que já tinha chegado à mesma conclusão, mas decidira manter isso para si.

— Acho que não.

— Então o que é?

A resposta dela tinha uma nota de desdém irritante, como uma professora falando com um aluno que não entendia as coisas.

— Você por acaso tem um espectrômetro de massa à mão? Não? Então não posso te dizer o que é.

— Dê um palpite — insistiu Huxley, enfrentando o ressentimento no olhar dela com uma encarada firme. Pela curva irritada dos lábios, ele suspeitou que ela o teria ignorado se não fossem os olhares de expectativa dos outros.

— Um gás de algum tipo — disse ela, com precisão ressentida. — A refração da luz do sol nesse matiz vermelho indica uma densidade maior do que os gases constituintes da atmosfera. A ausência de odor ou dificuldades respiratórias significa que não é tóxico, ou que pelo menos seus efeitos ocorrem devagar, caso contrário presumo que os planejadores desta missão teriam nos fornecido máscaras respiratórias. Fora isso, não tenho conclusões a oferecer.

— Não pode ser coincidência — disse Rhys. — Londres virou uma zona de desastre e por acaso está coberta com toda essa merda vermelha?

— Você está pensando em um ataque químico? — perguntou Golding.

Eles o tinham poupado de um turno de vigia, mas, apesar das horas de sono, seu rosto estava abatido e os olhos encovados. Huxley atribuiu o fato à dor da ferida, mas, julgando pelo escrutínio profundo que Pynchon dirigia ao historiador, nem todos concordavam.

— Creio que há alta probabilidade de haver uma conexão — disse Plath. — Mas, sem mais informações, não há motivo para especular.

— Ela tem razão. — Pynchon colou as alças de velcro de uma mochila cheia de dinamite. Ele se endireitou, jogou a mochila sobre os ombros e acenou com a cabeça para a confusão de naufrágios além da proa. — Precisamos ir. — Ele entregou a mochila contendo os detonadores para

Huxley, e um colete com bolsos cheios de munição a Rhys. — É um trabalho para três pessoas. Duas para colocar as cargas, uma por segurança.

— Obrigada pela oportunidade de me voluntariar. — Rhys fez uma careta, mas vestiu o colete sem reclamar.

— Se alguma coisa acontecer... — começou Huxley, virando-se para Plath e Golding, mas não terminou a frase. Se alguma coisa acontecesse, estavam todos fodidos, já que o barco não poderia mais ir a lugar nenhum. — Talvez eles liguem de novo — terminou ele, tirando do bolso o telefone a satélite e jogando-o para Plath.

A barca estava encaixada tão firmemente no muro de naufrágios que mal balançou quando eles subiram a bordo. Pynchon guiou o bote inflável na direção da popa, uma porção da barca que se projetava só o suficiente para permitir um ponto de entrada. As botas de Huxley trituraram vidro quando ele se ergueu sobre a amurada, mirando a carabina com uma só mão para a escotilha escura no convés.

— Melhor fazer uma varredura primeiro. — Pynchon subiu em seguida e estendeu uma mão para ajudar Rhys. Ela a ignorou, passou a carabina para as costas e agarrou a amurada com as duas mãos antes de pular com agilidade até o lado deles. Pynchon deu um grunhido e se virou para fazer uma inspeção minuciosa dos arredores. Quando se inclinou sobre a amurada a estibordo, se enrijeceu e chamou os outros dois.

Curvando-se para a frente para seguir a linha do dedo de Pynchon, Huxley pôde ver outra camada de destroços além da barreira, mais barcos e barcas destruídos e misturados.

— O que estamos procurando?

— Ali. — Pynchon apontou de novo, cutucando o casco do rebocador pressionado contra a popa da barca. Olhou mais de perto, Huxley distinguiu um buraco irregular do lado da embarcação, estendendo-se da saia de borracha espessa que cobria a parte superior do casco até o metal sob a linha d'água. As margens do buraco eram pétalas de ferro retorcidas, e floresciam para fora, não para dentro.

— Explosões no casco interno — disse Pynchon. — O metal ainda está chamuscado.

— E isso significa o quê? — perguntou Rhys.

Pynchon recuou, correndo o olhar pelo rio enevoado além daquela barricada acidental.

— Que alguém já abriu esse caminho com explosivos.

— Então por que todo este lixo continua aqui?

— As correntes. Os rios não param de fluir. Isso deve ter acontecido dias, ou mesmo semanas, atrás. Mais destroços flutuaram para preencher o buraco e espremer o rebocador até a superfície.

— Não somos os primeiros a vir aqui — disse Huxley. — Talvez nem os segundos. Há quanto tempo tudo isso vem acontecendo?

— Não vamos obter respostas nos demorando aqui. — Pynchon fungou e virou-se para a cabine superior da barca, ativando a lanterna LED afixada ao seu colete. — Vamos ficar juntos o tempo todo. Nada dessa bobagem de se separar para cobrir uma área maior.

— Tem certeza? — Rhys apoiou a carabina no ombro, adotando a empunhadura e a postura experiente de costume. — Meio que gosto da ideia de ser a última garota viva no final do filme.

Huxley bufou uma risada, mais por obrigação do que por humor. Pynchon não riu.

— E chega de falar sem ser necessário. — Ele assentiu para Huxley, apontando a arma para a escotilha. — Sr. Policial, se não se incomodar em ir na frente.

— Porque eu sou o mais descartável, certo?

— Porque um agente de segurança terá experiência em entrar num espaço fechado desconhecido contendo potenciais ameaças. — Um raro sorriso cruzou o rosto de Pynchon. — E, sim, eu preferiria perder você do que a boa doutora.

— Eu nem tenho certeza se sou policial — grunhiu Huxley, enquanto ligava a própria lanterna e se agachava para entrar na cabine. O teto de vidro da barca estava estilhaçado em vários lugares, e a cabine consistia num arranjo estranhamente intacto de assentos e mesas. Havia fragmentos de vidro por toda parte, cintilando quando a luz LED passava por eles. Avançando mais, ele não encontrou nada de interesse particular além de talheres espalhados e cerâmica quebrada, até parar em uma balaustrada de cromo. Ela se arqueava para baixo até o convés, desaparecendo em uma escotilha de madeira firme que parecia destoar do restante da decoração.

— Parece sólida — disse Huxley, agachando-se para testar a escotilha com um empurrão forte. — Mas não tem fechadura.

— É fechada pelo outro lado. — Pynchon foi mais bruto, batendo a bota com força no centro da escotilha. Ela estremeceu, mas não cedeu. — Isso é madeira recuperada do mar — disse ele. — Provavelmente tirada dos outros naufrágios.

— Alguém estava ansioso para manter algo fora daqui — observou Rhys.

— Então imagino que não serão muito receptivos com visitantes — acrescentou Huxley.

— Receptivos ou não... — Pynchon deu uma última olhada na escotilha, então ligou o seletor de tiro da carabina no modo automático. — Lá vamos nós. Fiquem atrás. Cubram os olhos.

Ele mirou o centro da escotilha, onde suas duas partes se uniam. Huxley ergueu o antebraço para o rosto e se virou quando a carabina soltou duas rajadas curtas antes de uma pausa e então uma terceira. Abaixando o braço, ele viu Pynchon bater de novo o pé na escotilha, dessa vez com mais sucesso conforme esmagava a madeira transformada em lascas pelas rajadas de alta velocidade da arma. Mais alguns chutes e ele criou um buraco grande o suficiente para agarrar com as duas mãos, arrancando a escotilha e então recuando, com a carabina apontada para a escadaria que se revelou.

Huxley parou ao lado dele, grãos de poeira e madeira fragmentada flutuando nos feixes de suas lanternas. Os fragmentos de mais de um ferrolho retorcido e quebrado cobriam os degraus e, abaixo, ele viu o brilho de água.

— Está inundada. Pelo menos não vai precisar de muito pra afundar. — Pynchon se pôs de lado e inclinou a cabeça para Huxley.

Ele desceu os degraus agachado, mantendo a carabina no ombro e girando o cano junto à lanterna. A luz iluminou a água na altura do calcanhar e mais um cenário doméstico destruído, onde mesas e cadeiras estavam espalhadas e uma taça de vinho flutuava ao pé da escada. A água infiltrou-se nas botas dele enquanto seguiu devagar, parando após alguns passos quando a lanterna refletiu um pedaço incomum de detrito flutuante, algo escuro e vermelho. *Rato.* Ele parou para olhar o corpo do roedor mais de perto, encontrou sua boca aberta e os dentinhos afiados expostos na rigidez da morte. Mais preocupante era o estado do corpo, o pelo preto e a carne rasgados até o osso, a caixa torácica e a espinha à mostra enquanto o rabo era uma minhoca pálida e flácida, enrodilhada gentilmente nas ondulações.

— Não morreu de doença, pelo menos — disse Rhys, quando chegou ao lado dele e pegou o rabo do rato. Erguendo-o da água, ela o segurou próximo à lanterna para inspecionar. — Este carinha foi comido. E quem fez isso não se deu ao trabalho de cozinhá-lo primeiro.

— Também é o primeiro sinal de vida animal que a gente vê — apontou Huxley.

— Não precisamos de distrações, pessoal. — Pynchon passou por eles com a carabina ainda no ombro e só dando uma olhada breve no rato. — Temos um trabalho a fazer, lembram?

Rhys jogou o rato na água enquanto Huxley erguia a carabina e voltava a inspecionar a cabine. Sua lanterna parou ao iluminar um bar do lado oposto do convés, demorando-se na visão impressionante de uma garrafa intacta no balcão de mármore. Ela brilhava no feixe de luz LED, dourada e sedutora de um jeito que o atraiu imediatamente, apesar dos instintos que o alertavam para conferir o resto do ambiente. A garrafa passava uma sensação de familiaridade pesada e retangular, e disparou uma pontada de dor na sua cabeça quando ricocheteou de sua memória bloqueada. Tinha uma etiqueta preta, arruinada pela umidade, mas ainda legível em alguns pontos, as palavras "Tennessee" e "Daniel's" sendo as mais notáveis. Ele a pegou, fazendo o líquido âmbar girar com lentidão agradável dentro de sua prisão de vidro. Huxley percebeu que seus lábios estavam apertados e que precisava tensionar o braço para a mão não tremer. Ele podia sentir o gosto do uísque, embora nenhuma lembrança de ter bebido aquilo lhe viesse à mente. A sensação do líquido na língua, a queimação maravilhosa e o convite para o esquecimento...

— Se eu quisesse deixar uma armadilha para visitantes indesejados — a voz de Rhys soou dura no ouvido dele —, uma garrafa cheia de bebida batizada com algo desagradável pareceria uma ótima ideia. — Ela bateu um dedo no lacre quebrado da tampa da garrafa. — Tem certeza de que quer arriscar?

Mais dor, dessa vez não só na cabeça. Veio das entranhas também, uma necessidade desesperada, de embrulhar o estômago, que ia além de sede ou fome. Ele tentou esconder o tremor na mão enquanto abaixava a garrafa, mas Pynchon viu. Quando se aproximou, com o rosto contraído em escrutínio e desdém, ele viu outra coisa também.

— Parece que descobrimos outro aspecto da sua pessoa, sr. Policial — disse ele, as sobrancelhas erguidas, a boca se curvando em um sorriso quase apologético. — Você é um bêbado do caralho, colega.

Era idiota, uma demonstração de raiva e desafio vulgar, novamente dolorosa em sua familiaridade, mas Huxley não conseguiu se conter. Erguendo a garrafa de novo, ele a apertou pelo pescoço e a bateu na beirada do balcão de mármore, fazendo-a explodir em gotas âmbar e cacos de cristal.

— Vá se foder — disse ele, rouco, para Pynchon.

O soldado entortou a cabeça, os lábios curvados de divertimento, embora o olhar continuasse firme e fixo.

— Depois vocês comparam o tamanho do pau, rapazes — disse Rhys com desdém cansado, caminhando na água até o outro lado do convés, onde mais uma balaustrada brilhava sob o feixe da sua lanterna. — Temos trabalho pra fazer, lembram?

Pynchon sustentou o olhar de Huxley por mais um segundo, então se virou para seguir Rhys. Huxley se viu focado nas costas indefesas do soldado, o pescoço da garrafa estilhaçada ainda apertado no punho. Um espasmo de autorrecriminação e asco fez sua mão se abrir, deixando a garrafa cair. *Algo que um bêbado faria*, decidiu ele, irritado ao sentir tanto vergonha como constrangimento por um passado de que não conseguia se lembrar. *Um bêbado covarde, ainda por cima.*

Não havia escotilha guardando a escadaria até o convés mais baixo da barca. As lanternas revelaram um lance de degraus submerso na água pontilhada de destroços, o espaço abaixo perdido na escuridão absoluta.

— Parece que vou nadar — disse Pynchon, tirando a mochila das costas.

— Isso é mesmo necessário? — Rhys examinou a escada alagada com trepidação nítida. — Não pode pôr a dinamite aqui?

— Precisa ser abaixo da linha d'água, onde o casco encosta no rebocador, ou eles não vão afundar. — Ele os chamou com um gesto enquanto ia até o bar, pondo a mochila no balcão e abrindo-a para extrair dois blocos de C4. — Detonadores — pediu, estendendo uma mão para Huxley.

— Você não vai precisar de ímãs ou fita adesiva ou algo assim? — perguntou ele, estendendo sua mochila. — Pra fixá-los, quero dizer.

— Só preciso apoiá-los no casco. A pressão da água vai fazer o resto. — Pynchon enfileirou os blocos de C4 e lentamente pressionou um detonador do tamanho de uma caneta em cada um dos tijolos. Em seguida afixou os fios dos detonadores, passando o dedão sobre os botões do timer plástico de cada um com precisão cuidadosa. — Quinze minutos. Deve ser mais que o suficiente pra gente sair daqui.

Ele tirou as botas e a jaqueta do uniforme antes de devolver a dinamite à mochila e carregá-la à escadaria alagada, a lanterna na outra mão.

— Dois minutos, no máximo — disse ele. — Mais que isso e eu me afoguei. Vou deixar a critério de vocês virem atrás de mim ou não.

Ele deu algumas inspirações curtas e rasas antes de puxar uma golfada de ar final e mergulhar na escadaria. Eles o viram descer na escuridão, virar de cabeça para baixo e então desaparecer de vista, o brilho da lanterna diminuindo rapidamente.

— Um... dois... — começou a contar Rhys com uma concentração que Huxley sentia ser inútil. Ou Pynchon ia voltar, ou não ia. Ele logo começou a achar os murmúrios rítmicos inexplicavelmente irritantes, mas talvez isso se devesse ao ressentimento que persistia por conta da garrafa de uísque. De toda forma, abriu a boca para fazer uma sugestão ríspida para ela se calar, mas parou quando algo perturbou a água atrás deles.

As lanternas dançaram quando eles giraram depressa, as carabinas no ombro, travas de segurança abaixadas, os feixes acompanhando a água ondulante e os detritos flutuantes.

— Outro rato? — perguntou Rhys.

— Espero que sim. — Ele sabia com uma certeza desanimadora que o som não viera de um rato. O que quer que tivesse restado naquela cidade, não só esses bichos.

Outro som de água agitada à direita, e os feixes das lanternas se convergiram no canto da cabine. A figura agachada ali estava tão imóvel que a luz de Huxley passou por ela sem pausar a princípio, então voltou rapidamente quando seu olho captou uma silhueta humana. Ele viu um par de olhos brilhando em um rosto coberto por algo escuro e viscoso. Olhos firmes, que não piscavam.

— Não se mexa! — gritou Huxley com o que presumiu ser reflexo policial. A figura estremeceu ao som, emitindo um arquejo curto que era perturbadoramente próximo de um rosnado. *Se encontrarem qualquer outra pessoa, matem-na imediatamente.* A voz do telefone a satélite, alta e impassível na cabeça dele. *Elas são um perigo para vocês.*

— Huxley — começou Rhys, passando o dedo para o gatilho.

Ele tirou a mão da coronha e acenou para ela fazer silêncio.

— Espere. — Ele deu um passo longo e lento para a frente, mantendo a mão erguida, os dedos se abrindo. — Não estamos aqui para ferir você — disse à figura. As palavras causaram outro arquejo, os olhos piscando pela primeira vez, a forma escurecida que se encolhia ainda mais. — Eu sou Huxley. Essa é Rhys. Você pode me dizer o seu nome?

A figura estremeceu, e Huxley distinguiu as gotinhas de uma substância espessa pingando do queixo dela. A criatura era tão distorcida, tão inumana, que a clareza de suas palavras foi chocante.

— Eu não vou pra casa. — Uma voz feminina, jovem e assustada, mas desafiadora.

Huxley hesitou antes de responder com um aceno.

— Ok. Se é isso que quer...

— Eu não vou pra casa — repetiu a jovem, e outra cascata de gosma escorrendo do rosto e mais palavras que rolavam da língua em uma torrente rápida. — Vocês não podem me obrigar. Não ligo pro que seu livro de merda diz.

— Não tem problema. — Ele tentou sorrir, mas a mulher ficava cada vez mais agitada, balançando o corpo de um lado para o outro, e a lanterna dele iluminou as manchas que suas mãos deixavam na parede. — Como você quiser...

— É o *seu* livro. — O rosnado que ele ouvira naquele primeiro arquejo voltou, os olhos da mulher fulminantes, a cabeça se projetando para a frente em um pescoço que parecia pelo menos uns três centímetros mais longo do que deveria ser. Os dentes dela se tornaram visíveis quando os lábios recuaram, impossivelmente brancos em meio à máscara gotejante. Em seguida ela falou com uma espécie de rejeição triunfante, certo orgulho colorindo as palavras que jogava contra ele, como se fizesse uma denúncia que nutria havia muito tempo. — Suas escrituras. Eu não dou a mínima pra elas. Sabia? Nunca dei...

Um borrifo atrás dele; Rhys ajustando a posição para poder atirar.

— Sai do caminho, porra! — rosnou ela quando Huxley entrou na linha de visão.

— Precisamos de respostas — sibilou ele de volta.

Ele se virou para a mulher coberta de lodo e a viu se balançando para cima e para baixo; ela se preparava para um ataque, a cabeça acompanhando o movimento do pescoço excessivamente longo.

— Não precisa ter medo de nós — argumentou ele, uma mentira deslavada. — Só queremos ajudar.

Se Pynchon não tivesse emergido da escadaria naquele momento em um alvoroço de braços agitados e água revirada, a cena poderia ter se desdobrado de outra forma. Huxley poderia ter extraído algo útil daquela mulher deformada e enlouquecida, embora duvidasse.

Mas o surgimento de Pynchon foi o gatilho para o ataque dela, os dentes muito brancos e os olhos brilhantes no centro de uma massa de sombras retorcidas e garras que tentavam arranhá-lo. Ela pulou com tanta agilidade que ele sabia que teria sido pego se estivesse alguns centímetros mais perto. Do jeito que estava, ele conseguiu apontar a carabina para sua boca aberta, com dentes brancos, e dar quatro tiros rápidos antes que ela chegasse perto o bastante para golpeá-lo com os membros que se debatiam. Ele viu o líquido vermelho florescer na sombra cintilante e então a figura desabar convulsionando na água. Huxley recuou, a carabina ainda apontada para a massa que estremecia. Rhys aparentemente não queria tolerar mais riscos esvaziou um pente cheio no corpo, em três longas rajadas que geraram um clarão e fizeram os cartuchos se arquearem em uma cascata brilhante.

Quando ela parou para recarregar, levou alguns segundos até o zumbido nos ouvidos de Huxley diminuir e ele perceber que Pynchon estava gritando algo para ele. O soldado tinha recuperado a própria carabina do bar e a apontava de um canto escurecido da cabine para o outro, gotas espalhando-se da pele e das roupas encharcadas.

— Tem mais alguém aqui? Acorde, Policial! — Ele parou para dar um empurrão duro no ombro de Huxley. — Tem mais alguém aqui?

Huxley balançou a cabeça.

— Não vi ninguém.

— Bom. — Pynchon se apressou em recuperar o restante do equipamento. — As cargas estão no lugar. Acho que é hora de a gente se mandar, vocês não concordam?

Sem perder tempo, Rhys avançou na água em direção à escada, Pynchon logo atrás. Huxley começou a seguir, mas seu olhar foi atraído para a forma preta flácida que boiava no centro da cabine. Sua luz LED passou sobre a água preta entremeada com carmesim antes de cintilar na superfície do cadáver deformado. Enquanto seus olhos se demoravam ali, o feixe iluminou a silhueta de algo com linhas retas no meio da massa macia.

— Pelo amor de Deus! — rosnou Pynchon, no meio da escada.

Huxley o ignorou e moveu-se até o corpo, estendendo a mão para o objeto destacado. Era algo se projetava de um tecido coberto de lodo, que se revelou ser a aba de uma mochila quando ele se aproximou. A mochila estava quase toda revestida pela substância gelatinosa, mas esse item duro e claramente artificial estava limpo, e ele o reconheceu, com uma pontada de empolgação, como as extremidades de um laptop intacto.

— Huxley! — gritou Rhys, a raiva na voz misturada com uma nota surpreendente de preocupação.

— Um minuto! — gritou ele de volta, flexionando os dedos antes de pegar o laptop. Quando o puxou um pouco da mochila, sua pele roçou na gosma circundante, disparando uma onda de náusea imediata. Ele segurou o enjoo e tirou o dispositivo, um Apple MacBook Air, com o logo surpreendentemente limpo e brilhante. Endireitando-se com o prêmio em mãos, notou outra coisa: os olhos da morta, ainda abertos, encaravam-no em meio à máscara de gosma preta. *Não, não é uma máscara.* Ele teve uma revelação nauseante enquanto sustentava aquele olhar, notando como as pálpebras eram formadas quase totalmente daquele negócio. *Pele. É a pele dela...*

Uma abafada rajada de tiros vinda de fora da barca fez sumir qualquer vontade de se demorar ali, e Huxley se virou e viu Pynchon e Rhys agachados logo abaixo da escotilha.

— Parece que a gente incomodou alguma coisa — disse Pynchon, quando outra rajada ecoou escadaria abaixo. Ele apoiou a carabina no ombro e assentiu para Rhys seguir em frente, dando um último aviso brusco para Huxley: — Fique ou venha. Não vamos te esperar.

Huxley foi até os degraus enquanto Rhys e Pynchon desapareciam pela escotilha, outra rajada de tiros irrompendo quase imediatamente. Ele parou para enfiar o laptop na mochila dos detonadores e amarrá-la ao colete antes de continuar. Outra explosão de fogo de carabina acompanhada pelo estilhaçar de vidro o fez se abaixar depressa no momento em que chegou ao convés superior. Agachado entre duas mesas, ele avistou uma forma escura deslizando do telhado de vidro, deixando uma mancha vermelha enquanto mergulhava no rio.

— Vamos em frente! — rosnou Pynchon, seguindo para a popa da barca, a carabina apontada para a frente. — Rhys, vigie os flancos. Huxley, proteja a retaguarda.

Erguendo-se às pressas, Huxley entrou no lugar atrás de Rhys. Ela girou a carabina para a direita e esquerda enquanto virava para trás, a arma apontada para o telhado. Ele entendia que a precisão automática da formação deles era mais memória muscular, algo em que foram treinados ao longo de semanas ou até meses, algo que tinham permissão de lembrar.

Mais tiros os receberam quando emergiram na popa, o foco de Huxley imediatamente passando para o barco onde Plath e Golding estavam disparando suas carabinas. Plath atirava para estibordo e Golding para bombordo, tiros mirados, duas rajadas por vez. Um borrifo atraiu o olhar dele para os destroços além de Pynchon, que estava agachado, e ele viu um corpo, os detalhes perdidos na névoa, debatendo-se na corrente antes de ser levado para fora de vista. Outras duas rajadas de Plath e uma segunda figura destacada da barricada, igualmente difícil de distinguir, soltou um grito agudo e lamentoso enquanto caía.

— Vão para o bote — instruiu Pynchon, erguendo-se para mirar o trecho sul da barreira. Ele disparou três rajadas longas antes de se abaixar para trocar o pente da arma, as mãos se moviam com destreza instintiva. Rhys já estava pegando a corda para puxar o bote mais para perto. Ela o arrastou até o casco da barca e então acenou com urgência para Huxley subir a bordo. Ele pulou sobre a amurada, um pé caindo no bote e o outro no rio, e então girou, desabando de costas junto ao motor externo, rapidamente tomando controle da cana do leme e ativando a bateria. Rhys segurou a corda enquanto Pynchon subia a bordo, o soldado retomando os disparos assim que se acomodou: tiros únicos contra alvos específicos, varrendo da direita à esquerda. O bote balançou quando Rhys pulou na proa, a água lambendo os lados de borracha, mas não o suficiente para alagá-lo.

— Vai, vai! — gritou Pynchon, enquanto ejetava um pente e carregava outro. Huxley já estava abrindo o acelerador e empurrando a cana do leme com força para virá-los. Ele ignorou os tiros constantes e lutou contra o impulso de olhar para qualquer lugar exceto a popa do barco deles. Viu que Plath seguia atirando da amurada enquanto rodeavam o casco a estibordo, o clarão da arma iluminando seu rosto e revelando dentes expostos em uma expressão selvagem que parecia quase um sorriso. Golding interrompeu sua próxima rajada para correr até a popa e pegar a corda que Rhys jogou para ele.

— Conseguiram? — perguntou ele quando os três pularam do bote para a plataforma rebaixada atrás do convés da popa. — Ouvimos tiros, daí esse pessoal começou a surgir do nada.

— Temos uns oito minutos — respondeu Pynchon, enquanto virava para ajudar Huxley a puxar o bote a bordo. — Talvez menos.

— Não sei se vamos durar tudo isso se eles continuarem vindo.

Libertado da obrigação de guiar o bote, Huxley dedicou toda a atenção à barreira e viu figuras se aglomerando em uma massa ondulante de um lado a outro. A névoa continuava a frustrar suas tentativas de identificar detalhes, exceto por uma impressão geral de humanidade desordenada. Plath atirou de novo e ele viu outro corpo destacar-se da massa anônima da multidão, desabando na água com um borrifo alto. Alguns tinham alcançado a barca, o que permitia uma visão mais nítida, e Huxley percebeu uma falta de uniformidade quanto à aparência. Uma pessoa parecia estar envolta em uma espécie de cobertor e rastejava de quatro, seus movimentos mais parecidos com os de um caranguejo que um ser humano. Algumas avançavam devagar, agachadas, passando de um esconderijo a outro com total consciência do perigo. Outras estavam de pé, despreocupadas, sentinelas serenas na névoa que flutuava à sua frente. Ele via matizes de pele nua entre eles, mas também tons variados, embora opacos, de roupas esfarrapadas. Os sons que emitiam também não tinham harmonia: gritos e berros misturados a um murmúrio baixo que poderia ser considerado uma conversa calma. A única conclusão a que ele conseguiu chegar após uma breve olhada foi que nenhum deles mostrava qualquer inclinação a entrar na água.

— Espere — disse ele a Plath enquanto ela disparava outra salva de tiros. — Eles pararam.

Ela atirou mais uma vez, e uma figura alta e pálida estremeceu e desapareceu de vista quando a bala a atingiu na cabeça. Pela expressão satisfeita de Plath enquanto abaixava a carabina, Huxley julgou que foi um ato de despeito básico. Ele atribuiu sua conclusão subsequente mais a um instinto policial: *De jeito nenhum essa mulher nunca matou antes. Ela pode não se lembrar de ter feito isso, mas se lembra de como sente prazer ao fazê-lo. Que tipo de cientista mata pessoas?*

— E agora? — perguntou Golding, os olhos arregalados correndo sobre o aglomerado de figuras que se debatiam e gritavam, cobrindo a barreira de um lado ao outro.

— Recarregamos e esperamos. Não podemos fazer mais nada. — As feições de Pynchon se contraíram de irritação e preocupação enquanto ele apertava os olhos para a casa do leme e para forma inerte da metralhadora visível através do vidro. — Aquele negócio bem que seria útil agora.

— Eles podem estar guardando para algo pior — sugeriu Huxley.

— Ah, ótimo. — Golding enxugou o suor da testa, mas Huxley notou que as mãos dele não tremiam mais. — Obrigado por isso.

— Vocês... — O chamado ecoou da barreira com insistência alta e dolorosa, e o olhar de Huxley rapidamente se fixou na fonte. Era uma das figuras em pé. A névoa obscurecia boa parte dela, mas ele teve impressão de ver um rosto barbado e um braço estendido que apontava rio acima. — Vocês... — gritou a figura de novo, e Huxley ouviu um esforço no som, como se as palavras exigissem concentração para serem formadas e ditas. — Vocês deviam... voltar... — O chamado evanesceu e foi retomado após uma pausa curta, mais estridente e menos hesitante, o falante agora confiando que suas palavras faziam sentido. — Vocês deviam ir...

A barca explodiu, engolindo de imediato o homem com o braço estendido em chamas amarelas e destroços pretos. A explosão dispersou uma nuvem de madeira e metal fragmentados em todas as direções, e Huxley mergulhou no convés com os outros, enquanto os motores do barco se reavivavam com um rugido para mantê-los no lugar sobre a água subitamente violenta.

— Oito minutos? — perguntou ele a Pynchon, com os dentes cerrados e as mãos sobre a cabeça, e Huxley se encolheu quando pedacinhos de barca e pele começaram a chover.

Pynchon respondeu com uma careta, quase como se pedisse desculpas.

— Fazer cálculos de cabeça talvez não seja meu forte.

O estrondo da explosão esvaneceu nos rangidos da barca que afundava depressa e levava o rebocador consigo, a água branca espumando conforme o rio os reivindicava. Corpos flutuavam e viravam-se na corrente agitada, alguns se debatiam, alguns gritavam. Antes que saíssem de vista, Huxley teve um vislumbre mais claro de um deles a alguns metros da popa do barco em que estavam. A figura deslizou depressa sob a superfície, o corpo parecendo tão destroçado que tinha perdido qualquer possibilidade de flutuar. Quando a água passou sobre seu rosto, Huxley distinguiu um focinho projetado e orelhas erguidas, sem pele — claramente o rosto de um cão, e um cão feio, ainda por cima.

Uma máscara, ele disse a si mesmo, sabendo que estava errado. Aquele rosto era formado de pele distorcida e esticada, pele humana. *Um rosto feito de gosma e outro transformado em cachorro? Nenhuma doença faz isso.*

O som dos motores ficou mais grave e o barco avançou com um tranco, levando-se para dentro do buraco recém-criado na barreira. Enquanto passavam, as figuras não destruídas pela explosão continuaram a assistir, em pé, agachadas ou se remexendo, mas dessa vez completamente em silêncio. Logo a névoa se fechou de novo e elas sumiram, testemunhas mudas, perdidas para sempre na neblina vermelha.

CAPÍTULO 6

Além da barreira, o barco reduziu a velocidade a um ritmo ainda mais vagaroso, abrindo caminho no rio cheio de destroços. De vez em quando, um grito maníaco ou lamentoso ecoava das margens, mas nada parecia barrar o progresso constante, ainda que lento. Pynchon tinha expressado certa preocupação de que os destroços e os detritos levados pelo rio pudessem ter se aglomerado sob a Tower Bridge e criado outro obstáculo, mas eles passaram sem incidentes sob suas básculas abertas.

— A maioria das pessoas acham que esta ponte remonta à época Tudor, sabia? — comentou Golding, falando do jeito distraído que indicava um monólogo interior expressado em voz alta. Ele encarou os castelos gêmeos erguendo-se acima deles, com as janelas escuras, os vidros quebrados em alguns lugares, os flancos de pedra manchados de ferrugem. — Ou até antes. Mas só foi construída no final dos anos 1890...

— Tenho certeza de que falo por todos quando digo que não poderia me importar menos — disse Pynchon antes de se virar para Huxley, assentindo com expectativa para o laptop que ele segurava. — Não faça suspense, sr. Policial.

Eles se reuniram na casa do leme para inspecionar o prêmio de Huxley. Ele se ajoelhou e colocou o laptop em um dos assentos enquanto os outros se juntavam para espiar por cima de sua cabeça. Ao erguer a tela, a primeira coisa que notou foi o indicador de bateria: quatro por cento. Pynchon lhe garantiu que não havia jeito de carregá-lo no barco. Huxley assistiu aliviado quando o dispositivo ligou sem reclamações, a tela mostrando uma área de trabalho padrão com vários ícones de aplicativos sobre um papel de parede com uma paisagem de montanha. A qualidade levemente borrada da imagem indicava uma fotografia pessoal em vez de algo da biblioteca padrão, assim como as duas jovens que posavam no primeiro plano. Ambas usavam jaquetas acolchoadas e botas de escalada e tinham sorrisos largos e os dedos erguidos no sinal de V de vitória ou paz.

— São as Montanhas Rochosas? — perguntou Golding, espiando a tela mais de perto.

— Os Andes — disse Rhys. — Provavelmente a trilha inca. Uma garota viajada.

— Não pediu senha — observou Plath. — Talvez a dona quisesse que alguém descobrisse o que tem aqui.

— Vídeos usam muita memória — comentou Huxley, batendo o dedo numa pasta no desktop chamada "ASSISTA-ME". Um clique revelou uma lista de arquivos de vídeo MP4, todos nomeados em ordem numérica de acordo com a data sequencial de criação. — Diário em vídeo — concluiu. — O último foi criado há mais de um mês, o primeiro... — Ele deixou a frase no ar, piscando em surpresa. — Há catorze meses.

— Estamos perdendo tempo — disse Pynchon. — Bateria.

— É.

Huxley bateu o dedo no touchpad para abrir o primeiro arquivo. O vídeo começou sem preâmbulos ou tela de título, com uma jovem de cabelo rosa forte encarando a câmera fixamente. Seus olhos estavam encovados de um jeito que misturava fadiga com um nível de temor que ia além de mera preocupação. O fundo estava todo repleto por uma estante carregada com romances de fantasia e ficção científica, além de alguns volumes acadêmicos que ele achou que poderiam estar relacionados à biologia. A biblioteca era adornada cá e lá com várias *action figures* e bugigangas relacionadas a esses gêneros.

— Meu nome... — começou a jovem, só para imediatamente ficar em silêncio, inclinando a cabeça quando um suspiro de frustração escapou dos seus lábios. — Caralho. — Houve um corte, então ela apareceu de novo encarando a câmera, falando com uma calma e precisão forçadas. — Meu nome é Abigail Toulouse. Esse é meu nome real, no sentido que é o nome que escolhi para mim mesma. É o nome que eu considero o mais válido à minha identidade e portanto o nome que desejo que seja conhecido caso alguém encontre este... registro. Espero, quem quer que seja, que honre o meu pedido.

Ela fez outra pausa, os lábios apertados e o peito se enchendo enquanto respirava fundo. Usava uma jaqueta à prova d'água opaca cor de oliva, o zíper aberto revelando um revestimento preto cintilante que ele imaginou ser Mylar.

— Eu me perguntei se deveria começar bem — disse a jovem. — Mas, se está assistindo a isto, quando ou onde quer que esteja, acho que já é tudo história agora, recente ou não.

— Não é mesmo — disse Golding em um murmúrio azedo, calando-se após um olhar fulminante de Pynchon.

— Basta dizer — continuou Abigail — que tudo começou de fato a ir pro inferno há cerca de seis meses. Estive pensando sobre a data exata, mas realmente não sei dizer. — Ela franziu o cenho, balançando a cabeça em um gesto sinistro parecido com o de Dickinson ao falar sobre a aurora boreal. — Final de junho, começo de julho, acho. Pelo menos foi quando a gente começou a reparar. A sra. Hale, no fim do corredor, foi a primeira afetada, a primeira pessoa que a gente conhecia que se tornou... perigosa. Mas a gente via coisas no jornal. Ataques aleatórios, assassinatos aleatórios, em geral dentro de famílias. Pessoas que se sentavam pra assistir a Netflix e aí massacravam umas às outras com facas de trinchar até o final dos créditos. Então começaram as revoltas, mas não eram revoltas de verdade. Não havia protestos nem placas, só multidões fazendo coisas ruins sem nenhum motivo que alguém conseguisse entender. Um médico ou psiquiatra na TV atribuiu isso a uma histeria em massa ocasionada pela incerteza climática. Na época, Julie disse que ele estava falando merda, e ela não estava errada.

Abigail parou de falar, fechando os olhos e suspirando em autorrecriminação.

— Eles já sabem de tudo isso — murmurou ela. — Duvido que exista algo que eles não saibam. — Ela respirou fundo de novo, abrindo os olhos para encarar a câmera. — A sra. Hale pode ser um caso típico, ou não, quem sabe? Uma senhorinha fofa que mora a duas portas de nós e costumava trazer cupcakes que assava, principalmente pra ter uma desculpa pra conversar, mas a gente não se incomodava. Aí um dia ela bate na porta e, quando Julie atende, essa vovozinha simpática chama ela de puta e sapatão imunda e tenta estourar a cabeça dela com um rolo de macarrão. E o rosto dela... — O olhar de Abigail se perdeu na distância, a boca formando uma linha dura. — Não era o rosto dela, era outra pessoa. Não estou falando da expressão. Não quero dizer só que ela ficou cruel e má de repente. Partes do rosto ainda eram reconhecíveis, mas ele tinha mudado. Fisicamente. Se ainda fosse ela, acho que eu não teria conseguido. Tenho quase certeza de que não a matei. Quer dizer, foi com uma katana ornamental que eu comprei no Ebay e nem era afiada. Metal barato, a lâmina se curvou quando eu bati nela. Ao abrirmos a porta um centímetro na manhã seguinte, não havia corpo no corredor. Um pouco de sangue, mas nenhum corpo. Então, é, eu definitivamente não matei ela.

Ela tossiu e piscou antes de continuar.

— A gente se enfurnou aqui depois disso. Ouvimos outras coisas no quarteirão, batidas nas paredes e no apartamento acima, gritos... choro.

Tínhamos estocado alguns suprimentos quando as notícias começaram a piorar, um monte de enlatados, coisas que não precisávamos cozinhar. Ideia da Julie. Ela sempre foi a mais prática. Então pelo menos tínhamos o que comer. A energia ficou ligada pela maior parte do tempo, o que foi uma surpresa. Então, cerca de seis semanas atrás, o exército apareceu e a gente achou que era isso, que tinha acabado. — Ela alisou a jaqueta oliva. — Eles entregaram roupas, rações, suprimentos médicos. O oficial fez um discurso sobre segurança e ordem e disse que mais ajuda estava a caminho e que só precisávamos ficar calmos e seguir instruções, ou "orientações sensatas", como ele chamou. — Ela deu uma risada curta e amarga. — Tem um buraco de bala na janela da nossa sacada. Veio da arma de um soldado. Aparentemente ele matou aquele oficial e mais três antes que o resto do esquadrão o destroçasse com tiros. O estranho é que ele e os outros usavam máscaras de gás a maior parte do tempo. Mas isso não impediu o que quer que seja. Alguns dias mais tarde, ouvimos um monte de armas disparando no parque, explosões também. Pela manhã, todos os soldados tinham sumido ou estavam mortos no chão. Deixaram um tanque pra trás, acredite se quiser. Ainda está lá.

— Três por cento — disse Pynchon, apontando o indicador de bateria.

Huxley apertou o botão de pausa com uma pontada de arrependimento. Fechar o arquivo parecia uma traição. Aquela jovem tinha superado um trauma para registrar suas experiências só para que fossem tratadas como uma biblioteca de clipes. Mas aquele vídeo específico ainda tinha dez minutos e ele duvidava que a bateria duraria tanto.

— Vamos pular mais pra frente. Quão longe?

— Algum arquivo na metade — disse Plath. — Daí o último, se a bateira aguentar. Pelo menos teremos algum tipo de narrativa.

O fundo era diferente no vídeo seguinte, a estante substituída por uma parede de concreto nua com rastros de umidade. Abigail também estava diferente. O tom rosado do cabelo tinha passado a um castanho-claro, seus olhos estavam mais encovados e uma ferida feia cicatrizava na testa. Continuava com a jaqueta padrão do exército, mas manchada e rasgada em alguns lugares. Apesar da aparência, Abigail falou depressa e sem hesitação, e sua voz tinha perdido boa parte da inflexão, na monotonia de uma pessoa já acostumada ao perigo e à privação.

— Não tenho muito tempo — declarou ela, os olhos repetidamente voltando-se para fora da tela. — Fazem oito dias desde que deixamos o quarteirão. As rações estão durando, já que continuamos encontrando mais. Os Enfermos não parecem tão preocupados em comer, e Kevin tem um talento real para desencavar as coisas boas. — Ela olhou para a esquerda, um sorriso forçado torcendo os lábios. — Ontem eu até comi uma barra Mars, não lembro da última vez que tinha comido uma. — O olhar bem-humorado sumiu e uma sombra cruzou o rosto dela. — Julie falava sempre que essas barras eram a criptonita dela. "Como você quer que eu fique sarada quando existem barras Mars no mundo?" — Olhos fechados e uma inspiração lenta, o ritual de alguém resistindo a um luto doloroso e recente.

Depois de um segundo, ela engoliu e piscou.

— Enfim. O voto entre o grupo é para seguirmos até o rio, exceto por Oliver, mas quem liga pro que ele acha? Sabemos que as estradas principais estão todas bloqueadas. Encontramos outro grupo, dois dias atrás, e eles disseram que o exército está atirando com metralhadora em qualquer um que chegue a cem metros da M25. Mesmo que a gente não possa só velejar pra longe daqui, um barco oferece algum tipo de segurança. Colocar água entre nós e os Enfermos parece uma ideia muito boa...

— Um por cento — disse Pynchon.

Huxley fechou o arquivo e moveu o cursor até o último clipe na pasta. Olhando os detalhes, ficou surpreso ao descobrir que era o mais longo, com mais de três horas de vídeo, mas eles teriam sorte se assistissem mais que alguns minutos.

— Tente pular pra quando ela parar de falar — sugeriu Golding, mas Huxley sabia que não faria isso. Ele tinha matado aquela mulher, um ato que só inspirara medo na hora, mas que fazia uma bola de náusea se revirar em suas entranhas naquele momento. *Ela viveu. Ela era real. Humana. Não era um monstro. E eu a matei.* Ele soube então que nunca tinha matado ninguém antes daquele dia. Não era uma lembrança, era um fato conhecido, algo enraizado no fundo de sua psique. Algo não compartilhado por Pynchon, Plath ou Rhys.

O vídeo se iniciava mostrando uma Abigail de rosto impassível, o cabelo todo emaranhado amarrado com barbante desfiado. Ele reconheceu o pano de fundo como o convés inferior da barca de passeio. A cicatriz na testa tinha crescido e outra desfigurava seu pescoço. Pelo jeito como brilhavam na luz, Huxley soube que não eram o resultado de um ferimento. Logo aquelas marcas se fundiriam e a Abigail do vídeo deixaria efetivamente de existir. Sua concentração forçada de antes tinha sumido, substituída por uma resignação monótona e quase apática.

— Oliver se matou hoje de manhã. Ele me surpreendeu, na verdade. Praticamente a única coisa não egoísta que já o vi fazer. Ele sabia que tinha sido infectado. "Os sonhos", foi o que ele disse, parado lá com a lâmina no pulso. "Começa com os sonhos." — Ela fez um movimento fraco, as feições se contraindo em uma expressão de divertimento microscópico. — Estranho que no fim tenhamos sobrado eu e ele. Não era o final que eu teria escrito, isso é fato. Ainda assim, acho que posso dizer que ele morreu como uma espécie de herói. Não posso dizer o mesmo de mim. — Ela franziu a testa de vergonha, o rosto ficando mais enérgico com raiva dirigida a si mesma. — Só tenho medo demais. Embora saiba que não vá demorar. Ele tinha razão, entende? Sobre os sonhos.

Ela ficou em silêncio por vários segundos. Huxley ignorou a consternação agitada dos outros enquanto deixava o vídeo rodar e o indicador de bateria chegava a zero. Ainda assim, o clipe continuou, e Abigail reassumiu sua atitude neutra e resignada.

— Pra mim, é sempre a última ligação da minha mãe. Aquela em que ela só recitou infinitos versos da Bíblia, sem parar, sem ouvir nada do que eu disse. Claro, por ser um sonho não se desenrola como aconteceu de verdade. Eu não desligo apenas e bloqueio o número dela e aí deito no colo de Julie e choro por um bom tempo. Eu fico ouvindo, e as palavras, toda aquela escritura sem sentido, parecem se infiltrar em mim como veneno. Parece que estou apodrecendo de den...

A tela do laptop tremeluziu e morreu, deixando apenas um reflexo escuro das cinco pessoas que a encaravam. Huxley se perguntou se o silêncio dos outros vinha do mesmo lugar que o dele. Estariam todos compartilhando o mesmo segredo? Ele tinha a mulher na praia. O que eles teriam? *Começa com os sonhos...*

O telefone a satélite apitou. Não estava mais alto do que antes, mas o som os despertou da vigília silenciosa da tela com um susto.

— Espere — disse Golding quando Plath pegou o aparelho do bolso da jaqueta. — Não temos que discutir primeiro?

— Sobre o quê? — perguntou Pynchon.

— Sobre o que acabamos de ver. Fomos enviados para o meio de uma zona de pestilência.

— Onde você quer chegar com isso?

— Ah, não sei? Talvez no fato de que vamos todos morrer, caralho?

Vendo o olhar de Pynchon assumir um foco duro que não prenunciava nada de bom, Huxley se levantou para se colocar entre eles.

— Ele tem razão, precisamos discutir tudo isso. Mas primeiro precisamos ouvir o que a voz tem a dizer. As decisões podem esperar até sabermos o que ela quer que a gente faça em seguida. — Ele se virou para Plath. — Não diga nada sobre o laptop. Até onde a voz sabe, ainda estamos vivendo em ignorância não tão abençoada.

Ela assentiu e apertou o botão verde. A voz feminina falou imediatamente, sem deixar intervalo.

— Huxley?

— Aqui é Plath.

Uma pausa muito curta.

— Huxley está morto ou incapacitado?

— Não, ele está aqui.

— Dê o telefone a ele. Só irei me comunicar com ele.

Um misto de confusão e irritação cruzou o rosto de Plath enquanto entregava o telefone a Huxley, fazendo-o se perguntar se a presunção estava marcada nela da mesma forma que tirar vidas humanas.

— Aqui é Huxley — disse ele no alto-falante, segurando o aparelho de forma que os outros pudessem ouvir.

— Alguma baixa? — perguntou a voz.

— Não.

— Algum dos outros demonstra sinais de raciocínio confuso ou agressividade injustificada?

Plath provavelmente é uma sociopata homicida, mas acho que você já sabe disso.

— Não.

Outra pausa muito breve.

— Um contêiner se abriu na cabine da tripulação. Ele contém seringas hipodérmicas. Cada uma tem uma etiqueta com um nome. Todos vocês devem injetar uma dose completa.

Houve uma troca de olhares entre o grupo.

— Uma dose do quê?

— Um composto químico crucial à sua sobrevivência. A esta altura vocês já devem ter entrado em contato com alguns habitantes da cidade. Será evidente a vocês que eles estão infectados por um patógeno que causa ilusões violentas e deformidade física severa. Vocês já receberam antes uma variante do conteúdo das seringas. Elas contêm uma dose de reforço que continuará a proteger vocês desse patógeno. O não cumprimento desta ordem resultará na desativação do barco. Infecção e morte se seguirão logo depois. As comunicações serão retomadas em três horas.

Houve uma série familiar de cliques e o telefone ficou mudo.

Eles encontraram sete seringas no compartimento recém-aberto, cilindros estreitos de vinte centímetros acomodados em uma almofada de espuma do tamanho apropriado. Cada uma tinha um nome gravado em letras pretas.

— Como vão saber se a gente não obedecer? — perguntou Golding, ecoando o pensamento que dominava a mente de Huxley.

— Elas devem ter um microtransmissor de algum tipo — disse Pynchon. — Que envia um sinal quando ativado.

— Poderíamos só jogar o líquido de lado.

— Algo me diz que eles já pensaram nisso.

— E seria uma má ideia se eles estiverem falando a verdade — acrescentou Plath. — Dado que supostamente precisamos injetar o conteúdo para ficarmos vivos.

— *Se* eles estiverem falando a verdade — reforçou Rhys.

Huxley enfiou a mão na caixa para extrair a própria seringa.

— Há algum jeito de descobrir o conteúdo dessas? — perguntou ele a Rhys, apontando os cilindros marcados "CONRAD" e "DICKINSON". — Temos duas extras, afinal.

— Não sem um microscópio. Mesmo assim, eu sou médica, não bioquímica.

— Até onde você sabe.

— Por que estão etiquetadas individualmente? — perguntou Golding. — Doses de vacina são universais, não?

— Essas não, aparentemente. Eu chutaria que cada dose é feita sob medida para o destinatário. — Rhys correu a mão pelo cabelo raspado, os dedos se demorando na cicatriz antes de forçá-los a fechar. — Talvez por causa de biométricas diferentes; a altura, peso, grupo sanguíneo e por aí vai.

Vendo uma linha de pensamento implícita nisso, Huxley insistiu:

— Ou?

— Ou pode haver um componente genético, tanto na doença como no inoculante. Uma doença genética exigiria terapia genética de algum tipo.

— Tudo isso é irrelevante. — Pynchon se agachou ao lado de Huxley para pegar o próprio aplicador. — Melhor a gente só fazer isso logo.

— Pode me chamar de sensível — começou Golding —, mas não estou muito animado em me injetar com um monte de lixo químico sem saber com certeza pra que serve.

— Você viu o que essa doença faz. Se esse negócio nos impede de nos transformar em um deles, eu sou a favor. — Pynchon deslizou o aplicador no bolso da jaqueta e começou a enrolar a manga.

— Não fazer cada coisinha que eles mandam é algo a se considerar — apontou Huxley. — Podemos chegar à margem sem muita dificuldade agora. Temos armas e suprimentos. Podemos nos equipar e abrir nosso próprio caminho.

Pynchon bufou, desconsiderando a ideia.

— Você viu aqueles vídeos. Sabe o que tem lá fora.

— Eu sei que quem nos colocou neste barco não fez isso porque nos ama. Estamos seguindo em direção a alguma coisa, e tem algo que eles precisam que a gente faça. Algo que exige que a gente se injete com esta merda, o que quer que seja.

— A voz não mentiu pra nós até agora — apontou Rhys.

— Talvez porque ela não diga quase nada. Recebemos instruções, mas praticamente nenhuma informação real. E alguém aqui acha mesmo que, quando fizermos o que quer que eles queiram, vamos só seguir caminho tranquilamente?

— Não. — Rhys se inclinou para pegar a própria seringa. — Mas está claro que fomos enviados pra pôr fim a tudo isso, ou pelo menos impedir que se espalhe. Me parece uma tarefa que vale a pena fazer. Pode até ser que a gente tenha se voluntariado.

Golding franziu o cenho e balançou a cabeça.

— Não sei, não. Sinto que não sou muito o tipo voluntário.

— E deixar o barco é suicídio. — Pynchon pegou a seringa do bolso e pressionou a extremidade à pele exposta do braço, o dedão pronto sobre o botão. — Concordo que ficar também pode ser, mas pelo menos agora sei qual é a minha missão, ou parte dela, de toda forma. Não vou dar as costas pra isso, não vou fugir pra me esconder em uma ruína qualquer e esperar até me transformar em uma daquelas coisas. Todos temos uma escolha para fazer. Esta é a minha. O restante de vocês pode ir embora, se quiser, não vou tentar impedi-los.

Ele cerrou os dentes enquanto apertava o botão, grunhindo suavemente quando a seringa fez um clique e então um silvo. Huxley viu as veias do antebraço de Pynchon se avolumarem e em seguida relaxarem.

— Mas, se escolherem ficar, vão se injetar — acrescentou o soldado, jogando a seringa de volta na caixa. — E vou atirar em qualquer um que se recusar.

CAPÍTULO 7

Todos se injetaram no final, até Golding. Huxley suspeitou que o historiador teria exigido ser deixado em terra se uma nova onda de gritos não tivesse ecoado da margem sul enquanto ele mancava pelo convés da popa, a seringa em mãos.

— Sessenta segundos — alertou Pynchon. Ele estava apiado na escotilha da casa do leme, a carabina ao lado. — Estou contando. Hora de se decidir, Historiador.

— Vá se foder — disparou Golding, sem interromper seu circuito de um lado para o outro.

Pynchon respondeu com um sorriso surpreendentemente afável.

— Quarenta e cinco segundos agora. Eu ficaria feliz em levar você pra margem, se quiser caminhar daqui para a frente. — Ele apontou para lá, uma coleção feia e parcialmente alagada de concreto transformada em escultura abstrata pela névoa, mais espessa do que nunca. Golding parou e encarou as sombras com bordas duras na margem. Sua postura indicava uma teimosia rígida, que se tornou resignação desanimada quando os gritos começaram. Eram os mais discordantes e indecifráveis até o momento, resultado de pelo menos uma dúzia de gargantas emitindo sons prolongados que não formavam palavras, intercalados com gritos que ressoavam com emoção exagerada, percorrendo uma escala desde a confusão, passando pela dor, até uma sincronia de êxtase. Apesar da dissonância, Huxley sentiu que havia um estranho tipo de unidade naquele som. Embora os tons fossem incoerentes, o volume de cada voz se erguia e caía em conjunto, como um coro que seguia o mesmo condutor, embora todos cantassem uma canção diferente.

Qualquer que fosse sua origem ou propósito, foi suficiente para convencer Golding de que uma expedição solitária pela cidade seria imprudente.

— Foda-se — cuspiu ele, pressionando a seringa no braço. — Foda-se você. Foda-se este barco de merda. Este rio de merda. Esta cidade de merda. Estes desgraçados doentes de merda. — Ele fez uma careta com a dor momentânea da agulha perfurando a pele, então jogou a seringa sobre a amurada. — Foda-se tudo isso.

— Falou como um homem realmente instruído — disse Pynchon, e se enfiou na casa do leme.

O barco prosseguiu seu curso firme e lento por mais dez minutos antes que a potência dos motores voltasse a reduzir, desacelerando para manter a posição. O motivo se ergueu diante deles com uma clareza nítida e avassaladora.

— Aposto que isso prejudicou o turismo — disse Golding. Embora mais calmo desde sua explosão, a tentativa de humor era forçada, as palavras saíam rápidas e tensas.

— Waterloo Bridge? — perguntou Huxley.

Ele balançou a cabeça.

— Westminster.

— Parece que alguém decidiu explodi-la em algum momento. — Pynchon levou o olho à mira da carabina e examinou os destroços de concreto e ferro que barravam o caminho de uma margem a outra. — Precisaríamos de dez vezes a quantidade de dinamite que temos para abrir qualquer tipo de buraco nisso.

Os olhos de Huxley inevitavelmente vagaram até a silhueta alta e gótica além dos resquícios da ponte. Era tão familiar que ele temeu que despertasse uma lembrança, mas a ausência de dor o levou a concluir que podia ser a primeira vez que via com os próprios olhos a torre do Big Ben. Eles tinham acabado de passar por outro cartão-postal, a enorme roda-gigante que Golding chamou de London Eye. A parte superior do arco estava perdida na névoa, a estrutura visível tinha alguns danos perceptíveis; buracos irregulares pontilhavam as paredes de vidro das cápsulas do tamanho de ônibus e marcas de chamuscado desfiguravam a brancura majestosa e imaculada. A sobrevivência daqueles monumentos, e a Tower Bridge intacta, fez Huxley ponderar se sua imunidade à destruição se devia à indiferença da loucura ou a uma reverência residual entre os Enfermos. Também ficou impressionado ao ver como ele e os outros tinham adotado o termo de Abigail para os infectados rapidamente, algo que Plath atribuiu a uma tendência humana inata por denominação.

— É um traço de sobrevivência arraigado em nós — explicara ela. — Para avisar o resto da tribo sobre uma área de caça de esmilodontes a evitar, você precisa saber como o bicho se chama. Também serve para coletivizar o inimigo numa massa sem rosto, às vezes desumana. Eles não são mais pessoas, são Enfermos.

— Bem — disse Golding, apontando para a ponte arruinada —, eu diria que este é o fim do caminho.

Dessa vez, Huxley não ficou surpreso quando o telefone a satélite começou seu toque baixo.

— O obstáculo à frente requer artilharia aérea para ser liberado — afirmou a voz com sua típica ausência de preâmbulos. — A precisão é essencial, e os sistemas a bordo não possuem a resolução necessária para uma mira precisa. Peguem uma das balizas do porão e a coloquem no centro do obstáculo. Sobreviventes infectados são particularmente ativos nessa área, então todos os membros da tripulação devem participar da missão para aumentar a segurança e garantir o sucesso. Quando a baliza for ativada, retornem ao barco. Ele vai se afastar até uma distância segura. — Mais uma vez sua despedida consistiu apenas em cliques seguidos por silêncio.

— Pelo visto, vamos dar uma volta — disse Pynchon, passando a arma para o ombro e seguindo até a escada. — Parece um bom momento para testar os lança-chamas.

O trecho de rio que separava o barco da maior parte da ponte destruída parecia uma paisagem marítima ártica em miniatura, com icebergs pontudos de concreto rachado erguendo-se da corrente revolta. Os canais entre eles estavam repletos de cabos de metal grossos e vigas esmagadas que tornavam o percurso uma ideia desagradável, ainda que inevitável. Huxley presumiu que o bote precisaria fazer duas viagens para levar todos eles ao cume artificial criado pela ponte destruída, mas a pequena embarcação acomodou o peso de todos com facilidade surpreendente. Pynchon tomou um dos lança-chamas para si e deu o outro a Plath, parecendo julgar que ela seria a menos propensa a hesitar em usá-lo. As margens norte e sul do rio estavam alagadas com uma água comparativamente livre de obstáculos, mas Pynchon optou contra uma abordagem indireta.

— Não sabemos o que há lá fora. Vamos entrar. Fazer o que é preciso. Sair. Simplicidade é sempre a melhor tática — disse ele.

Huxley assumiu posição na proa, inspecionando a selva de concreto e aço enquanto Pynchon os guiava com cuidado através de canais com largura preocupante. Pareceu levar um tempo absurdamente longo para cobrir só metade da distância até seu objetivo, e Huxley percebeu que precisava flexionar os dedos para aliviar a dor de apertar a carabina. Quando começou a erguer a arma de novo, captou um vislumbre de algo sob a superfície, um borrão laranja cintilante sob as ondulações. A coisa pulsou, então deslizou para o fundo depressa, desaparecendo em um instante.

— Vocês viram isso? — Ele se ergueu e apontou a carabina para a água. — Talvez eles tenham sofrido mutação e virado aquáticos ou algo assim.

— Era um polvo — disse Golding, sem se dar ao trabalho de esconder o divertimento na voz. Ele inclinou a cabeça para um prédio da era eduardiana quase inteiramente destruído ao sul da ponte caída. — Aquele é o County Hall, que já foi sede do governo local, depois lar do Aquário de Londres. Acho que os prisioneiros aproveitaram a chance para se libertar quando o rio transbordou. Se tivermos sorte, podemos ver um tubarão.

A irritação de Huxley com o tom do historiador sumiu ao olhar para o rosto dele. Golding encarava cada sombra pela qual passavam com olhos arregalados que quase não piscavam, o rosto rígido com o tipo de imobilidade que decorria do terror em vez do simples medo. Seguindo em frente, eles não viram mais polvos nem tubarões, mas Huxley avistou alguns cardumes de peixes coloridos disparando na água. O contágio que tinha devastado a cidade podia ter arrasado a vida animal na superfície, mas ele sentiu uma pequena pontada de conforto ao saber que a vida aquática persistia abaixo dela.

Viu o corpo por acaso, algo na sua visão periférica que teria perdido se não fosse a camisa vermelha. Levando o olho à mira óptica da carabina, viu que era um homem caído de lado numa grade de barras de aço intercaladas. *Morreu quando a ponte foi explodida*, julgou ele. *Ou nadou pra cá mais tarde, por algum motivo.* Só mais uma morte estranha em uma cidade cheia de cadáveres. Milhares, provavelmente milhões de histórias tinham terminado ali em uma vasta procissão de horrores que jamais seria conhecida. Ele começou a afastar a carabina, mas parou ao notar algo no corpo.

— Espere — disse sobre o ombro para Pynchon. — Tem algo que precisamos conferir.

Pynchon balançou a cabeça, a mão mantendo o mesmo ângulo na cana do leme.

— Vamos entrar e sair.

— É importante. — Huxley ofereceu um olhar irritado e insistente, recebendo um olhar indiferente em resposta.

— Quanto mais descobrirmos, melhores as nossas chances — disse Plath. — Pelo menos desacelere um pouco para olharmos melhor.

Pynchon cerrou a mandíbula, mas consentiu em soltar um pouco o acelerador. Quando o objeto de interesse de Huxley entrou à vista por inteiro, o soldado não precisou de incentivo para desligar o motor, permitindo que eles flutuassem devagar até o corpo.

— Isso é novo — disse Rhys, percorrendo com o laser da carabina as vinhas que cresciam do corpo. O cadáver jazia com o rosto apertado contra a treliça de metal, a protuberância despontando da base do pescoço. Seu tom de vermelho era escuro demais para ser o resultado de manchas de fluidos corporais. Formava uma espiral meio retorcida que abruptamente se dividia ao topar com a grade de aço, expandindo-se em ramos menores para criar uma matriz de gavinhas parecidas com raízes entrelaçadas no metal enferrujado.

— Algum sintoma da doença, óbvio — disse Plath. — Sabemos que ela altera a morfologia.

— Em gente viva — disse Rhys, apertando os olhos enquanto se inclinava para olhar mais de perto. — Isso parece ter acontecido depois da morte. Não vejo nenhum sinal de cura ou cicatrização no ponto de onde isso sai do corpo.

— Você conhece alguma doença que faria isso? — perguntou Huxley.

— Alguns patógenos vivem no corpo hospedeiro depois da morte, mas isso é... — Ela não terminou o pensamento, balançando a cabeça. — Presumindo que seja causado pela mesma infecção, deve ser um organismo multiestágio. Provavelmente faz parte do processo reprodutivo dele. Mais um parasita que uma doença.

— Então talvez não devêssemos chegar tão perto — disse Golding.

— Fomos expostos a ele desde que entramos na cidade. Talvez até antes. A névoa não é névoa de verdade, lembre-se.

— E estamos inoculados — lembrou Pynchon. — Sinto muito, doutora. Tudo isso é fascinante e tal, mas precisamos seguir em frente.

Ele reativou o motor, retomando o curso errático através dos destroços parcialmente submersos da ponte.

— Vai ter que servir — disse ele, parando o barco na base de uma enorme laje de concreto com uma inclinação íngreme, mas possível de escalar, que levava até mais ou menos o centro da extensão mais espessa de destroços. — Sr. Policial. Historiador. Sua vez.

— Ainda sou o mais descartável, né? — perguntou Huxley.

— O segundo. — O olhar de Pynchon passou para Golding, lançando um sorriso de desculpas obviamente falso. — As chances de sucesso se duplicam se vocês dois forem. Somos a base de reforços, se algo der errado.

Para a surpresa de Huxley, Golding não fez nenhuma objeção, apenas suspirando de cansaço e resignação antes de erguer a carabina e se preparar para pular do bote. Apesar do ferimento na perna, ele deu o salto para a laje de concreto com vivacidade e confiança, acompanhadas por uma careta dolorosa. A tentativa de Huxley foi menos impressionante. Suas botas derraparam na superfície e ele quase escorregou para a água antes que Golding estendesse a mão para segurá-lo.

— Onde a gente coloca? — perguntou Huxley a Pynchon quando o soldado lhe jogou a baliza.

— No centro, como a voz mandou. — Pynchon ergueu a outra baliza. — Temos uma de reserva, caso vocês dois... bem, você sabe. Pra ativá-la, pressione duas vezes o botão grande do lado. Você vai ouvir um bipe quando ela ligar. Certifique-se de colocá-la no topo dos destroços, não embaixo de nada, pra que possa ser vista do alto. — Outro sorriso neutro e sem sinceridade. — Não temos o dia todo.

— Ele está realmente se divertindo — murmurou Golding enquanto os dois começavam a subir. — Ainda tenho quase certeza de que não me voluntariei pra tudo isso, mas apostaria que ele, sim.

Eles chegaram depressa ao topo, onde encontraram um pico estreito de detritos pontiagudos do qual se projetavam hastes de aço retorcidas. Após uma inspeção rápida, seguiram pra um trecho mais plano de destroços a algumas dezenas de metros à direita.

— Quer dizer — continuou Golding, grunhindo com o esforço de pular sobre um vão —, seria de pensar que ausência de memória removeria ou ao menos transformaria a personalidade. Mas o garotão ali ainda é totalmente um soldado. Eu ainda sou um historiador. Rhys ainda é uma médica. Você ainda é um policial.

— E Plath?

Golding inclinou a cabeça um pouco e bufou.

— Não estou muito confiante de que a gente tenha acertado o negócio de cientista, você não acha? O jeito como ela se divertiu ao atirar naqueles pobres coitados lá atrás foi bem curioso.

— Você também reparou.

— Acho que é o que eu faço, notar coisas. Uma qualidade útil para um historiador. Meio como você e seu cérebro de detetive, imagino.

Eles chegaram a um trecho formado por duas ou mais lajes que haviam sido esmagadas uma contra a outra e criavam uma espécie de passagem apertada e irregular. Golding foi na frente, parando após alguns passos curtos, hipnotizado pela visão de algo abaixo dos pés. Seguindo o olhar dele, Huxley viu uma mão com garras, congelada no ato de se estender de uma fissura no concreto. Aproximando-se, ele espiou o recesso escuro da fenda. A escuridão era tamanha que não conseguia distinguir o dono da mão, mas o estado do membro e dos dedos deixava claro que tinha sido um Enfermo. Os ossos e os dedos eram grandes demais, cada um terminando em um gancho cruel e afiado.

— Como um demônio abrindo caminho aos arranhões desde o submundo. — Golding virou a cabeça para estudar a garra, com uma ruga de reflexão na testa. — Todos os lugares serão o inferno.

— Quê?

Golding deu de ombros.

— Uma citação de Marlowe que surgiu de algum lugar. "*Quando o mundo todo se dissolver, e toda criatura for purificada, todos os lugares serão o inferno que não é o céu.*"

— Você acha que é isso que estamos vivendo? O inferno tornado realidade?

— Não sei. Sei que estamos sofrendo, todos nós, e não falo da dor que programaram na nossa cabeça. Não fazer ideia de quem você é não é apenas confuso, dói. Sem memória, o que somos? Ninguém. Nada. Não viemos de lugar nenhum. Não pertencemos a lugar nenhum. É como estar morto, só que, por algum motivo, você ainda está respirando. Estão nos fazendo sofrer. E não é pra isso que serve o inferno? Não saber o motivo só piora tudo. Pode ser que eu mereça isso. Pode ser que eu seja um homem muito ruim e você também. Pode ser que todo esse pesadelo da porra seja uma punição adequada. Porque, se não for, então somos todos só vítimas de um jogo muito doentio.

Huxley passou por ele, subindo no emaranhado de ferro elevado que formava a parte seguinte da barreira.

— Com base no que sabemos, não consigo deixar de pensar que Rhys tem razão: fomos enviados pra acabar com isso. — Ele se agachou e estendeu a mão para Golding. — Outra coisa de que eu tenho certeza é que não tem como voltar atrás. Não há como fugir. Se estamos no inferno, eles se certificaram de que não vamos escapar até concluir o que precisamos fazer.

— Redenção. — Golding aceitou a mão dele e se puxou para cima. — Classicamente, a única saída da condenação ao inferno. Você acha mesmo que é isso que nos espera no final desse rio?

— Começo a pensar que, se qualquer um de nós pudesse ser redimido, não teria sido escolhido.

Eles colocaram a baliza sobre um plinto que de alguma forma sobrevivera à queda da ponte, permanecendo intacto e de pé em meio ao caos.

— Como sabemos que eles não vão jogar as bombas no momento em que ativarmos isso? — perguntou Golding quando o dedo de Huxley pairou sobre o botão.

— Não acho que sejamos tão descartáveis. — Huxley apertou o botão duas vezes, recuando para olhar o céu quando o bipe soou. — Além disso, não escuto aviões. Acho que ainda temos um tempo.

Eles se apressaram em voltar para o bote, onde subiram a bordo prontamente e recuperaram suas carabinas.

— Alguma ideia de quanto tempo vai demorar? — perguntou Huxley ao soldado enquanto ele dava a ré, virando a cana do leme para girar a embarcação em 180 graus. Para a surpresa de Huxley, viu um espasmo de incerteza cruzar o rosto de Pynchon, uma tensão na mandíbula e no pescoço que indicava dor.

— Isso despertou alguma lembrança? — Huxley ajustou o aperto na carabina, um movimento sutil com a intenção de trazer o gatilho um pouquinho mais próximo da mão. Mas não enganou Pynchon.

— Sério? — Ele ergueu uma sobrancelha e bufou uma risadinha. — É só uma sensação de que já fiz isso, mas nada específico. Para responder a sua pergunta: a bateria da baliza dura bastante, então pode levar uma hora ou mais.

— Olhe — disse Golding a Huxley enquanto o bote começava a acelerar. Virando, Huxley viu um sorriso brincar nos lábios do historiador enquanto ele virava a cabeça para espiar a água. — Outro polvo...

O apêndice que disparou da esteira do bote não era nenhum tentáculo. Era duro, em vez de macio, pontudo e saliente em intervalos ao longo de sua extensão estreita e articulada, terminando em uma curva leve que não teve dificuldade em perfurar o pescoço de Golding. Huxley teve tempo para absorver a visão das feições sangrentas e desesperadas do historiador antes que a coisa que certamente o matara o erguesse do barco. Um borrifo, um debater de pernas que desapareceram depressa, e ele sumiu.

CAPÍTULO 8

Huxley e Rhys atiraram ao mesmo tempo, a saraivada erguendo borrifos altos ao redor do bote, até que suas armas se silenciaram ao grito de Pynchon:

— Poupem a munição! Ele morreu!

— Não é a porra de um polvo! — arquejou Huxley, sem fôlego e impotente. Estava se coçando para atirar de novo, tomado por uma necessidade perversa de vingança. Mas qualquer treinamento profundamente arraigado que tivesse recebido parou seu dedo no gatilho e o fez acionar a trava de segurança.

— Olhos na água — disse Pynchon, continuando a guiar o bote através do labirinto de destroços. — Se havia um, pode haver mais.

— Um o quê? — perguntou Rhys, a voz estridente de choque.

— Mutação extrema — disse Plath, sua voz livre do pânico de Huxley e Rhys. Ela abriu o bocal de gás do lança-chamas e pousou um olhar firme e perscrutador na água. — Parecia a deformidade naquele corpo, não acham?

— Aquilo aconteceu após a morte — disse Rhys.

— Então é razoável supor que a doença não é cem por cento fatal. — Huxley viu a boca de Plath estremecer e sabia que ela estava contendo uma risada. — O que não mata, fortalece.

Ele queria mandá-la calar a boca. Queria atirar em algo. Queria que Golding não estivesse morto, e especialmente queria lavar a mancha cintilante de sangue que o historiador deixou na lateral do bote. Em vez disso, puxou a coronha da carabina mais para perto do ombro e continuou escaneando a água. Disciplina. Treinamento. Resistência ao trauma. Habilidades aprendidas, junto a algo que ele suspeitava ser mais inato.

Estavam na metade do caminho entre os destroços quando veio o próximo ataque. Como antes, não houve aviso, só uma coisa de múltiplos membros se debatendo e irrompendo da água bem em frente ao bote. Os reflexos de Pynchon os salvaram, a mão dele moveu a cana do leme em um ângulo reto e virou a embarcação a tempo de evitar os membros que se atiravam sobre eles com as pontas horrivelmente afiadas.

Huxley não conseguiu discernir muitos detalhes da forma escura e veloz do atacante. Entretanto, ouviu sua voz, severa e desagradável, mas humana, vinda de uma boca em algum ponto na massa deformada do corpo.

— Puta! Puta mentirosa do caralho! — A criatura se lançou contra o bote enquanto Pynchon o girava em um arco largo, e Huxley pegou um vislumbre de um rosto nas sombras pontiagudas, um ricto odioso com os dentes expostos. — Vagabunda mentirosa! — gritou a criatura, agitando a água enquanto continuava sua perseguição. — Você tirou tudo de mim...

Huxley mirou onde achou ter visto o rosto tomado de ódio e atirou duas vezes. A coisa sofreu um tranco com o impacto, mas continuou vindo, seguindo no rastro do bote com uma rapidez que o deixou tenso. Huxley e Rhys mudaram de posição e atiraram de novo, a criatura em perseguição estremecendo conforme as balas a açoitavam, mas sem mostrar sinais de reduzir a velocidade.

— Vire à esquerda — disse Plath a Pynchon, a voz brusca e impassível, seu olhar estreitado e fixo no Enfermo. — Depois desligue o motor.

Pynchon franziu o cenho para ela, mas, aparentemente percebendo sua intenção, fez o que ela disse. Plath se ergueu em um joelho enquanto o bote girava e desacelerava e o Enfermo reduzia a distância com uma agitação furiosa de espuma branca, ainda gritando de revolta:

— Puta! Vagabunda! Vadia!

A explosão sibilante do lança-chamas abafou as palavras. Huxley protegeu o rosto do calor, mas achou a visão do que ocorreria em seguida irresistível demais para fechar os olhos. A língua amarela e laranja jorrou da arma de Plath e envolveu o Enfermo em uma nuvem imediata de vapor e matéria ardente. Membros esguios sofreram espasmos e tentaram arranhá-los, o berro nítido de pura angústia da criatura audível mesmo em meio ao rugido da torrente de fogo que a consumia. A coisa deslizou brevemente para baixo da superfície em uma tentativa de extinguir as chamas, mas, levada por pânico ou loucura, reemergiu um segundo depois. Plath manteve o fluxo flamejante, acompanhando o Enfermo enquanto ele se erguia às pressas para um monte de destroços. A criatura gritou de dor ininteligível enquanto agarrava a pilha de detritos com seus membros longos e finos, tentando em vão rastejar para longe do inferno. Enfim, seus gritos cessaram quando o fogo devorou sua garganta. Huxley percebeu que ainda não conseguia discernir muito bem sua forma enquanto deslizava para a água, uma ilha flutuante e chamuscada de ruínas. Suas entranhas se reviraram sob um fedor que era uma mistura de combustível velho com carne bem passada.

— Não foi muito educado, né? — observou Plath, lançando um olhar crítico para os resquícios chamuscados do Enfermo. Retomando seu lugar, ela abanou a mão languidamente para Pynchon. — Vamos pra casa, e não poupe os cavalos.

Pynchon forçou o acelerador ao máximo assim que emergiram na parte aberta do rio, mas Huxley achou a falta de velocidade do bote profundamente irritante. A jornada de volta ao barco não deveria ter exigido mais de quinze minutos, mas pareceram horas. Enquanto o barco seguia seu rumo constante e monótono, todos os olhos estavam fixos na água na expectativa de outro ataque, exceto os de Plath. Ela tinha relaxado em repouso plácido, abraçando seu lança-chamas com afeto quase maternal.

De volta ao barco, os motores se ligaram assim que eles reafixaram o bote às amarras. Huxley deslizou no convés da popa enquanto o barco fazia um giro de 180 graus, apontando a proa para longe da ponte arruinada. Pela primeira vez, os motores rugiram com toda a potência, erguendo arcos gêmeos de água em seu rastro enquanto o barco disparava rio abaixo. A embarcação manteve a mesma velocidade até os resquícios da Westminster Bridge esvanecerem na névoa.

— Deve ser suficiente — disse Pynchon enquanto o som dos motores diminuía de novo e o barco girava mais uma vez. O silêncio recaiu enquanto eles esperavam, os olhos examinando um céu que não conseguiam ver e os ouvidos atentos para a aproximação de aeronaves.

— É possível que a gente nem as escute — acrescentou Pynchon. — Se jogarem a bomba de uma altitude muito grande...

O chiado sibilante de um jato afogou suas palavras, o som varrendo o céu do leste ao oeste. Eles não viram nada, nem sequer uma sombra na neblina vermelha. Vendo Pynchon levar as duas mãos aos ouvidos, Huxley fez o mesmo assim que a bomba caiu. Chamar o que veio em seguida de um estrondo seria patético e inadequado. Era um som que se sentia mais do que se ouvia, tão vasto que sobrecarregava os sentidos, e Huxley estremeceu quando o que parecia o braço invisível de um fantasma maligno passou através dele.

O barco balançou com a enorme onda erguida pela explosão, que fez a névoa circundante se afinar e revelar mais dos arredores. Huxley imediatamente ergueu os olhos ao céu num desejo instintivo de vislumbrar o azul, mas tudo que viu foi uma sombra mais leve de rosa antes que a névoa vermelha se fechasse ao redor deles de novo. Afastando as mãos dos ouvidos, ele escutou algo que soava como chuva, outro fenômeno elementar que estivera ausente da jornada até então. Porém, eram os borrifos causados pelos destroços que caíam na água.

Quando o último pedaço de detrito caiu no rio a poucos metros da proa, os motores retomaram o estampido lento e constante que tinha marcado a maior parte da viagem. Conforme se aproximavam do lugar da explosão, ficou aparente que as ruínas da Westminster Bridge tinham formado uma represa parcial, dada a força da corrente que corria em direção à lacuna recém-criada. A bomba tinha aberto um buraco de uns doze metros na barreira, criando um canal espumante através do qual o barco passou aos trancos, mas ileso. Quando alcançaram águas comparativamente mais calmas, Huxley absorveu a visão dos arredores recém-inundados das Casas do Parlamento. Na margem sul, árvores meio submersas balançavam na corrente fresca.

— Acham que era essa nossa missão? — questionou Rhys. — Inundar o resto da cidade?

— Com qual propósito? — disse Plath. — É evidente que já está morta, de que serve afogá-la?

Eles passaram por baixo de outras duas pontes na meia hora seguinte, a parte do meio de cada uma destruída pelo que Pynchon julgou terem sido ataques aéreos.

— Parece que estavam tentando impedir as pessoas de cruzar — disse Rhys. — Mas em qual direção?

— Duvido que importasse depois de um tempo — disse Pynchon. — Pelo que a garota no laptop disse, devem ter desistido da cidade e estabelecido um perímetro na M25. Uma operação considerável. Estamos falando de dezenas de milhares de tropas pra fazer isso funcionar.

— E se não funcionou? — perguntou Huxley. — Até onde sabemos, a operação pode ter falhado meses atrás... E aí?

— E aí devemos estar em um mundo inteiro que foi pro saco, em vez de uma só cidade.

A ponte seguinte era notável por três motivos. O primeiro era que estava intacta, poupada de bombardeios por motivos que Huxley achava que jamais saberia. O segundo era seu design: era a primeira ponte pênsil que eles viam, com três seções e dois pares de pilares brancos altos que forneciam âncoras para os cabos de aço que se arqueavam entre elas, enquanto também serviam como apoios para sua terceira característica notável: havia corpos pendurados dos cabos em alturas variadas, cinquenta ou mais balançando na brisa fraca. Ao acompanhar os cadáveres com a mira da carabina, Huxley encontrou vários sem sinais óbvios de infecção, outros deformados pelas distorções incriminadoras no rosto e nos membros. Alguns estavam nus, outros vestidos. Alguns velhos, alguns jovens, algumas crianças. Em certos casos, os carrascos sentiram a necessidade de adornar a vítima com placas, as letras borradas proclamando uma idosa como "TRAIDORA DE CLASSE" enquanto uma criança alguns metros à esquerda dela foi chamada de "LIXO IMIGRANTE". A morte parecia ser o único fator que as unia.

— Eles se voltaram uns contra os outros — afirmou Rhys, a voz embargada.

— É o que as pessoas fazem quando as coisas ficam ruins e o medo é a emoção predominante — disse Plath. — Deve ter começado com os Enfermos, depois qualquer um que acharam estar infectado. Depois disso — ela deu de ombros —, cada alma viva em que pudessem pôr as mãos. Não perceberam que provavelmente todos eles já estavam infectados a essa altura. Devem ter achado que estavam fazendo uma coisa boa mesmo enquanto penduravam aquela menininha ali.

Apesar da leveza no tom de voz, Huxley viu algo novo no rosto dela: asco. Era uma expressão que revelava conhecimento de causa, uma expressão que ele sabia ser habitual. Pela primeira vez, sentiu o impulso de questionar seu juízo sobre o verdadeiro objetivo daquela missão. *Se é isso que ela pensa da humanidade, por que a enviar para salvá-la?*

Ele começou a formular algumas perguntas em termos cuidadosos para Plath, sondagens com a intenção de revelar mais do seu caráter já perturbador. Era uma perspectiva difícil, extrair informações de alguém com uma história de vida que totalizava só dois dias. *Presumindo que ela seja tão esquecida quanto alega ser.* O pensamento certamente vinha do seu cérebro de policial, o resultado de suspeita profissional moldada até virar instinto. De todos eles, Plath parecia ser a mais calma, a mais confiante de si naquele momento, mais até do que Pynchon. Não era paranoia remoer a ideia de que essa segurança decorria de uma profundidade de autoconsciência negada a ele e aos outros.

Sua crescente lista de perguntas logo evaporou quando, com um zunido de engrenagens e sons eletrônicos, a metralhadora foi ativada.

— Que porra é essa?! — Rhys pegou a carabina enquanto todos encaravam a máquina volumosa através do vidro da casa do leme. A arma não atirou, só virou seu longo cano para a direita, esquerda, e então para cima e para baixo, lembrando Huxley de um boxeador flexionando os braços antes do gongo. Todos se assustaram de novo quando a tela à direita do painel de controle se ligou, tremeluzindo um pouco antes de se assentar em uma imagem monocromática do rio à frente, que mudava junto aos movimentos da metralhadora. Abaixo da tela, um painel deslizou para o lado e revelou um pequeno joystick e um teclado.

— Os controles estão ativos. — A voz de Pynchon continha um misto de alívio e antecipação enquanto ele se acomodava no banco diante da tela. Seus dedos brincaram sobre os botões e o joystick antes de segurá-lo com mais firmeza. Enquanto ele estudava seu funcionamento, a metralhadora alterava o ângulo de acordo com seus testes. Huxley achou os movimentos desconcertantemente fluidos, sem os solavancos robóticos que ele teria esperado.

— Temos uma carga completa de munição também. — Pynchon bateu o dedo numa leitura numérica na tela. — Cartuchos de 25 milímetros de alta velocidade. Não só derrubariam um elefante, mas transformariam toda a manada em carne moída.

— Por que ativá-la agora? — perguntou Rhys.

— Porque — disse Plath com um sorriso nos lábios — o que vem pela frente será pior do que o que ficou para trás.

O barco começou a desacelerar quando a ponte seguinte entrou à vista. Assim como a ponte pênsil, ela estava intacta, mas felizmente livre de corpos pendurados. Os apoios pareciam menos encorajadores, contendo outra extensão de embarcações fluviais destruídas, o que apresentava a perspectiva de precisar abrir caminho com mais uma explosão. Eles se aproximaram, e Huxley suspirou de alívio ao ver uma lacuna navegável em meio à bagunça. Sua breve alegria logo evaporou no momento que o seu olhar pousou no maior e menos destruído dos barcos entre as embarcações misturadas.

— Aquilo ali é um...? — Rhys apertou os olhos para o naufrágio através do vidro.

— Um barco-patrulha Mark VI da Classe Wright — concluiu Pynchon. — É.

Os motores morreram e foi com uma sensação de inevitabilidade sombria que Huxley pegou o telefone a satélite que começara a apitar. Ele o colocou no painel e apertou o botão verde, seu cumprimento um grunhido tenso.

— Huxley.

— Alguma baixa?

— Uma. Golding morreu.

Não houve pausa.

— Algum dos outros demonstrou sinais de raciocínio confuso ou agressividade injustificada?

— Ah, vá se foder. Golding morreu! Você entende isso? A porra de um monstro saiu da água e matou ele! Ele está morto!

— Entendido. Responda à minha pergunta: algum dos outros demonstrou sinais de raciocínio confuso ou agressividade injustificada?

Huxley apoiou os punhos apertados de cada lado do telefone, perplexidade e raiva competindo para cuspir mais palavras furiosas contra aquela máquina com falsa voz de mulher. *Não adianta. É uma coisa, não uma pessoa, projetada pra não se importar com o que você pensa ou sente. Provavelmente com bons motivos.*

— Não — disse ele após se acalmar com algumas respirações.

— Os sensores no barco detectaram um sinal de um transmissor. Qual é a origem?

Huxley ergueu os olhos para o vidro e a embarcação entortada, cinza clara, encostada no pilar norte da ponte.

— Tem um barco igual ao nosso à frente.

— Descreva o estado dele.

— Imóvel. Parece intacto.

— Sinais de vida?

— Nenhum.

Uma pausa, seguida por uma série baixa de cliques.

— Investiguem. Coletem armas e artilharia adicionais. Podem ser necessárias para a próxima fase da missão. Destruam o outro barco com explosivos quando a tarefa estiver completa.

Huxley observou os outros, vendo suspeita e dúvida no rosto de Pynchon e Rhys, enquanto Plath parecia só minimamente interessada.

— E se acharmos sobreviventes? — perguntou ele.

— Matem-nos.

— De quem é aquele barco?

— Isso não é relevante para a sua missão. Seu barco será reativado quando o transmissor na outra embarcação for desativado.

Os cliques familiares da despedida habitual se seguiram, então o telefone ficou em silêncio.

— Meu conselho — disse Plath — é preparar umas dinamites e jogar naquela coisa. Quando explodir, a gente pode só seguir em frente.

— Eles querem que a gente investigue — apontou Rhys.

Plath ergueu as sobrancelhas, abrindo um sorriso neutro.

— E eu estou pouco me fodendo pro que eles querem. — Ela se virou, seguindo para a escada até a cabine da tripulação. — Podem ir se quiserem, mas não peçam para eu me juntar a vocês. Já estourei minha cota de feitos heroicos por hoje... e de nada, aliás. Acho que vou tirar um cochilo.

Eles decidiram que Pynchon deveria ficar para trás, já que era o único que sabia operar a metralhadora. As margens norte e sul estavam silenciosas quando pararam na frente da ponte, mas, quanto mais se demoravam ali, maior a quantidade de gritos angustiados e delirantes vindos da névoa. A neblina estava tão espessa que não conseguiam ver aqueles Enfermos expressivos, mas o número crescente de ondulações de cada lado indicava uma multidão cada vez maior. Além disso, os olhos de Huxley escaneavam a água em expectativa constante, a espera de outro membro esguio, com ponta afiada, irrompendo das profundezas.

— Capaz que a gente precise de uma potência de fogo séria daqui a pouco — disse ele a Pynchon, e inclinou a cabeça para a metralhadora.

O soldado assentiu em concordância relutante, o foco no outro barco-patrulha.

— Não é uma má ideia, sabe? O que ela disse. Só explodir o barco e sair daqui.

— Precisamos saber — disse Rhys. — Ou eu preciso, pelo menos. Quem são eles. O que estavam fazendo aqui.

— O que me confunde é como chegaram tão longe — disse Huxley. — Com a Westminster Bridge bloqueando o rio, quero dizer.

— Meio óbvio, não é, sr. Policial? — Pynchon lhe lançou um sorrisinho de desdém reprimido. — Ela não tinha caído quando eles passaram. O que significa que devem estar aqui faz um tempo. — Outra ideia lhe ocorreu e fez seu sorriso esvanecer. — Ou alguém derrubou a ponte para impedi-los de voltar.

Ele preparou quatro blocos de dinamite, cada um com o próprio detonador e timer.

— Um na sala dos motores — instruiu ele, colocando o último bloco em uma mochila e entregando-a a Huxley. — Um na proa. Um na cabine da tripulação e outro no painel de controle. Se isso não destruir o transmissor, onde quer que esteja, nada vai.

Huxley assumiu o controle do motor externo do bote enquanto Rhys se sentava na proa, a carabina apontada para o outro barco.

— Sei o que você está pensando — comentou ela quando eles tinham atravessado metade da distância.

— O quê?

— Plath. Ela não é mais a mesma.

— Isso provavelmente é verdade para todos nós.

— Você sabe que não é disso que estou falando. — Ela olhou de volta para ele, o rosto duro e determinado. — Deveríamos matá-la.

— Você suspeita que ela esteja infectada?

— Possivelmente. Ou ela sempre foi assim e sua psicologia particular está se reafirmando. Se ela marcasse menos de noventa por cento num teste de psicopatia, eu ficaria bem surpresa. Em suma: ela é doida pra caralho e um perigo para nós.

— Parece um diagnóstico significativo pra fazer com base em poucas evidências. Ela não vai ganhar nenhum prêmio por charme ou simpatia, concordo. E com certeza sabe ser cruel. Mas isso não a torna uma psicopata.

Outro olhar, esse fulminante.

— Em uma situação de sobrevivência, somos obrigados a tomar decisões de vida e morte com base nas informações disponíveis, por mais escassas que sejam. Eu te disse que pretendo sobreviver a isso. E te disse por quê.

A filha. A filha que poderia facilmente ser um filho. Uma criança que ela sabia ter trazido para o mundo, mas cujo nome ou rosto não conseguia nem sequer lembrar. Ele soube então, com certeza absoluta, que Rhys tinha se voluntariado para estar ali, levada por uma necessidade feroz e implacável de assegurar o futuro daquela criança. Era a mesma necessidade que alimentava sua determinação atual, a mesma necessidade que a fazia querer matar Plath.

— Uma psicopata ainda pode ser útil — apontou ele, fechando o acelerador do motor enquanto o bote encostava na popa do outro barco-patrulha. — Ela provou isso hoje.

— Porque foi obrigada. Ela é fundamentalmente incapaz de se importar com qualquer outra pessoa. Se achar que é necessário para garantir a própria sobrevivência, vai se virar contra nós num segundo.

— Nossa tripulação está ficando pequena, talvez você tenha reparado. — Ele ergueu a carabina, ajeitando-a de modo que a coronha se apoiasse contra o ombro. Rhys não se moveu, mantendo os olhos nos dele. — Se chegar a esse ponto — disse ele enquanto o momento se estendia de modo desconfortável —, eu não vou hesitar. Mas não estou pronto para cometer assassinato.

O rosto de Rhys se contraiu em concordância relutante antes de ela se endireitar, virando-se para mirar a carabina contra a casa do leme do barco. A embarcação jazia meio oculta na escuridão embaixo da ponte, e Huxley distinguiu o brilho opaco das telas no painel de controle, mas não havia qualquer sinal de energia. Rhys continuou mirando a carabina com uma mão enquanto subia do bote até a popa, ajoelhava-se e ativava sua lanterna.

— Ó de casa! — gritou ela. — São seus vizinhos, Rhys e Huxley! Trouxemos uma torta de cereja. Adoramos o que vocês fizeram com o lugar.

Não houve resposta enquanto Huxley pulava para o lado dela. Os feixes gêmeos de suas lanternas varreram o interior da casa do leme, captando um lampejo de vidro estilhaçado ao passar pelos vidros.

— Impacto de bala — considerou Huxley.

— E muitas. — Rhys se ergueu e entrou na casa do leme, varrendo o feixe LED da esquerda para a direita. — Por todo canto. Parece que eles tiveram um belo de um tiroteio aqui.

— Corpos?

Ela balançou a cabeça, abaixando a lanterna para iluminar inúmeros estojos de cartuchos sobre um padrão abstrato extenso de manchas escuras que decorava as placas emborrachadas do piso.

— Está seco, mas definitivamente alguém sangrou até a morte aqui.

Huxley foi até o painel de controle e descobriu que apresentava um contraste agudo em relação ao deles. A unidade selada tão típica do barco deles estava ausente. O painel ali era cheio de botões e instrumentos, incluindo um joystick grande e alavancas à direita, que ele presumiu servirem para controlar o leme e os motores.

— Tinham controle total — disse ele. — Também não vejo nenhum telefone a satélite. Nada de ficar esperando os motores ligarem.

— Então eles sabiam o que estavam fazendo. Sabiam quem eram.

— Possivelmente. De qualquer forma, aposto que sabiam bem mais que a gente. — Ele assentiu para a escada. — Cabine da tripulação. Eu vou na frente.

— Machista. — Ela falou a palavra em um tom livre de objeções, e ficou de lado enquanto ele passava a carabina para as costas e sacava a pistola. Ele desenganchou a lanterna do colete e a segurou com a mão que portava a arma. A luz revelou mais manchas na escada que descia à cabine, mas o convés inferior estava limpo. Huxley se agachou enquanto descia, parando a cada degrau e se obrigando a não girar a luz rápido demais. Os corpos foram fáceis de encontrar, dois deles, caídos um de cada lado do espaço estreito entre os beliches.

Ele parou ao pé da escada para inspecionar a cabine com a lanterna, encontrando borrifos de sangue e alguns detritos espalhados. Pacotes vazios de suprimentos estavam jogados no chão, junto a uma série de smartphones.

— Tudo limpo — disse ele, focando a luz nos corpos. — Você tem exames para fazer.

Os dois cadáveres, um homem e uma mulher, usavam os mesmos uniformes sem camuflagem de Huxley. Estavam escurecidos com o início da necrose, e gavinhas de apodrecimento se esgueiravam pela pele sarapintada. O homem tinha uma mancha escura no centro do peito, e a mulher, um buraco do tamanho de uma moeda na testa, além de um maior atrás do crânio, e a parede atrás dela estava escura com matéria explodida. Havia uma pistola na mão rígida e cinza-escura apoiada em seu colo.

— Assassinato-suicídio — deduziu Huxley, atraindo um olhar fulminante de Rhys. Ele ficou grato por ela evitar um "não diga, Sherlock" antes de realizar uma inspeção rápida dos corpos.

— Ambos tinham trinta e poucos anos — julgou ela, virando a cabeça da mulher de um lado para o outro, e Huxley lutou contra um espasmo de náusea ao ouvir o rangido e o chiado do tecido muscular seco. — O rigor já se instalou, então eles estão mortos há um tempo — continuou Rhys, com um olhar crítico para os dois cadáveres. — Eu esperaria mais decomposição, mas pode ser que a doença desacelere o processo de alguma forma. Ambos estavam infectados, está vendo? — Ela traçou um dedo pela mandíbula da mulher para apontar as deformidades. Perto do queixo, um pequeno esporão parecido com um mini-chifre de rinoceronte se projetava da pele. — Ele tem protuberâncias no topo da coluna — acrescentou ela, assentindo para o homem morto.

— As cicatrizes deles são diferentes. — Huxley aproximou sua lanterna do crânio raspado da mulher, iluminando a incisão cicatrizada de cerca de dois centímetros e meio sobre a orelha.

— São menores — concordou Rhys. — Imagino que o procedimento tenha sido menos invasivo. — Ela precisou usar uma faca para cortar o colete da mulher, amarrotado e preso à pele em alguns lugares. — Nenhuma cicatriz sobre os rins. Acho que eles reservaram essas só pra gente.

— Eles têm nomes tatuados?

Rhys apontou a lanterna para o antebraço da mulher. A tatuagem era difícil de distinguir na pele pálida, mas ela a decifrou após apertar um pouco os olhos.

— Kahlo. — A do homem era mais fácil de ler, e Rhys atribuiu isso ao fato de que o sangue coagulara em suas mãos e não nos braços. — Turner.

— Frida Kahlo e J.M.W. Turner — disse Huxley. — Pintores. Parece que esse era o barco dos artistas. Mas só dois deles?

— Acho improvável. — Rhys apontou a cabeça para o teto. — O tiroteio aconteceu aqui dentro. Imagino que eles tenham matado os outros quando a infecção se alastrou. Devem ter jogado os corpos sobre a amurada depois do tiroteio, e aí... — Ela gesticulou para os dois lados. — Decidiram fazer isso quando perceberam que não iam escapar.

Huxley voltou a atenção para os smartphones jogados no chão.

— Devem ter reunido tudo isso dos destroços rio abaixo. — Pegando o aparelho mais próximo, ele apertou o botão para ligar, mas nada aconteceu. Jogou o celular de lado e testou vários outros, com o mesmo resultado. — Não adianta. Se descobriram algo, morreu com eles.

— Deve ter algo aqui. — Rhys se ergueu e foi até os compartimentos no chão. — Eles não parecem ter recebido tanto equipamento quanto nós, ou usaram tudo pra chegar até este ponto. — Ela se ajoelhou para revistar o espaço enquanto Huxley seguia para a sala dos motores. Passou alguns minutos em uma busca inútil, apontando a luz para maquinários desertos e encontrando todo mostrador inerte e toda leitura zerada. Uma exclamação de Rhys fez a mão que segurava a arma sofrer um espasmo involuntário, o dedo estremecendo, mas novamente seu treinamento arraigado o impediu de movê-lo para o gatilho.

— Que foi? — gritou de volta.

— Eles nos deixaram algo. — A voz dela continha uma nota surpreendentemente alegre, como uma criança que encontra um brinquedinho na caixa de cereal.

Ao voltar para a cabine da tripulação, Huxley pausou quando sua lanterna LED pousou numa marca que desfigurava a parede atrás do corpo de Turner. A princípio, parecia uma prolongação da mancha do sangue do homem, que tinha secado até ficar escura, mas ao olhar com mais atenção ele viu que formava uma palavra. *Kahlo atirou em Turner, depois escreveu algo com o sangue dele antes de atirar em si mesma.* Agachando-se, ele passou o feixe da lanterna sobre as marcas, movendo a boca na forma das letras borradas, cada uma escrita em uma letra de fôrma irregular e quase ilegível: A N T I C O R P O. Havia outra mancha curta e sem sentido que ele encarou como algum tipo de pontuação, depois um dígito seguido por outra palavra incompleta: 5 FRACA.

Cinco fracassos?, perguntou-se ele. *Havia cinco deles, mas sete de nós partiram neste rio. Será que queriam uma chance maior de sucesso ou só uma amostra maior?*

— Huxley — chamou Rhys, irritada. Ele se aproximou para contar sobre o graffiti sinistro, mas se calou. Não sabia por que, mas algum instinto lhe disse com insistência inequívoca para não dizer nada. *Mais coisas do cérebro de policial*, decidiu ele, suprimindo uma pontada de culpa. *Retenha informações que possam ser úteis depois.*

— O que você achou? — perguntou ele, indo até o lado dela.

— Algo útil, pra variar. — Ela enfiou a mão no compartimento e agarrou o pescoço de um objeto mais ou menos do tamanho de uma impressora desktop grande, mas, julgando por sua dificuldade em erguê-lo, consideravelmente mais pesado. — Ah, não seja por isso — grunhiu ela. — Não precisa me ajudar. Eu dou conta.

— O que é isso? — Ele segurou a base larga do objeto, e juntos conseguiram puxá-lo para o chão. Huxley apontou sua lanterna para um dispositivo que parecia ser uma mistura elaborada de binóculos e um escâner plano.

— Se não estou enganada — Rhys correu a mão sobre a cabeça volumosa do negócio —, isso é um microscópio espectrofotômetro. — Vendo a cara impassível dele, ela explicou: — Um microscópio e um espectrômetro juntos. Não só permite observar amostras em níveis micro como também nos diz do que são feitas e... — Ela apertou um botão na base e deu uma risada satisfeita quando ele acendeu, ficando verde. — Ele parece ter sua própria fonte de energia, totalmente funcional.

— Você sabe usar?

— Quase certeza que sim.

— Certo. — Ele olhou sobre o ombro para os corpos. A palavra rabiscada na parede estava perdida nas sombras. *Anticorpo.* — Vamos levá-lo pro bote. Aí a gente vê se tem mais alguma coisa pra ser encontrada...

O som que explodiu do lado de fora era tão alto que a princípio ele pensou que outro jato tinha vindo, em mais uma missão de bombardeio. Quando o som parou por um curto intervalo antes de erguer-se de novo com um rugido, ele percebeu que não era um jato. A cacofonia trazia à mente algum tipo de furadeira industrial, mas muito mais rápida e acompanhada por um uivo estridente que indicava ar desalojado com violência.

— A metralhadora — disse ele, erguendo-se. — Hora de ir.

Rhys grunhiu enquanto tentava erguer o microscópio, mal conseguindo levantá-lo do chão.

— Não podemos deixar isto aqui.

Huxley conteve um xingamento profano, ouviu a metralhadora pausar e em seguida disparar de novo, seguida por um baque vindo de cima quando algo caiu no teto do barco. Ele tirou a mochila nas costas, extraiu um dos blocos de dinamite e ajustou o timer para cinco minutos, antes de pensar um pouco e reduzir para quatro.

— Vai ter que dar — disse ele, antes de enfiar o bloco de volta na mochila e correr para colocá-lo na escotilha da sala dos motores. Conferiu se a escada estava vazia sem ver mais nada, mas se reconfortando com o fato de que a metralhadora ficara em silêncio. Juntos, ele e Rhys carregaram o espólio dela pelos degraus até a casa do leme. A metralhadora soltou mais um grito ao atingirem o topo, e outros baques soaram acima deles, com impactos que faziam o barco balançar. Huxley vislumbrou algo molhado e pesado deslizando pelo vidro, mas não se demorou para olhar melhor.

Eles emergiram na popa e foram cumprimentados pelo que parecia a princípio ser um raio horizontal. As rajadas altas da metralhadora vibravam em seus ouvidos enquanto se agachavam, e Huxley ergueu a cabeça e viu uma linha quase sólida de vaga-lumes monstruosos que zumbia acima deles. *Os rastros dos projéteis*, percebeu, acompanhando o fluxo brilhante até a ponte. No começo, o rastro parecia desabrochar em fogos de artifício vermelhos ao encontrar um obstáculo escuro e cambiante, que ia para a frente e para trás deixando um rastro de supernovas carmesim. Quando um daqueles fogos de artifício depositou no convés um pedaço de antebraço chamuscado e deformado, Huxley entendeu a natureza do perigo à frente.

A metralhadora ficou em silêncio outra vez e Huxley olhou para o barco deles, vendo uma coluna fina de vapor cinza erguer-se do seu cano. Pensou ter visto Pynchon acenando com urgência atrás do vidro da casa do leme, mas não tinha certeza. Da popa do barco vinham estalos constantes e repetitivos, e ele viu o clarão da carabina de Plath enquanto ela atirava em alvos na margem norte.

Um rosnado coletivo vindo de cima atraiu o olhar dele de volta à ponte. A balaustrada estava coberta de sangue e decorada com cadáveres semidestruídos de Enfermos. Huxley não conseguia ver a fonte dos rosnados, mas presumiu que viessem daqueles que tinham sobrevivido às atenções da metralhadora e possuíam raciocínio residual suficiente para se abrigar dos ataques. A escala do barulho que produziam indicava um número grande. Embora ele tivesse conseguido entender parte das falas dos outros Enfermos que tinham encontrado, essa era realmente uma algazarra infernal e incompreensível. Gritinhos rítmicos se sobrepunham a lamentos prolongados e rugidos enfurecidos, criando um coro que ele teria descrito como bestial, não fosse a certeza de que nenhum conjunto de animais jamais teria produzido algo tão feio.

Um dos corpos deformados caiu da ponte, fazendo o barco balançar quando colidiu com o teto da casa do leme. Outros se seguiram, e Huxley viu como estavam sendo empurrados sobre a balaustrada diretamente acima do barco, alguns inteiros, a maioria não, membros cortados e cabeças decapitadas formando parte da cascata crescente.

— Estão tentando nos afundar — disse Rhys.

Uma série de estalos rápidos da carabina de Plath atraiu a atenção de Huxley de volta ao barco. *Quatro minutos*, ele se lembrou, abaixando-se para erguer o microscópio e puxá-lo ao bote. *Uns dois agora.*

O bote conseguiu não afundar sob o peso concentrado do microscópio, mas oscilou de modo alarmante quando Rhys soltou a corda e Huxley deixou o aparelho em seus braços antes de estender a mão para o motor. Sem querer arriscar levar um tiro perdido da carabina de Plath, ele os guiou a bombordo do barco, a metralhadora soltando outro rugido no instante em que chegaram à proa. A arma atirava em rajadas curtas, e Huxley olhou para trás e viu os rastros pulsantes dos projéteis impactando a parte superior da ponte no que ele presumia ser um esforço para manter afastados os Enfermos. Não pareceu ter muito efeito, e a cascata de partes de corpos continuava, sem pausa. O outro barco inclinou-se num ângulo cada vez mais agudo sob o peso adicional e boiou para longe do pilar da ponte, a água lambendo a popa.

— Brinquedo novo? — perguntou Plath, dando um olhar rápido aos dois enquanto amarravam o bote e erguiam o microscópio para o convés. Ela virou e atirou sem esperar resposta, e Huxley se endireitou para ver contra o que ela disparava. As ondulações que perturbavam a água a estibordo tinham se intensificado consideravelmente, e ele viu numerosas silhuetas na névoa. Como os Enfermos na ponte, esse grupo dava voz a uma canção grotesca, tão discordante quanto a outra, mas entremeada com uma nota crescente de agressão furiosa.

— Um ou dois avançam de vez em quando — disse Plath. À sua frente, um borrifo apareceu na névoa, e ela deu dois tiros rápidos. — Viu? Parecem estar mais ousados a cada segundo. Não podemos mudar o ângulo do barco para Pynchon acertá-los com a metralhadora.

— Quanto tempo? — gritou Pynchon da casa do leme.

Huxley deixou Rhys ajudando Plath com a própria carabina e foi para a frente da casa do leme, espiando o outro barco através do vidro. A popa estava parcialmente submersa, enquanto flutuava mais para o centro da ponte, pesada por cada vez mais projéteis horrendos que caíam de cima.

— Eu ajustei para quatro minutos — disse ele a Pynchon. — Não deve demorar muito.

O rosto de Pynchon se contraiu de consternação, a mão se tensionando no joystick para varrer o topo da ponte com mais uma rajada de fogo da metralhadora. Huxley se focou no outro barco, contando sessenta segundos e então soltando um suspiro de autocensura quando nada aconteceu.

— Talvez eu não tenha configurado o timer direito.

— Maravilha. — A mandíbula de Pynchon se moveu de uma forma que indicava que ele estava contendo com dificuldade um fluxo de invectivas altamente críticas e profanas. — Vamos ter que esperar que o sinal do transmissor seja abafado quando afundar. A água é uma inibidora bem boa de ondas de rádio. Mas não sei se o rio é fundo o bastante.

Huxley viu outra enxurrada de corpos colidir com o barco, os Enfermos se agachando quando Pynchon soltou outra rajada curta.

— Vamos ficar sem munição, nesse ritmo.

— Não entendo por que eles estão tão focados em afundar o barco — disse Huxley. — Quer dizer, são todos insanos, certo? A doença os deixa assim. Isso é um esforço coletivo...

Sua conjectura acabou quando o barco desapareceu em uma elevação instantânea de água. A explosão foi tão próxima que o som abafou tudo o mais, rachaduras de teia de aranha aparecendo nos vidros enquanto Huxley e Pynchon se abaixavam com as mãos apertadas nos ouvidos. O barco balançou após o estrondo, subindo e caindo, antes de se endireitar e retomar o movimento para a frente. Huxley só percebeu que os motores haviam sido reativados quando o zumbido nos ouvidos esvaneceu.

Enquanto a sombra da ponte passava sobre eles, ele seguiu para o convés da popa, onde encontrou Plath disparando algumas balas de despedida contra os Enfermos. A névoa se fechou antes que ele conseguisse distinguir quaisquer detalhes, mas ele teve a impressão de ver a ponte abarrotada por uma grande massa de corpos deformados, seu coro coletivo e infernal esvanecendo sob o rugido dos motores.

Ao baixar os olhos de volta para o barco, viu Rhys ocupada em uma inspeção cuidadosa do tesouro deles, passando as mãos sobre os vários botões e controles com apreciação cautelosa.

— Merda — disse ela, erguendo os olhos para ele, as sobrancelhas arqueadas. — Todo aquele sangue e tripas e a gente não pensou em coletar amostras de tecido.

CAPÍTULO 9

O telefone a satélite começou a tocar quando já estavam a uma certa distância da ponte. Pela primeira vez, Huxley sentiu vontade de ignorá-lo, deixá-lo apitar o tempo que fosse necessário para que os torturadores invisíveis deles desativassem os motores. Pynchon notou o humor do colega e foi quase como se pedisse desculpas quando estendeu a mão para apertar o botão verde.

— Não temos escolha. Você sabe.

— Alguma baixa? — perguntou a voz do telefone, com a típica falta de inflexão.

Huxley correu a mão sobre a cabeça, a dor da memória pulsando novamente. Talvez ele tivesse tido uma má experiência esperando atendimento no telefone em algum momento no passado.

— Não.

— Algum dos outros demonstra sinais de raciocínio confuso ou agressividade injustificada?

— Não.

— Descreva o estado do outro barco.

— Danos internos extensivos devido a um tiroteio. Nenhum sobrevivente. Dois corpos, Kahlo e Turner. Assassinato-suicídio. Ambos infectados.

— Vocês recuperaram algo de interesse ou valor para sua missão?

Os olhos dele voaram para o microscópio, amarrado a um dos assentos.

— Não. Não tivemos tempo. — Ele não tinha discutido essa mentira com os outros antes, mas ninguém ergueu a voz em objeção. — Um monte de Enfermos apareceu. Pareciam se opor a nossa presença ali. Agiram em conjunto para nos impedir, na verdade. Alguma ideia do que se trata?

Ele não esperava uma resposta, então a explicação extensa e detalhada que se seguiu foi uma surpresa.

— Embora a maioria dos Enfermos sucumba à alucinação e a morte dentro de quatro semanas após a infecção, nem todos o fazem. Alguns continuam a agir de maneira independente, enquanto outros formam grupos que exibem características hierárquicas e predatórias. Todos permanecem violentamente agressivos em resposta ao que possa ser percebido como invasão territorial.

— Se estão fazendo isso, não podem ser de todo loucos. Alguma parte deles é capaz de pensar e se comunicar.

Uma pausa curta e um único clique.

— Sua empatia é equivocada e irrelevante ao sucesso desta missão.

— Da sua missão.

— Sua também. Sua participação foi inteiramente voluntária.

— É o que você diz. Não temos como saber se isso é verdade.

Outro clique.

— Discutir mais sobre essa questão é irrelevante. O barco está se aproximando de um trecho de água mais profundo, onde vai ser desativado durante as horas de escuridão. Suas instruções são descansar, mas manter vigia para garantir a segurança. O barco será reativado na aurora, quando outras instruções serão fornecidas.

— É — murmurou Huxley quando os cliques e o silêncio familiares se seguiram. — Foda-se você também.

— É um composto orgânico complexo. — Rhys uniu os lábios, recuando dos oculares do microscópio. Como não tinham amostras alternativas, eles haviam optado por testar o conteúdo de uma das duas seringas hipodérmicas sobressalentes. Ela apoiara o aparelho em uma caixa virada para baixo, posicionada próxima à escotilha da casa do leme, onde Pynchon mantinha vigia nas águas circundantes. Tinham descoberto que a base do microscópio continha um compartimento deslizante cheio de lâminas, seringas e vários outros instrumentos úteis.

O barco tinha parado, como prometido, uma hora depois que o telefone ficou em silêncio, os motores retomando o rosnado intermitente que faziam para mantê-lo no lugar. Eles não conseguiam ver nada da paisagem além da névoa, e o crepúsculo criava a impressão de que flutuavam no meio de um oceano vasto e infinito em vez de uma cidade arruinada e alagada. Gritos distantes chegavam a eles através da neblina, mas não havia sinal do coro discordante do bando que os atacara na ponte.

— É uma longa lista de vários elementos, como vocês podem ver. — Rhys apontou para a pequena tela dobrável afixada ao microscópio, mostrando os conteúdos da lâmina que ela tinha encaixado no aparelho. Aos olhos de Huxley, parecia apenas uma mancha rosa e cinza sobreposta a símbolos químicos e números. Rhys, apesar de alegar não possuir conhecimento de bioquímica, demonstrava pouca dificuldade em lê-los.

— Mas isso não é surpresa — continuou ela. — É o que eles formam que importa.

— E o que seria? — perguntou Huxley.

— Ácido desoxirribonucleico e proteínas em várias quantidades. Células-tronco, em suma. A análise espectrográfica também identificou a presença de sais de alumínio.

— Por que isso é significativo? — perguntou Plath.

— Sais de alumínio são um adjuvante comum de muitas vacinas.

— Adjuvante? — perguntou Huxley.

— É o termo médico para qualquer substância que aumente o efeito do componente principal de um composto. Em vacinas, sais de alumínio são usados para aumentar a resposta inflamatória do corpo, o que por sua vez estimula a resposta imune, causando uma maior produção de anticorpos.

Anticorpos... A ideia de contar a eles sobre o rabisco no outro barco ergueu-se e então esvaneceu da mente de Huxley, abafada novamente pelo seu instinto policial.

— Então é um inoculante — disse Plath.

Rhys olhou para a tela do microscópio, balançando a cabeça.

— Não necessariamente. Adjuvantes são comuns a outros tratamentos medicamentosos. Mas isso torna a hipótese mais provável. Entretanto o que resta da minha memória não contém nenhuma informação sobre o uso de células-tronco em vacinas.

— Mas o que quer que seja ainda pode ter nos tornado imunes a esse negócio — disse Pynchon. — Quer dizer, nenhum de nós parece estar exibindo sintomas.

— Dickinson foi infectada — apontou Huxley.

— Porque ela ainda não tinha tomado a dose — disse Plath.

— O que nos leva a outra pergunta: se isso é algum tipo de vacina, por que só a tomamos depois de ter avançado tanto na jornada?

— É possível que já a tivéssemos tomado — disse Rhys. — A voz no telefone disse que as doses que recebemos foram de reforço. Algumas vacinas só se tornam eficazes de verdade depois de uma segunda dose. E não vamos esquecer as cicatrizes acima dos rins. Talvez essa coisa precisasse de algum tipo de intervenção cirúrgica para funcionar, provavelmente algumas alterações no sistema endócrino. Quanto a Dickinson, não existem dois seres humanos iguais. As pessoas respondem de forma diferente às doenças. Algumas exibem sintomas brandos, algumas nem apresentam sintomas. Outras podem ter uma imunidade natural mesmo sem vacina. Talvez Dickinson só fosse mais suscetível à infecção. Se for o caso, a dose de reforço talvez nem a tivesse ajudado.

Pynchon apontou o queixo para o microscópio.

— Você pode conferir nosso sangue com isso, certo? Ver se estamos infectados.

Rhys assentiu.

— Mas eu precisaria de amostras para comparar. Amostras infectadas, e não temos nenhuma.

— Ainda tem um pouco do sangue de Dickinson na cabine da tripulação — sugeriu Plath.

— Está seco e contaminado. — Rhys se virou para a névoa que flutuava em espirais escarlates além da popa. — Se queremos uma amostra viável, vamos ter que buscá-la.

Pynchon insistiu que Rhys deveria ficar para trás dessa vez.

— Precisamos dos conhecimentos dela. Não adianta trazer um corpo se ela não estiver viva para analisá-lo.

Plath deu um sorriso largo para ele.

— Que maravilhosamente encorajador.

Pynchon a ignorou do mesmo jeito que ignorara Golding, e em vez disso passou alguns minutos explicando a Rhys como operar a metralhadora.

— É bem simples. — Ele a fez mover o joystick, fazendo a arma virar e se inclinar do outro lado do vidro rachado, a tela monocromática se mexendo de acordo com os movimentos. — A câmera vê o que a arma vê. Está no modo de luz baixa, então você deve ter uma imagem nítida de qualquer coisa que se aproximar. Um alvo no centro da tela será obliterado quando você apertar o gatilho. Se tiver de atirar, use um toque leve. Só rajadas curtas. Temos talvez uns quinze segundos de poder de fogo restante, não gaste tudo de uma vez.

Os óculos de visão noturna estavam desconfortáveis na cabeça de Huxley, com a alça apertada demais e seu peso, incômodo.

— Tenho a sensação de que não treinamos muito com esses negócios — disse ele, com as mãos nos controles. Um borrão verde brilhou nos seus olhos, entrando enfim em foco quando Pynchon ajustou o botão para ele. Huxley piscou de surpresa com a clareza de sua visão quando a névoa se dissipou para revelar uma extensão de água plácida que se estendia dos dois lados. A margem sul era rica em ângulos duros e linhas retas de prédios, enquanto a norte era toda árvores e parques parcialmente submersos.

— Como as Everglades, na Flórida — disse Plath, um zumbido eletrônico fraco que soava enquanto ela ativava os próprios óculos. — Me pergunto se vamos ver algum crocodilo.

— A bateria desses negócios não é ótima — disse Pynchon, assumindo seu lugar junto ao motor do bote. — Duas horas no máximo, então não podemos demorar. Vamos encontrar um Enfermo, matá-lo e trazê-lo de volta. Se ouvirmos a metralhadora, abandonamos a missão. Sem discussões.

Ele optou pela margem sul, argumentando que uma área residencial oferecia uma probabilidade maior de encontrar um Enfermo. Eles estavam a algumas centenas de metros do barco, o monólito escuro de um prédio sem luz assomando à frente, quando o casco do bote começou a raspar em obstáculos invisíveis sob a superfície.

— Jardins — concluiu Pynchon, e desligou o motor para espiar a água verde cintilante. Ele se ergueu e enfiou uma perna na água. Parava no joelho. Tirando a carabina do ombro, ele falou em voz baixa: — Vamos a pé a partir daqui. Eu vou na frente. Huxley fica na retaguarda. Plath, lembre-se de por que estamos aqui: nada de fazer churrasco das amostras sem que eu dê a ordem.

Plath respondeu com uma continência debochada antes de erguer o lança-chamas e sair pelo lado do bote. Huxley pegou o cabo de amarração do bote e o abaixou na água, seus movimentos lentos para não criar borrifos. Após fuçar um pouco sob a superfície, ele encontrou um pedaço de metal pesado e firme que presumiu ser um móvel de jardim. Amarrou a corda nele e partiu atrás de Plath quando Pynchon começou a andar.

O soldado seguiu para as portas duplas do prédio bem na frente deles, sua mira a laser traçando uma linha fina e cintilante que varria da direita à esquerda enquanto ele procurava alvos. As portas estavam abertas, a água invadia o corredor além. Pynchon entrou com calma, mirou a carabina escada acima. O lugar cheirava a podridão e esgoto, junto a algo muito mais acre.

— A decomposição tem um sabor único, não acham? — perguntou Plath em um sussurro retórico. Huxley sentiu que o mundo através dos óculos de visão noturna a transformara em algo ainda mais perturbador: um duende sorridente, com olhos de vidro e plástico, em vez de uma mulher atraente no sentido convencional, ainda que obviamente psicopata, com um pendor científico. *Será que ela é mesmo cientista?* A pergunta já tinha lhe ocorrido antes, mas parecia cada vez mais pertinente. *Ou só leu muitos livros? O tipo de coisa que você faz quando tem tempo de sobra nas mãos. Como uma prisioneira ou alguém que já foi internado.*

Havia três apartamentos no piso térreo do prédio. Pynchon os guiou por uma revista metódica de cada um, encontrando dois vazios e um ocupado por um cadáver. Ele jazia na cama de um dos quartos, onde bugigangas domésticas flutuavam nas águas que lambiam o colchão. O corpo estava ali havia semanas e não mostrava sinais óbvios de infecção. Era difícil confirmar qualquer coisa a idade e a identidade devido à morte e ao filtro monocromático dos óculos.

— Paracetamol e prometazina — sussurrou Plath, erguendo dois potes de comprimidos da mesa de cabeceira. — Funciona bem.

— Não dá pra culpá-los, né? — Pynchon inclinou a cabeça para o teto. — As pessoas tendem a buscar um terreno mais alto em tempos de crise.

A escadaria que dava para o primeiro andar revelou outro cadáver, esse em um estado ainda mais avançado de decomposição e com sinais evidentes de infecção. Ele tinha os mesmos esporões na coluna que o corpo perto da Westminster Bridge, mas muito mais extensos. O cadáver deformado jazia de cara para baixo nos degraus, protrusões erguendo--se das costas e se entrelaçando com o corrimão em um emaranhado de nós parecidos com raízes. Delas também nasciam gavinhas que se estendiam às paredes e à escadaria acima.

— É como se todo infectado se tornasse um vaso de planta ao morrer. — Plath espiou as saliências que cobriam o corrimão. Pegando uma faca do cinto, ela cortou uma parte, e a lâmina teve dificuldade em atravessar a substância fibrosa. — Não vai ser suficiente, né? — Ela fez uma careta, guardou a amostra em um dos sacos de ração que eles haviam trazido para esse propósito.

— Rhys disse que precisa de sangue. — Pynchon cutucou o corpo com a boca da carabina. — Esse cara está seco demais.

Eles seguiram em frente, encontrando quatro outros apartamentos, todos bagunçados, mas sem ocupantes, nem vivos nem mortos. Estavam voltando para a escada quando ouviram um som: um impacto abafado, mas nítido, no andar de cima. Pynchon ergueu um punho apertado, sinalizando para que parassem. Eles ficaram atentos, primeiro não ouvindo nada, e então, em vez de outro baque, ouvindo algo mais leve, mas ainda mais premente. O som ficou mais alto enquanto Pynchon os conduzia de volta às escadas, e Huxley sentiu uma urgência instintiva no som arrebatador e luminoso. *Uma criança.* Uma criança chorando.

Os óculos de visão noturna pintaram o corredor seguinte nos tons típicos, exceto pela forte explosão de luz que vazava da porta entreaberta bem no fim. O choro ficou ainda mais alto, entremeado por um soluço súbito e estridente que fez Huxley correr na direção da porta.

— Calma! — sibilou Pynchon, enfiando o antebraço na frente do peito dele. — Vá com calma, sr. Policial. — Ele sustentou o olhar de Huxley por um momento a mais, então assentiu para Plath. Ela ergueu uma sobrancelha e apoiou o lança-chamas no ombro antes de sacar a pistola. Aproximando-se da porta, estendeu a mão para remover os óculos, e Huxley imitou seu exemplo quando o brilho no interior ameaçou ofuscar sua visão.

Plath se agachou para empurrar a porta de leve com o ombro, mirando a pistola com as duas mãos para o interior. O brilho do apartamento era surpreendentemente fraco sem a amplificação dos óculos, uma centelha azul-branca que parecia esconder mais do que revelava. Plath manteve-se agachada enquanto seguia para dentro, Pynchon logo atrás, empunhando a própria pistola. Seguindo-os, Huxley examinou um curto corredor que levava a uma sala de estar que, num primeiro olhar, ele presumiu ter sido invadida por uma árvore caída. A luz débil lançava seu brilho inconstante sobre uma rede entrelaçada de protuberâncias. Elas pareciam ter despontado de dois corpos deitados no centro da sala, e se expandiam para preencher o espaço e abrir caminho à força até o teto e as paredes ao redor.

A luz vinha de uma porta à direita, assim como o choro incessante. Huxley ouvia dor naquele som, dor de corpo e mente, um canto de sereia de perda e desespero que mais uma vez o impelia adiante. *Encontre-a! Ajude-a!* Ele estremeceu, resistindo ao impulso de empurrar Pynchon e Plath, chutar a porta e socorrer a criança que ainda não via. Por mais sedutor que fosse o choro, também fez piscar um aviso em sua mente: *Tem algo errado nisso.* Poderia ter sido outro exemplo de instinto policial, ou algo mais primal, mas ele não sentia nenhum desejo de ver o que estava do outro lado daquela porta, e até conteve o impulso de gritar um alerta ao ver Plath estender a mão para abri-la.

O choro diminuiu e tornou-se um arquejo assustado quando Plath apontou uma lanterna para o ocupante do cômodo. A figura estava encolhida no centro do que Huxley presumiu ter sido um quarto, embora o estado de sua transformação tivesse ocultado grande parte dos detalhes. Gavinhas parecidas com raízes cobriam o piso, as paredes e o teto. Ele avistou o canto de um pôster embaixo da mescla orgânica e retorcida, alguma banda de rock que não sabia nomear, provavelmente devido a uma ignorância básica, já que a visão não despertou a dor da memória.

A iluminação instável vinha de uma lanterna elétrica apoiada em meio a um tapete de protuberâncias retorcidas, sua bateria falhando, o que explicava o tremeluzir irritante. A figura sob o cobertor gemeu e se remexeu quando a lanterna de Plath passou sobre ela, o feixe percorrendo o quarto, demorando-se cá e lá, mas não o suficiente para Huxley distinguir detalhes.

— Vocês...? — A lanterna de Plath voltou depressa à figura quando ela falou, a vozinha trêmula e não mais alta que um suspiro. — Vocês são... os bombeiros?

— Como é? — perguntou Plath.

— Mamãe disse que eles iam vir. Quando as coisas começaram a ficar ruins. "Não chore", ela disse. "Os bombeiros vão vir pegar a gente." — Um soluço meio abafado foi seguido por uma fungada, a figura tremendo ao virar a cabeça, só o suficiente para revelar um olho brilhante e úmido sob a borda do cobertor.

— Aham — disse Plath. — Quando foi isso, querida?

— Dias... semanas. Não sei. — O soluço voltou, incrementado por um choro de medo. A figura estremeceu enquanto chorava, aos poucos controlando o desespero antes de se virar mais para Plath. Mais de seu rosto estava iluminado, pálido, feminino, manchado de sujeira úmida, com desalento nos olhos. Huxley estimou que teria oito ou nove anos. — Vocês... — Ela se inclinou na direção de Plath, o cobertor se amarrotando quando ela ergueu uma mão escondida, pronta para estendê-la. — Vocês vão me levar embora?

— Ah, faça-me o favor — disse Plath, com uma nota palpável de asco. Então atirou na cabeça da menininha.

O instinto de Huxley, policial ou simplesmente humano, o fez erguer a coronha da carabina ao ombro, centrando a mira na parte de trás do crânio de Plath, o dedo se fechando no gatilho. Antes que pudesse atirar, Pynchon agarrou a coronha da arma e empurrou o cano para o lado com força suficiente para fazê-lo hesitar.

— Pare! — Ele lançou um olhar autoritário para Huxley, apontando a cabeça para o cadáver no centro do quarto. — Olhe.

Plath deu um passo à frente e agachou-se para puxar o cobertor. O corpo só ia até os joelhos, onde se metamorfoseava em uma massa extensa de gavinhas, a matriz toda conectada à treliça caótica nas paredes e no teto. Também significativo era o fato de que o corpo era masculino, a barriga saliente de um homem de meia-idade que raramente se exercitava obscurecendo genitais pequenas. O rosto, porém, permaneceu aquele da garota de oito ou nove anos, marcado pelo buraco de bala na testa.

— Você tinha razão — disse Plath a Huxley, a cabeça inclinada em um ângulo curioso enquanto examinava o Enfermo.

A neutralidade do tom dela o enfureceu, a pura incongruência e sua indiferença fazendo retornar a vontade de atirar nela. Huxley engoliu o impulso e obrigou-se a afastar o dedo do gatilho.

— Sobre o quê?

— Eles ainda conseguem pensar — explicou Plath. — Isso foi uma estratégia digna de uma planta carnívora. — Ela passou o escrutínio para o quarto ao redor, apontando a lanterna para algo no canto, algo redondo e pálido. — E parece que funcionou. Uma vez, pelo menos.

Aproximando-se do objeto iluminado, Huxley reconheceu-o como um crânio afundado na massa de raízes. Parecia mais limpo do que deveria estar, sem qualquer resquício de pele ou cabelo remanescente.

— Aquele negócio comeu ele? — perguntou.

— O que mais poderia fazer?

— Achei que era aleatório — refletiu Pynchon, e Huxley se virou para vê-lo inspecionar de perto o amálgama obsceno de criança e homem.

— O quê? — perguntou Huxley.

— A doença, o que ela faz. Como Rhys chamou? — Ele cutucou o cano da carabina no ponto onde a pele lisa do pescoço da menina encontrava as dobras do corpo ao qual estava anexado. — Mudança morfológica rápida. Imaginei que transformasse a pessoa em algo aleatório, que fosse só acaso. Isto aqui indicaria o contrário.

— Acha que ele quis se transformar nisso?

— Talvez sim, talvez não. Parece uma forma terrivelmente útil para adotar se você quer continuar vivo num mundo que mudou tanto.

— Vocês estão perdendo tempo com conjecturas inúteis — disse Plath, agachando-se para dar um empurrão experimental no Enfermo derrubado. — É grande demais pra carregar, mesmo que a gente o cortasse de todas essas coisas.

Ao ouvir um arranhão metálico, Huxley se virou e viu Pynchon extraindo sua faca de combate.

— Não precisamos dele inteiro.

Huxley os viu primeiro, um borrão verde cambiante entrando à vista no momento em que reativou os óculos de visão noturna. Ele tinha ido na frente quando saíram do prédio, Pynchon o segundo na fila com sua mochila abarrotada e Plath vigiando a retaguarda. A descida ao térreo ocorrera sem contratempos, despertando um otimismo de que o tiro de Plath não atraíra atenção. Mas a sensação era equivocada.

— Inimigo à esquerda! — Ele não sabia de onde vinha essa frase, outra parte instintiva do seu treinamento que fez o aviso sair dos seus lábios enquanto ele mirava a carabina e começava a atirar. A hostilidade dos Enfermos era evidente no jeito como se moviam, uma dúzia ou mais de formas vagamente humanas se debatendo na direção deles através da água da inundação. Enquanto avançavam, Huxley percebeu seus gritos como uma versão menor, mas ainda reconhecível, do coro coletivo de agressão que eles haviam escutado durante o ataque na ponte.

O primeiro caiu de imediato; dois tiros na massa central o mandaram para a água com um borrifo alto. Huxley ajustou a mira para a direita e atirou de novo, derrubando mais um. Ajustou para a esquerda e derrubou mais dois com uma salva rápida.

— Sigam em frente! — gritou Pynchon, correndo vários metros antes de parar e atirar. Plath reagiu, passou pelos dois e disparou vários tiros de pistola. Eles mantiveram essa formação até voltarem para o bote.

O bando de Enfermos não pareceu intimidado pelos tiros, parando apenas quando uma bala encontrava o alvo. Huxley ficou preocupado ao ver Plath alcançar o bote primeiro, quase esperando que ela o pegasse e fosse embora antes que ele e Pynchon tivessem a chance de subir a bordo. Mas ela não fez isso. Depositando o lança-chamas na embarcação, agachou-se para desatar o cabo de amarração e segurou o bote no lugar.

— Aqui — disse Pynchon, subindo e erguendo o lança-chamas. — Todos os animais têm medo de fogo. — Ele jogou a arma para Plath e foi manejar o motor. Huxley parou para derrubar mais dois Enfermos enquanto Pynchon ligava o motor elétrico e Plath preparava o lança-chamas. Ela liberou o fluxo de fogo sem hesitar, varrendo a chama de vinte metros de um lado ao outro. Ofuscado pelo brilho, Huxley arrancou os óculos de visão noturna e subiu a bordo. Acomodou-se no meio, a carabina apontada para a esquerda de Plath, e viu uma criatura, envolta da cabeça aos joelhos em chamas, pular em agonia espasmódica antes de desaparecer sob a água.

Ele abriu fogo de novo quando a torrente flamejante do lança-chamas de Plath desacelerou, o jato perdendo força até morrer. Sem os óculos, ele não tinha alvos nítidos, então atirou na direção dos gritos.

— Tudo que é bom acaba — brincou Plath, com um suspiro triste, jogando de lado o lança-chamas vazio antes de subir na proa do bote. Ela sacou a pistola e se juntou à saraivada provavelmente inútil de Huxley enquanto Pynchon acionava o acelerador e girava o bote em um arco rápido. Huxley se retorceu para mirar a carabina para as chamas que lambiam as árvores e arbustos não submersos que um dia tinham formado os jardins daquele lugar. Parou só quando o pente clicou, vazio.

CAPÍTULO 10

— Então é essa a cara dele.

A imagem na tela do microscópio continuou, de forma geral, incompreensível para Huxley, mas ao menos esteticamente ele a achou bem mais feia do que o conteúdo das seringas. A molécula era escura, com uma silhueta amarela irregular, sua massa pontilhada com manchinhas vermelhas que se debatiam em movimento constante.

— É.

A expressão de Rhys, sombria e com as sobrancelhas unidas, levou-o a concluir que ela não tinha boas notícias. Ela começara sua análise uma hora antes do amanhecer, esperando completá-la antes que os motores se ligassem de novo. Tivera um espasmo de nojo com o conteúdo da mochila de Pynchon; a cabeça de uma garotinha sobre o pescoço cortado de um homem adulto certamente era algo perturbador. Mas qualquer sensibilidade logo desapareceu quando ela pôs as mãos à obra. Abriu o crânio com uma das facas de combate e usou uma seringa para extrair a quantidade de fluido necessária.

Colocou uma gotinha do negócio em uma lâmina e a encaixou na base do microscópio.

— A amostra está repleta dele — continuou ela. — Esse maldito parece se multiplicar rápido.

— Alguma ideia de como se chama? — perguntou Huxley.

Ela grunhiu uma risada sem um pingo de humor.

— Eu ficaria chocada se qualquer profissional médico já tivesse visto algo assim antes do surto inicial. Posso dizer que não é um vírus; a morfologia e a composição química estão mais próximas das de uma bactéria. A boa notícia é que, dada sua aparência típica e o crescimento rápido, identificar sua presença em outra amostra não deve ser difícil. — Ela pegou uma seringa nova. — Quem quer ir primeiro?

A ansiedade de Huxley estava tão alta que ele mal sentiu quando ela pressionou a ponta da agulha no seu braço. Ele conseguira talvez uma hora de sono agitado após voltarem ao barco antes de ser, novamente, atormentado pelo sonho, que era terrível em sua definição tão precisa. Conseguira sentir o vento soprando areia na pele dessa vez, os ouvidos zumbindo com as rajadas fortes que vinham do oceano azul sob o céu ainda mais azul. Mas não era tudo beleza. A mulher no chapéu de aba larga escondia o rosto quando ele tentava tocá-la. O movimento que ele achara ser um giro alegre parecia mais uma tentativa de evitar o seu toque. A sombra projetada pelo chapéu recuou quando ela consentiu em virar a cabeça para ele, revelando olhos que eram tanto duros como chorosos. Ela começou a falar, mas o sonho evaporou quando Pynchon o acordou com uma sacudidela.

— Bem, cá está — relatou Rhys após realizar sua misteriosa inspeção com o microscópio. A princípio, Huxley não viu nada além de glóbulos vermelhos na tela, mas então ela ajustou a ampliação e aquelas mesmas células escuras feias se tornaram nítidas. — Mas são menores. — Rhys apertou alguns botões e mudou algumas das configurações. — Menor frequência também, mas isso pode se dever à localização. Sabemos que essa coisa afeta o cérebro primeiro, então pode se multiplicar mais em vasos cranianos. E... — Ela leu os resultados com mais cuidado. — Estão menos móveis. Não exatamente dormentes, mas não de todo ativos também.

Ela pegou amostras de cada um deles, fazendo o próprio teste por último. Todas deram o mesmo resultado. Curiosamente, a tensão de Huxley diminuiu enquanto absorvia a notícia. Ele sentia que havia uma inevitabilidade nisso, uma confirmação de que qualquer esperança de sobreviver a essa jornada tivesse sido uma fantasia. *Cinco*, pensou ele, lembrando do graffiti visceral no barco dos artistas. *Cinco fracassos. Eles não conseguiram, por que nós conseguiríamos?*

— Então todos estamos infectados — disse Pynchon. — Mas não está fazendo muita coisa.

Rhys inclinou a cabeça.

— Mais ou menos. A questão é: por quê?

— As injeções — disse Plath. — O que quer que a gente tenha tomado está desacelerando a doença.

— Possivelmente. — Rhys franziu o cenho, ainda encarando a tela. — Isso explicaria a ausência de sintomas.

— Você não parece convencida — disse Huxley. — Acha que mentiram pra gente sobre as doses de reforço?

— Talvez. Mas acho que está mais conectado com a memória. — Ela apontou para as cicatrizes na cabeça. — Dickinson recuperou algumas das dela, e aí...

— Enlouqueceu e Pynchon atirou nela — terminou Plath. — E daí?

— E daí que parece provável que esse patógeno seja conectado de alguma forma à função cerebral. A memória é parte do nosso aparato cognitivo. Cada Enfermo que encontramos demonstrou um comportamento alucinado. A deformação da garota do laptop começou a piorar quando ela ficou obcecada com aquele telefonema da mãe podre dela.

— Você acha que eles tiraram nossa memória para nos proteger — disse Huxley. — A memória é o gatilho, como se fosse a ferida aberta de que essa coisa precisa pra nos infectar.

— Já estamos infectados. Mas é possível que o ato de lembrar aja como um estímulo.

Plath apertou os olhos.

— Uma doença psíquica? Ah, vá.

— A memória é um processo cerebral fisiológico. Um sinal eletroquímico trocado através de uma rede de sinapses. Não tem nada de sobrenatural nisso. E se esse patógeno precisar desse exato processo para ser ativado?

— Isso significa que, enquanto a amnésia durar, ficaremos bem? — perguntou Pynchon.

A ansiedade de Huxley aumentou de novo quando Rhys cruzou os braços.

— Talvez, mas o fato é que não ficaremos.

— Por que não? — perguntou Plath. — Quer dizer, eles nos operaram para alcançar nossas lembranças e as removeram de vez, até onde sabemos.

— Verdade, mas não tiraram nossa habilidade de formar novas lembranças. Nossa memória coletiva pode só somar alguns dias, mas ainda é composta de experiências armazenadas no cérebro. Ainda estamos recordando, só temos menos coisas para recordar.

— Quanto mais sobrevivermos, mais lembranças reuniremos — disse Huxley. — E maiores serão as chances de ativar esse negócio.

— Não só isso... — Rhys fez uma pausa para oferecer uma careta tensa. — Claramente a cirurgia a que fomos submetidos nos impediu de lembrar detalhes pessoais, nossa história de vida e assim por diante, mas não acho que seríamos capazes de formar novas lembranças se eles as tivessem removido completamente. O maquinário orgânico que nos permite recordar é parte integrante de todo o resto que nos deixa funcionar como seres humanos. Não se pode simplesmente arrancar tudo fora. E, como eu disse no começo de tudo isso, o cérebro se repara sozinho. — Ela fez outra pausa, apertando os braços com mais força junto ao peito. — O que nos traz aos sonhos. E não me digam que sou a única.

Ela correu os olhos por cada um deles, as sobrancelhas erguidas com expectativa. *Segredos compartilhados*, concluiu Huxley, vendo como Plath e Pynchon se remexeram, desconfortáveis. *Não sou só eu.*

— Eu estou numa praia — disse ele. — Tem uma mulher lá. Não sei quem ela é, mas tenho quase certeza de que sabia em algum momento.

Pynchon soltou o ar devagar antes de falar, o rosto tenso e reservado.

— Um vilarejo antigo em algum lugar. O ar cheira a merda e fumaça. Muitos corpos no chão. Acho que os matei.

— Um menino que eu acho que conhecia — disse Plath. Sua expressão fechada deixava claro que não daria mais informações.

Os olhos de Rhys ficaram anuviados, e ela se abraçou antes de soltar.

— Um pronto-socorro. Frenético, caótico. Eu tento ajudar, mas não é suficiente. As pessoas não param de morrer. Acho que sou a única médica lá.

Ninguém falou mais nada por pelo menos um minuto, digerindo as implicações, até que Pynchon deu voz a elas.

— Sonhos são lembranças, não são? Estamos lembrando quando dormimos.

— O fato é — respondeu Rhys — que a ciência neurológica é bem vaga no que se trata de sonhos. Ninguém foi capaz de propor um motivo evolucionário convincente para explicar por que sonhamos. As teorias mais plausíveis se centram na ideia de que os sonhos são simplesmente um subproduto de impulsos eletrônicos aleatórios produzidos pelo cérebro durante o sono. As lembranças são uma grande parte do estado onírico, é verdade, mas os sonhos as alteram. Para processar dados aleatórios, o cérebro recorre à sua necessidade inata de forjar uma narrativa. O que estamos vendo podem ser lembranças ou só alguma coisa inventada pelas milhões de sinapses na nossa cabeça.

— Como infinitos macacos com infinitas máquinas de escrever produzindo Shakespeare — disse Huxley.

— Exato. Porém, embora não possamos confiar em nada que vemos num sonho, eles parecem um pouco específicos demais para não ter aí um componente de memória. — Ela olhou de novo para a tela do microscópio. — Eu gostaria de fazer mais alguns testes para confirmar, mas ficaria muito surpresa se nossa contagem desses merdinhas não aumentasse quando dormimos.

— "Começa com os sonhos." — A boca de Plath se curvou, sardônica, quando ela repetiu as palavras de Abigail. — Ela tentou nos avisar.

— Não teria feito qualquer diferença — disse Pynchon. — Voltar nunca foi uma opção.

— Para você, talvez.

— Para todos nós. Estamos infectados, lembra? Como quem nos enviou aqui sabia que estaríamos. Mesmo que, por algum milagre, escapássemos a pé desta cidade, a única recepção que teríamos seria uma bala. — Ele virou para Rhys. — Quanto tempo temos?

— Não há como saber com certeza. Claramente, os tratamentos que recebemos nos compraram um pouco de tempo, mas, até onde eu sei, essa coisa pode acelerar a qualquer segundo.

— Por que nos mandar aqui para adoecer e morrer? — perguntou Huxley.

— Talvez nossa missão fosse encontrar uma cura — sugeriu Plath.

— Se isso fosse verdade — Rhys deu um tapinha no microscópio —, não teríamos de recolher isto de um naufrágio. Eles não nos forneceram nenhum modo de analisar nosso ambiente. E nenhum de nós tem o conhecimento necessário para isso, de toda forma.

— Exceto você — disse Huxley.

— E estou basicamente tateando no escuro aqui. Suspeito que meu papel seja só nos manter vivos. E pense, não é a única coisa que estamos fazendo enquanto seguimos por esse rio? Nossas habilidades coletivas estão voltadas para a sobrevivência. — Ela apontou para Pynchon. — Habilidades de combate. — O dedo dela virou para Huxley. — Habilidades investigativas. Útil se um membro do grupo puder se transformar num monstro a qualquer momento. Dickinson era alpinista, uma exploradora acostumada a cenários de sobrevivência.

— Golding não me parecia um sobrevivente nato — comentou Pynchon.

— Ele tinha um reservatório considerável de conhecimento, parte dele bem útil. E, apesar de todo o medo e lamentações, ele nunca entrou em pânico. Está claro para mim que todos fomos selecionados para isso e que os critérios para a escolha devem ter sido bem rigorosos. A resistência ao pânico é um traço-chave de sobrevivência.

— E eu? — perguntou Plath, a sobrancelha erguida.

Rhys encontrou o olhar dela diretamente, falando em um tom impassível e inequívoco.

— Sua perspicácia científica é útil, mas seu foco patológico em suas próprias necessidades te dá uma chance maior de sobrevivência.

A boca de Plath se curvou e ela deu de ombros.

— E achei que estivéssemos nos tornado amigas.

— Qualquer que seja o motivo de estarmos aqui — continuou Rhys —, não é para pesquisa ou coleta de dados ou reconhecimento. Estamos aqui por algum outro motivo. Algo que exige que continuemos vivos, pelo menos por enquanto.

Os motores se ligaram nesse momento, o barco acelerando um pouco antes de se acomodar em sua velocidade tipicamente modesta. Huxley olhou para o telefone a satélite com expectativa, mas ele não tocou.

— Ainda bem — murmurou Pynchon, sentando-se diante dos controles da metralhadora. — Não estou muito a fim de seguir ordens no momento.

Passaram sob mais pontes e atravessaram os destroços de outras. A névoa ocultava boa parte das margens, exceto por vislumbres de uma vegetação que ficava mais alta e espessa a cada quilômetro. As pontes também se mostravam cada vez mais recobertas com protuberâncias como raízes, que espiralavam ao redor de apoios e guarda-corpos.

— É demais — Huxley ouviu Rhys murmurar enquanto examinava, com a mira da carabina, uma ponte particularmente coberta por vegetação.

— O quê?

— Tem vegetação demais aqui. Parece uma selva reivindicando uma infraestrutura abandonada. A cidade caiu, tudo bem, mas a natureza não se move tão depressa.

Ele ergueu a própria carabina e espiou pela mira para a margem norte, distinguindo o que parecia ser a base de uma enorme árvore. Inicialmente a considerou um carvalho ou freixo, a massa de raízes semiescondida pela água. Quando olhou com mais atenção, porém, reconheceu um padrão caótico, mas ainda discernível, na sobreposição das raízes — um padrão que ele vira na noite anterior.

— Não é a natureza — disse ele. — Vegetação tinha brotado de alguns dos corpos que encontramos ontem à noite. Como vasos de planta, como disse Plath. Isso... — Ele passou a mira ao longo da margem enevoada, encontrando um emaranhado de vegetação retorcida. — Tudo isso eram pessoas. É o que acontece quando o negócio acabou de te transformar num monstro.

— Não é só uma doença — refletiu Plath. — É um organismo multiestágios. Uma nova forma de vida.

— Do espaço sideral? — Huxley abaixou a carabina e sorriu ao ver a careta dela. — Ah, vá. A ideia já deve ter te ocorrido.

— Abigail não disse nada sobre... espaçonaves ou impactos de meteorito ou luzes estranhas no céu. Se foi uma invasão, eles devem ter sido bem discretos.

— Mas meio que faz sentido, se você pensar.

— Faz?

— Digamos que você seja uma civilização alienígena e encontre um planetinha agradável, brilhante e verde-azul para colonizar. O problema é que tem vários bilhões de macacos sencientes morando nele. Não só é provável que eles se oponham à sua chegada, mas também estão ocupados poluindo o lugar com todo tipo de substâncias nocivas. Talvez para eles isso não tenha sido mais significativo do que seria para nós borrifar uma planta com inseticida.

Rhys deu uma risada fraca, balançando a cabeça.

— Para mim, não cola. Nenhuma espécie capaz de viagem interestelar precisaria recorrer a algo tão elaborado. A tecnologia dela seria tão mais avançada que a nossa que eles seriam praticamente deuses. Além disso, se alguém pudesse passear por toda a galáxia na velocidade da luz, por que se daria ao trabalho de vir aqui?

— Estou cem por cento aberto a teorias alternativas, doutora.

— Doenças, pandemias, essas coisas acontecem. Ao longo da história, houve pelo menos um surto grande de doenças infecciosas a cada século. Essa é só a mais... incomum até agora.

— Essa é a sua teoria? "Essas coisas acontecem"?

— Admito que não é exatamente Darwin ou Einstein. Mas vou me apegar a ela até ter mais informações disponíveis.

Nesse momento, um som veio flutuando da névoa: uma voz, mas muito diferente dos gritos discordantes de um bando de Enfermos. Era mais rítmica, uma série de grunhidos agudos que ecoavam por vários segundos antes de esvanecer. Um instante depois eles ouviram um som quase idêntico, dessa vez abafado pela distância.

— O que é isso? — perguntou Huxley, esforçando-se para ouvir melhor.

— Linguagem. — Plath foi para o lado dele, apoiando os braços na amurada. — Eles estão se comunicando.

— Como pássaros — disse Rhys, com um tom de concordância. — Ou macacos. Chimpanzés avisam outros bandos para sair do seu território subindo em árvores e grunhindo.

— Por que não só falar? — questionou Huxley.

— Talvez eles não saibam mais como fazer isso — disse Plath. — Como diz a doutora, essa coisa é multiestágios. Quanto mais você avançar na infecção, menos humano se torna. Isso se não morrer e virar uma árvore primeiro.

Os chamados se silenciaram por cerca de um minuto e então recomeçaram, mais altos dessa vez. Pareceu a Huxley que os Enfermos invisíveis que os produziam estavam avançando paralelamente ao barco.

— Eles estão nos seguindo? — perguntou Rhys.

Os olhos de Plath se estreitaram, as feições se contraindo.

— Acho que sim. Comportamento territorial implica em intolerância a invasores. — Huxley deu um passo involuntário para trás quando Plath puxou o ar e gritou para a névoa: — VÃO SE FODER, MUTANTES FILHOS DA PUTA!

Houve um curto intervalo de silêncio e então os grunhidos recomeçaram. Huxley sentiu que eles tinham aumentado em volume, algo que Plath também reparou, para sua irritação. Ela recuperou a carabina e começou a espreitar no convés da popa, erguendo e abaixando a arma várias vezes para espiar através da mira com ânsia predatória antes de sibilar em decepção frustrada.

Os chamados continuaram pelo resto do dia, fornecendo uma trilha sonora constante e cada vez mais irritante para a jornada. Sem ter mais nada para fazer, Rhys começou a analisar a amostra da protuberância que brotara do Enfermo e fora recuperada durante a excursão. Pynchon se retirou para a cabine da tripulação e embarcou numa missão para desmontar, limpar e montar de novo as armas deles. Huxley se acomodou na cadeira em frente à tela do mapa, os olhos passando entre o progresso lento do pontinho numa linha azul larga e o bloco plástico inerte do telefone a satélite. Ocorreu a ele que aquele silêncio poderia ser uma estratégia, um jeito de alimentar os temores deles, embora o propósito disso o escapasse. Alternativamente, ele especulou que as forças que controlavam o dispositivo apenas não tivessem nada a dizer no momento. *Ou,* refletiu, *eles querem evitar mais perguntas.*

Ao longo do dia, Plath manteve sua vigília predatória no convés da popa, sua agitação aumentando junto à cacofonia que se erguia das margens do rio. O som tinha assumido uma nota decididamente aflita, vozes sobrepostas indicando que diversos Enfermos agora acompanhavam o progresso deles.

— Só um. — Huxley ouviu Plath murmurar. — Só quero um. Essa névoa do caralho...

Tendo abandonado por um momento seu escrutínio do mapa, Huxley ficou um tempo na entrada da casa do leme, erguendo as mãos para apoiá-las no dintel. Ele viu que as narinas de Plath se abriam ao falar, como se ela tentasse farejar um aroma.

— Você consegue sentir o cheiro deles? — perguntou.

O rosto dela se contraiu, a cabeça balançando de leve.

— Cheiram a podridão, mais uma coisa que têm em comum com as Everglades.

Um aumento súbito de gritos da margem norte a fez girar, movendo-se até a amurada a estibordo para mirar a carabina contra as profundezas ocultas na névoa.

— Os dois lados agora. Tem mais deles também. Posso sentir. — Aparentemente avistando movimento no redemoinho vermelho, ela moveu o dedo para o gatilho. Huxley o viu estremecer antes de relaxar enquanto ela controlava a vontade de atirar.

— Vá com calma — disse ele, o que só lhe rendeu um olhar desdenhoso antes que ela retomasse sua caçada inútil.

— Só um — ele a ouviu sussurrar enquanto virava para a casa do leme.

— Achou alguma coisa? — Huxley perguntou a Rhys. O jeito como ela se agachava na frente do microscópio o lembrou de Plath com seu foco singular.

— Se eu fosse uma bióloga de verdade — disse ela, sem erguer os olhos —, acho que estaria usando a palavra "fascinante" com frequência.

— É incomum, então?

— Se você acha "incomum" matéria proteica assumindo uma estrutura de celulose, então sim.

— Agora falando que nem gente, fazendo o favor?

Ela suspirou e se afastou do microscópio, apertando um botão para ativar a tela. A imagem parecia uma série irregular de ovais estreitos sobre um pano de fundo marrom-avermelhado.

— Parece uma planta — explicou Rhys —, mas é feito de carne e uma série de compostos adicionais que não costumamos encontrar em tecido humano. A divisão celular também é incrível de tão rápida. Isso está literalmente crescendo diante dos nossos olhos.

— Então chamar de vaso de planta não estava tão longe da verdade.

Rhys inclinou a cabeça, as sobrancelhas se erguendo em concordância.

— Um saco de cultivo seria uma analogia mais precisa. Meu palpite é que a morte é um sinal para a infecção passar para outro estágio. Ela usa a matéria orgânica do corpo para alimentar... isto. — Ela bateu na tela. — Células autorreplicantes que formam estruturas ramificadas.

— Com que propósito?

— Desconhecido, mas deve se relacionar ao ciclo de vida da doença. Senão, qual o objetivo?

— Tem que ter um?

O olhar que ela lhe lançou era só um pouco menos contundente do que o desdém de Plath.

— A vida sempre tem um objetivo.

— Que seria?

— Algo que essa coisa tem em comum com a gente: sobrevivência. A continuação da espécie.

Huxley deu um sorriso cansado e começou a se erguer, pretendendo voltar para a tela do mapa e parando ao notar uma marca no pescoço de Rhys. Era pequena, do tamanho e forma de uma pinta normal, mas ele tinha certeza de que não estava ali de manhã.

— Que foi? — perguntou ela, mas o toque súbito do telefone adiou a resposta dele.

Huxley avançou, parando para gritar escada abaixo para Pynchon — "Mamãe e papai estão ligando!" —, antes de seguir para a frente da casa do leme. Ele assistiu ao telefone vibrar até os outros se reunirem, depois apertou o botão verde.

— Alguma baixa?

— Não.

— Algum dos...

— Chega dessa merda! Claro que estamos demonstrando agressividade e comportamento irracional. Como caralhos não estaríamos? Só desembucha.

Cliques e silêncio, então os motores se desligaram.

— Período de descanso — disse a voz no telefone. — As comunicações serão retomadas em sete horas. Revezem-se numa vigia em pares até a aurora. Os Enfermos da região são extremamente hostis.

— Em algum momento você vai nos contar o que estamos fazendo aqui?

— As instruções da fase final serão fornecidas em breve. Continuem a se monitorar em busca de sinais de mudança mental ou física súbita.

Cliques. Silêncio.

— Se isso for uma pessoa real — disse Pynchon numa voz monótona —, eu pretendo sobreviver só para caçá-la e matá-la. Devagar.

Huxley e Rhys pegaram o primeiro turno. Ele ficou na proa, debatendo consigo mesmo se deveria comentar com ela sobre a marca em seu pescoço. *Pode ser algo irrelevante.* Ele sabia que não era. *Só porque a infecção dela pode estar piorando não significa que o mesmo vá acontecer com o restante de nós.* Ele sabia que isso era um otimismo patético. *Ela desejaria saber.* Isso provavelmente era verdade. *Ela vai se ressentir de você por contar.* Também verdade.

Esse murmurar contínuo de perguntas e respostas era acompanhado por um zumbido no fundo da mente que competia com os outros pensamentos. A animação recém-encontrada de Plath. O fatalismo moroso recém-encontrado de Pynchon. O fato de que estavam sozinhos no meio de uma cidade de monstros, todos infectados, e ele ia morrer em breve e não conseguia nem lembrar da sua vida para além de três dias antes...

Você está deixando passar alguma coisa. A declaração cortou seu pânico crescente com clareza dura e insistente. Se o instinto policial tinha uma voz, ele sabia que era isso que ouvia agora. *Algo importante. Algo que vai levar à morte de todos se não for resolvido. Mas o que é?*

Ele olhou para fora, esperando que o redemoinho escuro da névoa fornecesse uma distração, mas o coro incessante dos Enfermos lhe negou qualquer paz. Ocorreu-lhe que, de todas as formas que importavam, ele só tinha alguns dias de idade, uma criança enviada para um mundo de terrores. *Sem memória, o que somos?*, dissera Golding. *Ninguém. Nada.* Ele era uma criança fingindo ser um adulto só por causa das habilidades que lhe tinham permitido manter. O instinto policial que o tornava útil. Então por que não estava funcionando naquele momento?

Tem coisa demais em que pensar, decidiu ele. *Pistas demais. Elimine o desnecessário. Abra espaço.*

Ele encontrou Rhys no microscópio de novo, mas ela não estava ocupada com análises. O computador embutido do aparelho continha um relógio que, até onde eles sabiam, exibia a hora exata na tela.

— Faltam dez minutos para acabar nosso turno — disse ela quando ele entrou na casa do leme.

Ele tentou não deixar os olhos se demorarem no pescoço dela, mas achou impossível. A marca tinha crescido até o tamanho de uma moeda de um centavo, vermelha-escura.

— Eu notei algo mais cedo...

— Isso, você quer dizer? — Ela apontou para a marca. — É, eu também.

— Sinto muito...

— Não sinta. — Ela hesitou, se encolhendo. — Você também tem uma. Atrás da orelha esquerda.

Ele levou a mão imediatamente até o ponto, apalpando, explorando. Se ela não tivesse apontado, ele não teria reparado, um trechinho de pele elevada que não disparou qualquer dor quando Huxley o cutucou com um dedo trêmulo.

— Então... — Ele engoliu, forçando saliva a descer pela garganta seca. — Começou.

— Não tenho certeza. Você está se lembrando de alguma coisa? Mais do que antes, quero dizer.

Ele balançou a cabeça.

— Só o sonho, e ainda não faço ideia de quem ela é.

— Eu também. A memória é o gatilho, sabemos disso.

— Então o que é...? — Ele deixou a frase no ar quando a resposta veio, vergonhosa de tão óbvia. — A vacina. Não era uma vacina.

— Não tenho certeza sobre isso também. Estas marcas podem ser um efeito colateral. Um subproduto do inoculante lutando contra a infecção.

Ele cutucou a marca de novo, perversamente irritado com o fato de que não doía.

— Você pode testá-las?

— São meio pequenas demais para uma biópsia viável usando os instrumentos que eu tenho. Mas considerando a taxa atual de crescimento... — Ela ergueu as sobrancelhas, fazendo uma careta enquanto dava uma batidinha no microscópio. — Vou extrair um pouco de fluido pela manhã e ver o que isso pode nos dizer.

Ele vai nos dizer que estamos morrendo. Essa revelação, não suavizada nem mesmo pela menor migalha de dúvida, não produziu a onda de terror que Huxley esperava. Parecia que, sem articular isso em palavra ou pensamento, ele já tinha aceitado a inevitabilidade da própria morte. *Esta sempre foi uma missão suicida. Por que você pensaria o contrário?*

— Ok — disse ele, deixando a mão cair ao lado do corpo. — Pynchon e Plath?

— Não reparei em nenhuma marca, mas faz sentido que eles tenham também.

— Contamos pra eles?

— Podem já ter reparado. Além disso, não é como se pudéssemos fazer algo a respeito. — Ela apertou o botão do microscópio para desligá-lo e virou-se à escada. — Melhor esperar pela manhã.

CAPÍTULO 11

Previsivelmente, ele não conseguiu dormir. Plath e Pynchon despertaram sozinhos de seu cochilo e assumiram a função de vigia sem dizer nada. Enquanto Pynchon, com os olhos embotados, subia a escada, Huxley viu a pequena marca vermelha na parte inferior do pulso dele. *Não tem como ele não ter visto.* O total absurdo de que sua segurança dependia de quão alertas estavam duas pessoas sem memórias, sendo um soldado melancólico e uma psicopata de alto funcionamento, fez uma risada borbulhar nos lábios de Huxley. Ele conteve o impulso com dor de memória, sabendo que render-se ao humor naquele momento convidaria a histeria.

Onde você estudou no ensino médio?, ele se perguntou, fazendo um raio afiado de desconforto atravessar a frente do seu crânio.

Quantos anos tinha quando teve seu primeiro sonho erótico? Mais dor, mais aguda dessa vez. Uma lembrança feia, talvez? *Um despertar sexual complicado?* Ou será que ele tinha sido abusado como Dickinson?

Ele evocou a mulher do sonho e a viu girar sob o sol. *Qual era o nome dela? Onde você a conheceu? Como era o som da sua risada? Como era o seu cheiro...?*

Ele estremeceu, a agonia rugindo na cabeça, mas a dor parou nessa pergunta específica. Não porque ele tivesse uma resposta. Era a pergunta em si. *Cheiro.* O instinto policial expandiu-se, fazendo seu coração bater mais rápido e o levando a se sentar. *Qual é o cheiro das coisas?*

Cachorros-quentes? Nada. Ele podia ver um cachorro-quente na cabeça, cheio de cebolas, ketchup vermelho contrastando com mostarda amarela, vapor erguendo-se da mistura de carne reconstituída e pão branco sem qualquer valor nutricional. Tinha uma vaga noção de qual era o gosto de tudo aquilo, assim como sabia qual seria o gosto do uísque que encontraram na barca de Abigail. Mas não fazia ideia de como seria o cheiro.

— Cebolas — disse ele em voz alta, e a memória do travo doce e salgado veio à mente. — Ketchup. — Idem. — Agora cachorros-quentes. — De novo, nada.

A mulher na praia. Ele fechou os olhos, vendo-a se mover pela areia, o longo cabelo esvoaçando atrás de si. Huxley sabia que teria havido sal no vento, talvez carregando um traço do perfume dela, mas novamente se viu tentando alcançar a mesma caixa vazia.

Parecia que Rhys conseguira dormir, algo que inspirou tanto irritação como admiração nele.

— De manhã, eu disse — grunhiu ela, empurrando a mão dele enquanto Huxley sacudia seu ombro.

— Seu sonho — disse ele, a voz baixa, mas urgente. — Como era o cheiro dele?

Ela piscou e franziu o cenho, a língua se movendo na boca.

— Não sei, é um sonho...

— Qual é o *cheiro*?

Um vinco apareceu na testa dela, seus olhos piscando mais devagar até ela o encarar.

— Um pronto-socorro movimentado tem que feder, certo? — disse ele. — Sangue, merda, vômito. Mas você não se lembra desse fedor, lembra?

Ela continuou a encará-lo, balançando a cabeça.

— Mas consegue se lembrar do cheiro de sangue?

O vinco se aprofundou e ela assentiu.

— Contexto — disse Huxley, abaixando a cabeça para mais perto dela. — Cheiros individuais, a gente lembra. Combine-os com um contexto e o cheiro some.

— O cheiro é um gatilho de memória muito forte — disse ela, no mesmo tom sussurrado dele. — De algumas formas, mais potente que a visão. Isso é um efeito interessante do que foi feito conosco, mas...

— Plath se lembra do cheiro das Everglades. É como podridão, ela disse. E já mencionou isso duas vezes.

Rhys piscou para ele de novo e então pegou a carabina.

— Sem hesitação. Só matamos a vadia.

Ele assentiu e pegou sua pistola antes de virar para a escada. Quase tinha chegado ao topo quando ouviu o som — um borrifo alto de algo pesado encontrando a água, seguido por uma curta série de grunhidos e um grito de dor, que vinha de uma garganta masculina. *Pynchon.*

Huxley se puxou para a casa do leme, agachando-se imediatamente, a pistola estendida segurada pelas duas mãos, procurando alvos. A casa do leme estava vazia e, enquanto examinava a parte de trás do compartimento, ele notou que o microscópio tinha sumido. Um grunhido e um arranhão vindos da esquerda o fizeram virar para o convés da popa. Pynchon estava ali de pé, encarando-o com os olhos arregalados, os dentes cerrados de dor. *Não de pé*, percebeu Huxley, olhando os pés do soldado: só a ponta das botas tocava o convés, a superfície emborrachada coberta com um fio contínuo de sangue. Os olhos de Huxley seguiram o sangue que escorria até um ferimento no ombro de Pynchon, perfurado das costas até a frente do corpo por algo longo, escuro e afiado.

— Desculpe — disse uma voz por trás de Pynchon. — Eu te acordei?

Era a voz de Plath, mas também não era: sua cadência normal e neutra estava sobreposta com uma nota mais sibilante. As palavras saíam parcialmente embaralhadas, como se viessem de lábios distorcidos.

— Ou você até que enfim fez uma dedução inteligente, detetive? — perguntou Plath.

Algo se moveu atrás de Pynchon, balançando o corpo dele como uma marionete com o movimento. Huxley avançou alguns centímetros, abrindo espaço para Rhys, que subia a escada. Ele podia discernir uma forma na escuridão atrás de Pynchon, algo maior do que deveria ser, mas não conseguia enxergá-la bem o suficiente para atirar.

— Quanto tempo? — perguntou ele, se aproximando mais alguns centímetros. — Desde que você começou a lembrar. Quanto tempo?

— Difícil dizer, na verdade. — O tom de Plath era chocante, uma mistura de normalidade simpática com malícia rouca. — Algumas coisas não voltaram. Meu nome, por exemplo, mas nunca fui muito apegada a ele. Outras coisas... bem, se tornaram bem claras, de fato.

O corpo suspenso de Pynchon estremeceu em resposta a Rhys se movendo pelo meio da casa do leme, a carabina no ombro. Enquanto ela girava seu escudo, Huxley teve um vislumbre um pouco melhor da figura deformada de Plath, vendo algo em seu rosto que espelhava sua voz. Ainda era reconhecidamente ela, só que mais estreita, o queixo alongado até uma ponta, as maçãs do rosto expandidas, dentes longos estendendo-se sobre o lábio inferior. Ele tentou centrar a pistola na testa dela, mas ela virou de novo, colocando Pynchon no caminho da bala.

— Cuidado — avisou Plath. — Não quer ouvir minha história? Prometo que vai achar interessante.

Rhys se aproximou um pouquinho. Huxley olhou de relance para ela e viu suas feições se endurecerem quando ela notou a ausência do microscópio.

— Onde está? — perguntou ela.

— Você não precisava do seu brinquedinho, querida — respondeu Plath, um prazer provocador na voz. — Eles estavam certos em não fornecer equipamento diagnóstico. Só teria te distraído.

— Do quê? — perguntou Huxley. Ele se endireitou, procurando um ângulo diferente, mas ainda era impossível fazer um disparo certeiro.

— Do que eles nos mandaram aqui pra fazer, é claro. — Plath riu, o som mais feio que já produzira até então. — Eu deveria saber. A porra da ideia foi minha, eu só não me lembro de me voluntariar...

Os motores do barco se ligaram com um rugido, a embarcação balançando de bombordo a estibordo com energia suficiente para fazer Plath cambalear. Pynchon berrou com o balanço, de algum modo achando a força para mover o corpo. Chutando as pernas, ele dobrou-se ao meio e conseguiu libertar-se do objeto que atravessava seu ombro.

Huxley atirou no instante em que Pynchon desabou no convés, dois tiros mirados na massa escura agitada que agora desaparecia sobre a proa.

— Caralho, caralho, cara...! — berrou Rhys, o som engolido pelo rugido de sua carabina enquanto avançava, atirando vez após vez na escuridão enevoada. Huxley correu até Pynchon e apertou as mãos no buraco sangrento nas costas dele.

— Ajude ele! — Huxley gritou para Rhys. Ela continuou atirando no vazio, cada tiro acompanhado por um grito furioso. — Doutora! — O grito conseguiu atrair a atenção dela. Olhando para a Pynchon com raiva e irritação, ela pôs a carabina no ombro e se agachou para examinar o ferimento.

— Pegue o kit de primeiros-socorros — instruiu Rhys, afastando as mãos de Huxley e substituindo-as com as suas.

Enquanto se erguia, Huxley ouviu um arquejo de Pynchon, acompanhado por um jato de sangue enquanto ele forçava as palavras a saírem.

— Mentira... ela disse que é tudo... mentira...

Ao amanhecer, o barco continuou seu progresso enfadonho ao longo de um corpo d'água que poderia muito bem ter sido um mar. Discerniam tão pouco do mundo além da névoa que o mapa era o único guia quanto à localização deles.

— Em algum ponto entre Richmond e Kingston... Esse é meu palpite — disse Pynchon. Ele falava lentamente, cada palavra emergindo em um aglomerado de sílabas fortemente controlado, acompanhado por feições de dor o tempo todo. Rhys tinha julgado que seus ferimentos eram severos demais para dar pontos. Ela amarrara ataduras e rejeitara de imediato a sugestão do soldado de que cauterizassem a área.

— O acendedor do outro lança-chamas...

— Esqueça. O choque te mataria. E pode largar a postura de durão. Está ficando tediosa.

Eles o amarraram ao assento na frente das telas, Huxley se recriminando por não ter feito uma busca mais minuciosa por analgésicos durante a excursão nas margens do rio. Pynchon tinha acessos de dor, e seu corpo sofria espasmos violentos antes de se acalmar num torpor, embora a tensão no rosto nunca esvanecesse. Apesar disso, ele insistiu em fornecer um relato da transformação de Plath.

— Aconteceu tão rápido. Eu estava na proa, checando a metralhadora. Não que tivesse muito o que checar. Era só algo pra fazer. Limpar a mira óptica, coisa assim. — Ele parou para suportar um estremecimento e engoliu água do cantil que Rhys ergueu aos seus lábios antes de continuar. — Ela estava na popa, onde eu queria que ficasse. Faz um tempo que eu já não me sentia muito confortável perto dela. Acho que nenhum de nós se sentia, né? Ouvi algo... como o som de alguma coisa rasgando, depois um grito. Como se ela estivesse com dor. Quando cheguei lá... — Ele deixou a frase no ar e suas feições formaram uma careta perplexa. — Ela estava erguendo o microscópio à amurada. Mas seu rosto, seus braços... eles tinham mudado. Não consegui olhar direito. Assim que ergui minha arma, ela jogou o microscópio no rio e me atacou, rápido demais para um ser humano. Ficou tudo borrado depois disso. Parecia que eu estava lutando contra um escorpião gigante. — Uma risada baixa e amarga escapou dos seus lábios. — Não venci, né?

— Ela disse alguma coisa? — perguntou Huxley.

— Não muito. Só aquilo sobre mentiras, mas estava tudo bem embaralhado até vocês dois aparecerem. Obrigado por isso, aliás.

Huxley se virou para Rhys.

— Você acha que era verdade? O que ela disse sobre isso ter sido ideia dela?

— Vai saber. Psicopatas muitas vezes sentem prazer com a desonestidade. Faz tudo parte de sua estratégia de manipulação. É óbvio que a doença a mudou fisicamente. Quanto à personalidade, não tanto.

— Certeza de que acertou o tiro? — perguntou Pynchon a Huxley.

— Bastante. Mas foi tudo muito rápido, e já vimos outros Enfermos aguentarem danos pesados.

— Ela ainda está lá fora. — Rhys falou com convicção enquanto espiava através das janelas da casa do leme. — Está nos monitorando. Quer dizer, é bem óbvio que estamos aqui para pôr um fim aos Enfermos... e ela é um deles. Por que não tentaria nos impedir? Provavelmente faria isso só por diversão.

— De agora em diante — disse Huxley, observando a névoa além do vidro, mais densa do que nunca —, ficamos com os óculos de visão noturna ao alcance o tempo todo. São o único jeito de enxergar através de toda essa merda.

— A bateria ... — começou Pynchon, erguendo uma mão flácida em alerta.

— Eu lembro. — Huxley pegou a mão dele e a abaixou com delicadeza. Antes de soltá-la, sentiu a textura áspera da marca que tinha notado antes. Ela tinha crescido, formando uma faixa vermelha longa do pulso de Pynchon até o cotovelo.

— Eu odeio isso — disse Pynchon. Huxley ergueu os olhos e viu um sorriso fraco nos lábios do soldado. — Estraga o visual das minhas tatuagens. — Os olhos dele se moveram para o pescoço de Huxley, estreitando-se em simpatia. — Não sou só eu, então.

A marca parecia idêntica em textura e tamanho à de Pynchon, sua forma como uma folha de samambaia descendo da orelha até a clavícula de Huxley. Novamente, ele achou estranho que não doesse.

— Eu não queria que você se sentisse deslocado — disse ele, uma piada fraca dita em uma voz baixa e fina que o envergonhou.

— Acho que é o inoculante reagindo com a doença — disse Rhys a Pynchon. — É seguro presumir que o composto que nos deram era experimental, feito às pressas sem os testes e estudos necessários. Efeitos colaterais severos são esperados.

Ele a olhou com silêncio, os olhos embotados, antes de grunhir:

— Acho que você deve ter matado a aula sobre gentileza com pacientes na faculdade, hein, doutora?

— O que a gente tomou não funcionou com Plath — disse Huxley a ela. — Como vamos saber se está funcionando com a gente?

— Pra começar, não nos transformamos em monstros ainda. Além disso, eu não notei nenhuma marca em Plath. É possível que ela tivesse uma resistência inata ao inoculante.

— Ela disse... que começou a lembrar faz um tempo — apontou Pynchon, rangendo os dentes ao ser atravessado por outra pontada de dor. — Talvez não funcione com quem já recuperou as memórias. Algumas delas, pelo menos.

— A memória é um ferimento — disse Huxley, ecoando a conclusão a que chegara quando Rhys tinha analisado a amostra de tecido Enfermo. — Uma vez infectado, não tem mais jeito.

Eles deviam estar acostumados ao apito típico do telefone a esse ponto, mas ainda se encolheram ao ouvi-lo tocar.

— Sob o risco de enfrentar uma corte marcial por motim — disse Pynchon —, eu não me oponho a jogar essa merda no rio.

Pegando o aparelho, Huxley sentiu uma forte compulsão a fazer exatamente isso. Mas eles tinham chegado tão longe e ainda sabiam tão pouco. A voz no telefone, apesar de toda sua ambiguidade neutra e enfurecedora, pelo menos oferecia a perspectiva de entendimento.

— Quão honestos vamos ser? — perguntou ele, o dedo pairando sobre o botão verde.

Rhys cruzou e descruzou os braços.

— A esta altura, tanto faz contar tudo pra eles.

Huxley olhou para Pynchon, que fez uma careta enquanto respondia com um dar de ombros.

— Honestidade, então — disse Huxley, apertando o botão.

Como de costume, não houve atrasos antes de a voz fazer sua pergunta inevitável:

— Baixas?

— Plath se transformou em... algo desagradável. Ela atacou Pynchon. Nós a ferimos, mas ela escapou.

— Pynchon está morto?

— Não. Mas a condição dele é... — Huxley viu Pynchon erguer uma sobrancelha, os olhos repletos de dor piscando devagar — grave.

Uma pausa breve, um clique.

— Vocês acharão outro contêiner aberto no porão. Levem o telefone e examinem os conteúdos.

Rhys seguiu Huxley escada abaixo até a cabine da tripulação, onde a tampa do compartimento previamente selado estava um pouco erguida em um ângulo. Dentro, eles encontraram um tablet em cima de uma caixa de plástico pesada do tamanho de uma maleta. A caixa tinha um painel LED e um teclado de onze dígitos na parte superior, a tela toda azul-clara. O tablet se ativou no instante em que Rhys o pegou, um mapa aparecendo na tela: uma simples representação do norte da Europa. Um ponto vermelho pulsava a sudoeste das Ilhas Britânicas, e a voz no telefone começou a falar:

— O que foi chamado de Bacillus Cepa-M foi identificado pela primeira vez em Londres cerca de dezoito meses atrás. Vocês viram em primeira mão os resultados da infecção em massa. — Mais pontos apareceram, formando um rastro extenso do oeste ao leste. — Dieppe. Haia. Oslo. Copenhagen. Todas cidades em que a infecção se estabeleceu. Sujeitos infectados também foram identificados em várias localidades pela Polônia, Bielorrússia e a Federação Russa. Todas as fronteiras estão fechadas há mais de um ano, todos os voos civis foram interrompidos e o comércio marítimo, suspenso.

— É carregado pelo vento — disse Rhys, aproveitando-se de uma leve pausa no monólogo da voz. — Os ventos predominantes no hemisfério norte sopram para o leste.

— Correto. — A tela mudou de novo, mostrando o que parecia, aos olhos de Huxley, uma massa de fibras brancas brotando de um centro. — Esse é o vetor de infecção primária. Um esporo levado pelo ar produzido após a expiração de um hospedeiro infectado. Esse vetor tornou ineficazes planos de resposta padrão para pandemias. A quarentena só produz um atraso temporário no contágio, uma vez que a doença não exige contato humano para se proliferar. A infecção ocorre tanto através da inalação como por absorção dérmica. Trajes para perigo biológico oferecem certa proteção, mas só em áreas onde os esporos já foram detectados. Uma vez que um número suficiente de vítimas foi atingido, é impossível interromper a difusão.

— Exceto em pessoas sem memória — disse Huxley.

— Nos primeiros estágios do surto, vários hospitais relataram taxas limitadas de infecção entre pacientes com Alzheimer, lesões neurológicas ou outras doenças que envolvem perda de memória como sintoma. Os testes confirmaram que, embora tais pacientes não fossem imunes ao bacilo, eram altamente resistentes a ele.

— O que significa — interrompeu Rhys — que vocês reuniram um monte de gente com Alzheimer, expuseram todos ao esporo e calcularam quanto tempo levaram pra morrer. Correto?

Não houve pausa.

— Correto. Por motivos óbvios, pacientes sofrendo de demência não poderiam realizar pesquisas de campo eficazes. Voluntários foram procurados para os testes. A missão de vocês é o resultado desses testes.

— Mas esta missão não é uma pesquisa de campo — disse Huxley. — É?

A tela voltou para o mapa e deu um zoom em Londres. A imagem adquiriu mais resolução conforme a cidade dominava a tela, o gráfico simples mudando para uma imagem de satélite. A princípio só mostrava uma mancha de névoa cobrindo a cidade de uma ponta à outra, rosa nas beiradas e vermelho-escura na fronteira ocidental. Lembrou Huxley de uma das células do microscópio, a nódoa carmesim formando o núcleo de algo vasto e maligno.

— Névoa que não é névoa — disse Rhys. — É a doença, não é? A névoa é feita desses esporos e estamos nos movendo por ela, respirando--a, absorvendo-a há dias.

— Sim — confirmou a voz no telefone, impassível como sempre. — O inoculante que vocês aplicaram se provou a fórmula mais eficaz até agora.

— Vocês tiveram muito trabalho só pra nos trazer até este ponto. — Rhys bateu no núcleo carmesim. — Por quê?

A imagem mudou de novo, ainda mostrando a mesma região de Londres, mas sem a névoa, para revelar uma imagem monocromática da cidade abaixo. A princípio, Huxley achou que estivesse borrada ou corrompida. As ruas eram formadas de linhas com bordas turvas, muitas vezes desaparecendo em uma bagunça discordante e irregular que tinha uma vaga semelhança com uma floresta vista de cima.

— Esta é a imagem de radar mais recente do que foi chamado Zona Primária de Infecção. No começo do surto, um grande número de infectados se reuniu nessa região para morrer. O motivo permaneceu desconhecido por um tempo, embora fosse presumido que sua proximidade a uma fonte de água sustentável fosse um dos fatores principais. Estima-se que, em um intervalo de vinte e quatro horas, dez mil pessoas morreram ali, com o número aumentando exponencialmente ao longo das setenta e duas horas seguintes. As protuberâncias que brotavam dos mortos logo se combinaram para formar a estrutura que vocês veem aqui. Elas criaram uma espécie de copa que bloqueia a luz do sol e impede uma visão do que pode estar ocorrendo abaixo. Entretanto — a imagem mudou de preto e cinza para rosa e vermelho —, imagens térmicas indicam uma atividade bioquímica considerável. Além disso, a contagem de esporos nessa área é bem mais alta do que em qualquer outro lugar.

— É um berçário — concluiu Rhys. — Onde os esporos nascem.

— Acreditamos que seja o caso.

— Então bombardeiem a área — disse Huxley. — Alguns milhares de toneladas de explosivos devem resolver.

— Quatro meses atrás, um explosivo termobárico foi lançado na massa central da ZPI. Ele criou uma área queimada de meio quilômetro quadrado. Dentro de quarenta e oito horas, o dano tinha desaparecido das nossas varreduras. Essa massa é capaz de se regenerar.

— Jogue uma bomba nuclear. Nada vai regenerar isso.

Uma pausa e um clique do telefone, então:

— Por favor, voltem sua atenção para a caixa no armário.

Ele olhou para o plástico duro e áspero da caixa com a tela ainda apagada. Então olhou para Rhys, sabendo que seu rosto demonstrava o mesmo misto absurdo de choque e entendimento que ele viu no dela.

— Você está de brincadeira — disse ele.

— Qualquer munição jogada do ar capaz de danificar a ZPI cria mais problemas do que resolve — contou a voz do telefone. — A explosão espalharia esporos pelo hemisfério norte. Também criaria uma nuvem de radiação prejudicial à agricultura e à saúde a longo prazo. O dispositivo na caixa é uma bomba de tório de baixa potência. Raios-x de satélite da ZPI indicam que há várias depressões profundas sob a copa. A explosão desse dispositivo vai incinerar o funcionamento interno da massa e criar uma nuvem de radiação localizada e contida, que destruirá a matéria orgânica ao longo dos próximos meses, incluindo os esporos.

Rhys soltou uma risada curta e estridente. Endireitou as pernas agachadas e começou a andar pela cabine, esfregando a mão continuamente pelo cabelo raspado.

— Uma viagem só de ida, acho — disse, em um suspiro sem fôlego que ela conseguiu segurar antes que se transformasse num soluço.

— Todos vocês se voluntariaram para esta missão — disse a voz no telefone. — Assim como os membros das missões de pesquisa anteriores. Todos os modelos matemáticos de previsão apontaram o mesmo resultado sem margem de erro: se o Bacilo Cepa-M não for parado, toda a vida humana neste planeta se extinguirá entre nove e doze meses.

Enquanto Huxley mantinha os olhos na caixa, a dor de memória elevou-se a níveis anteriormente desconhecidos, assim como seu instinto policial. *Mentira*, Plath dissera. *É isso que ela estava querendo dizer?*

— O que aconteceu com as outras missões? — perguntou ele.

— A cirurgia de supressão de memória usada em tentativas anteriores se provou insuficiente para garantir o sucesso. O patógeno é capaz de reparar sinapses de memória, assim como alterá-las. Para esta tentativa, intervenções cirúrgicas foram complementadas com terapia de genes e uso de um adjuvante para impulsionar a resposta imune e combater a habilidade do patógeno de restaurar a perda de memória.

— Então — disse Rhys após algumas respirações para se acalmar —, as marcas vermelhas *são* um efeito colateral do inoculante?

— Sim. Devem ter notado que elas estão crescendo em tamanho e lividez conforme a quantidade de bacilos em seu sistema aumenta.

— Quanto tempo até parar de funcionar?

— Os resultados variam consideravelmente dependendo do indivíduo, como vocês viram.

Huxley trocou um olhar com Rhys. *Tanto faz contar tudo pra eles.*

— Plath falou algo — disse ele ao telefone. — Quando ela... mudou. Falou que isso foi tudo ideia dela. O que isso significa?

— Isso é irrelevante...

— Não. Não! NÃO! — Ele bateu uma mão no chão ao lado do telefone. — Chega disso. Se quer que a gente leve seu show de fogos de artifício pro coração daquela coisa, vai responder minha pergunta ou a gente não vai pra porra de lugar nenhum. Entendeu?

Vinte segundos de silêncio, três cliques lentos.

— A voluntária que vocês conheciam como Plath era uma física e pesquisadora com especialidade nas aplicações biomédicas da radiografia. Ela foi enviada para a equipe que supervisionou os testes iniciais como parte de um esforço internacional conjunto para combater o Bacilo Cepa-M, e mais tarde contribuiu com o desenvolvimento do dispositivo de tório. Embora não tenha originado esta missão, ela fazia parte da equipe de planejamento e supervisionou a seleção dos participantes.

— Ela é uma psicopata do caralho — rosnou Rhys, parando de caminhar para encarar o telefone. — Vocês deviam saber disso.

— O perfil de personalidade dela levantou preocupações que foram relevadas devido a suas especialidades. Os aspectos mais preocupantes de seu caráter se tornaram aparentes durante o estágio de testes com humanos.

— Os pacientes com Alzheimer — disse Huxley. — Ela achou divertido vê-los morrer, aposto. Brincar de Deus... Ela deve ter adorado isso.

— Os métodos dela geraram discussões consideráveis. Entretanto, seus resultados foram indiscutíveis.

Rhys apoiou as costas na parede e deslizou até se sentar no chão. Ela olhou para Huxley enquanto falava, a pergunta clara e óbvia brilhando em olhos úmidos e fixos.

— Então, a ideia é só entrarmos lá, apertarmos o botão e sermos atomizados. Eu não sei quem costumava ser, mas tenho quase certeza de que não era uma heroína.

— Você tem um filho de dez anos — respondeu a voz no telefone. A tela mostrou a fotografia de um garoto, congelado no meio de uma corrida, jogando um sorriso por cima do ombro para a câmera. Huxley pensou ter vislumbrado algum eco do rosto de Rhys nas feições do garoto, mas não tinha certeza. Ergueu o tablet para ela ver. Ela o encarou com os olhos marejados, mas sem nenhuma centelha de reconhecimento.

— Pynchon tem um marido, pais e dois irmãos — continuou a voz no telefone, o tablet passando por uma série de fotos. Dessa vez, a semelhança familiar era inconfundível, e Huxley sentiu uma pontada de gratidão por Pynchon ter sido poupado da visão da família de que não se lembrava. Era uma benção que a voz não chegasse até ele.

— Huxley, você tem uma esposa. — Ele não sentiu surpresa ao reconhecer a mulher na tela como a do seu sonho; ela até usava o mesmo chapéu. Seu sorriso era uma coisa alegre e maravilhosa que ele não conseguiu encarar por muito tempo. Ele estremeceu quando a dor da memória perfurou sua cabeça, sem conseguir se impedir de buscar as lembranças, perguntando-se o nome dela.

— Algum motivo pra não terem nos contado isso antes? — perguntou ele, fechando os olhos quando a dor se tornou insuportável.

— Estudos anteriores indicam que os procedimentos de bloqueio de memória podem ser desfeitos com a exposição repetida a detalhes pessoais. Foram feitos esforços para garantir que a missão não oferecesse qualquer lembrete de quem vocês eram. Todos foram mantidos isolados uns dos outros durante o treinamento para que não houvesse risco de familiaridade.

— É por isso que você é uma voz de máquina. Para não ter chance de agitar quaisquer lembranças.

— Correto.

— E agora não importa?

— Agora o risco é considerado tolerável devido à sua resistência evidente ao bacilo e à necessidade de um raciocínio motivado.

— Raciocínio motivado? — Ele conseguiu sorrir. — Está nos pedindo pra morrer por pessoas que poderiam muito bem não existir para nós.

— Toda a raça humana está enfrentando um evento de nível de extinção. Normas de ética e moralidade não são mais relevantes. — Houve uma pausa e então um único clique. — Porém, os estudos indicaram que a capacidade humana de ter esperança em situações de sobrevivência é um fator importante. Voltem sua atenção à tela do dispositivo.

Inclinando-se para a frente, Huxley viu que a tela LED mostrava um número em algarismos pretos: 120.

— Essa leitura é um timer — continuou a voz. — O tempo até a detonação pode ser manualmente ajustado usando o teclado. Depois que o dispositivo for ativado, vocês terão um máximo de cento e vinte minutos para voltar ao barco e tentar escapar. O raio da explosão será contido pela massa da ZPI.

— Mas ainda estaremos infectados.

— Vocês demonstraram que o inoculante é um tratamento eficaz. Outros tratamentos serão exigidos, mas nossa análise indica que suas chances de sobrevivência a longo prazo podem ser estimadas em dez por cento.

— Dez por cento? — Rhys saltou sobre o telefone, levando-o à boca e berrando no alto-falante. — Vá se foder! — Ela o jogou a Huxley e virou para a escada. — Desligue isso.

— Não tem um botão de desligar.

— Então só deixe aí. — Ela começou a subir. — Precisamos conversar sobre isso. Nós três.

CAPÍTULO 12

— Um cara bonito, não acha?

Pynchon tinha insistido em ver as fotos no tablet, passando por elas sem qualquer sinal do desconforto que tomara Huxley. Ele se demorou por mais tempo na primeira, no homem que a voz no telefone alegara ser o seu marido.

— Alto demais para o meu gosto — disse Rhys. Ela falou com um humor forçado, os olhos vermelhos das lágrimas que tinha enxugado com raiva e determinação. — Prefiro homens que eu consiga beijar sem ter que subir numa caixa. Pelo menos, acho que prefiro.

— A voz não... — Pynchon se encolheu, abaixando a cabeça sob a pressão de outro espasmo agonizante. A atadura sobre o ferimento estava escura com sangue seco, que também escorria pelo assento ao qual ele estava amarrado. Ele se endireitou e engoliu, respirou fundo e então tentou de novo. — Ela não deu um... nome, imagino?

— Sinto muito. — Huxley balançou a cabeça.

— Me pergunto há quanto tempo estávamos juntos. — Pynchon

correu um dedo trêmulo sobre o tablet. — Me pergunto por que eu não... sonhei com ele.

— Nós, hã... — Rhys tossiu. — Temos uma decisão a tomar. Acho que deve ser unânime.

— Bombardear ou não bombardear. — Pynchon jogou o tablet no painel de controle. — Eis a porra da questão. — Ele se recostou, contendo um tremor enquanto seus olhos voavam entre os dois. — Não sei se devo ter direito a voto. Afinal... não é como se eu fosse pra algum lugar.

— Mesmo assim — disse Rhys. — Unânime. Se não, não vou fazer.

— Meu voto pode ser parcial. — Pynchon deu um sorriso fraco. — Dada minha morte iminente e tudo o mais... mas eu voto sim. É o que viemos fazer. Lembrar não importa. Eu *sei* que escolhi fazer isso. Além disso, tenho uma suspeita irritante... de que vocês dois também escolheram.

— Timer de duas horas — lembrou Huxley. — É possível que a gente entre lá, volte pro barco e te tire daqui...

Pynchon abanou uma mão para silenciá-lo.

— Chega... eu já votei. Sua vez, sr. Policial.

Huxley olhou de volta para a escada, sabendo que o telefone a satélite estava lá embaixo à espera da resposta deles. O telefone era uma máquina, mas ele também sabia que havia pessoas atrás daquilo, uma sala inteira de figuras de jalecos brancos ou uniformes encarando um alto-falante com trepidação tensa. Ele percebeu que odiava essas pessoas. Odiava-as pelas cobaias que tinham matado para fazer tudo aquilo acontecer. Odiava seu distanciamento do horror para o qual tinham enviado outras pessoas. Onde estariam elas? Muito abaixo da superfície, em algum abrigo subterrâneo? A salvo de tudo aquilo. Talvez até tivessem comida e água suficientes para durar uma vida, para o caso de seu grande plano dar merda. Huxley estava ciente de que elas pensavam que não tinham escolha, que eram os guardiões de uma espécie levada a extremos. Mas ainda as odiava, porque ele estava ali e os outros, não.

— Pode ser que estejam mentindo — disse ele. — Podemos levar esse negócio lá dentro e ele explodir no instante em que apertarmos o timer. Se seguirmos com isso, temos que presumir que não vamos voltar.

— Concordo — disse Rhys. — Seu voto.

A prontidão da própria resposta o surpreendeu, embora ele não soubesse como ia votar até a palavra escapar dos seus lábios.

— Sim.

O rosto de Rhys continuou impassível enquanto ela falava, seu tom tão neutro quanto qualquer coisa dita pela voz no telefone:

— Sim.

O aparelho devia ser bem mais sensível do que eles suspeitavam, ou uma escuta escondida estava entreouvindo a discussão, porque nesse momento os motores do barco se ligaram com um rugido. Um coro de zumbidos eletrônicos atraiu a atenção de Huxley para o painel de controle. Painéis deslizaram para revelar controles ocultos, cada uma das telas anteriormente inertes começando a brilhar.

— Parece que enfim posso ser... capitão deste barco — murmurou Pynchon. Ele estendeu a mão trêmula aos controles recém-revelados, mas ela logo caiu de volta no colo, revelando a marca no pulso. Tinha mais que duplicado de tamanho e a textura mudara, um vermelho reluzente e inflamado, a pele inchada com uma série de bolhas. A mão de Huxley moveu-se por instinto para a própria marca, que encontrou um pouco maior, mas com a textura áspera inalterada.

— Vou pegar o telefone — disse ele.

— Sigam a vinte e três graus a estibordo do curso atual — instruiu a voz. — Mantenham a velocidade. Sabe-se que infectados hostis proliferam nessa área, então mantenham uma vigia armada.

Huxley assumiu os controles enquanto Pynchon o ensinava a monitorar e interpretar os vários botões e leituras. Rhys se retirou à popa com as armas restantes, usando os óculos de visão noturna.

— Tem bastante movimento aqui fora — gritou ela acima do rosnado dos motores. Mantinha a carabina erguida em uma busca contínua por alvos conforme o barco atravessava a água em ritmo próximo ao de uma caminhada. — Difícil distinguir qualquer coisa.

— O reconhecimento por drones de baixo nível indica que o muro externo da ZPI é denso e possivelmente inacessível — disse a voz no telefone. — Vocês vão ter de criar um ponto de acesso.

— Como fazemos isso? — perguntou Huxley.

— Improvisem.

— Muito útil. Obrigado.

— Relaxe — grunhiu Pynchon, estendendo o dedo para os controles da metralhadora. — Essa belezinha pode abrir um buraco em praticamente qualquer coisa. Mesmo se não puder, ainda temos bastante explosivo.

— Se formos deixados em paz o suficiente para usá-lo.

Como que para reforçar a declaração, Rhys abriu fogo, três tiros rápidos. Huxley olhou por cima do ombro e viu três jorros de água altos caindo depois deles.

— Tem alguma coisa abaixo da superfície — gritou Rhys, à guisa de explicação. — Alguma coisa grande.

— Plath, talvez? — perguntou Pynchon.

— Vai saber. — Huxley moveu o joystick, controlando a cana do leme para ajustar o rumo de acordo com a leitura na tela. — Mas tenho a sensação de que ela não está longe.

— O que quer que aconteça... — Pynchon parou para tossir, enxugando uma mancha vermelha dos lábios. — Antes que isso acabe... *peguem* ela. Por mim. Certo?

Vendo um largo trecho de escuridão assomar na névoa além do vidro rachado, Huxley segurou os aceleradores e reduziu a velocidade até o barco quase parar.

— Certo — disse ele. — Vamos pegar ela. — Virando-se para a popa, ele gritou para Rhys: — Parece que chegamos.

— Tem muita água agitada aqui — gritou ela de volta, movendo a arma em um arco extenso. — Suspeito que estejam nos perseguindo!

— Tela de armamentos — disse Pynchon, e Huxley foi até os controles da metralhadora. Sob as orientações do soldado, ele ajustou as configurações da câmera para revelar o que havia à frente. As protuberâncias estavam mais altas e densas do que antes, um muro de organismos sobrepostos e bulbosos arqueando-se em meio à névoa. Conforme a voz do telefone previra, Huxley não conseguiu ver nenhum ponto de entrada óbvio.

— Ok. — Ele levou as mãos aos controles de armas. — Onde é melhor mirar?

— Tente... — Pynchon tossiu, estremecendo de dor. — Tente logo acima da linha da água. Rajadas curtas... não se esqueça dos estoques de munição.

— Certo.

Huxley apertou o gatilho por meio segundo, lutando contra a vontade de se encolher contra o barulho estrondoso e acelerado da metralhadora. Um clarão saiu da boca da arma e surgiram rastros dos projéteis além da tela, então um vapor fino quando ele soltou o gatilho. A princípio, os danos pareciam consideráveis, um rasgo lateral escuro no tecido da parede. Porém, uma inspeção mais próxima da tela que mostrava a câmera da arma revelou que a penetração fora mínima e ainda não havia nada que parecesse um ponto de entrada.

— Tente de novo — disse Pynchon. — Mire no centro da região danificada. Rajada de dois segundos.

Mais rastros de projéteis, produzindo uma torrente caótica e arqueada de matéria fragmentada. Quando parou de atirar, Huxley viu um rasgo mais fundo no muro, mas nenhum buraco. Sua irritação crescente tornou-se uma ansiedade com o som da carabina de Rhys soltando rajadas sucessivas de três tiros.

— Chegando mais perto! — berrou ela. Huxley olhou para trás e a viu encaixar um pente novo na carabina. Atrás dela, a água ondulava e agitava-se em vários lugares, um membro esguio e alongado erguendo-se cá e lá e se debatendo com hostilidade predatória.

— Parece que não estão gostando da nossa companhia — observou ele para Pynchon.

— Que se fodam... esses antissociais. — Pynchon apontou para os controles da metralhadora. — Continue.

Huxley atirou quatro rajadas longas na barreira antes que a munição acabasse, criando no muro um rasgo horizontal fundo que se recusava a se transformar num ponto de entrada. O tempo todo, os estouros da carabina de Rhys ficavam mais frequentes.

— Certo — grunhiu Pynchon, enquanto ambos encaravam o muro danificado, mas que não cedera. Ele tossiu de novo, mas dessa vez não se deu ao trabalho de limpar o sangue. — Dê ré. E me traga a dinamite.

Huxley pôde perceber a intenção de Pynchon na resignação e determinação evidentes mesmo em suas feições flácidas.

— Podemos tentar preparar um bloco e jogar...

— Só me traga a dinamite, sr. Policial! — O soldado se encolheu enquanto rosnava a ordem, os dentes cerrados vermelhos de sangue. — Não temos mais tempo.

Huxley conteve outro protesto e segurou os aceleradores, gritando um aviso a Rhys:

— Vamos recuar um pouco! Cuidado!

A água se ergueu numa espuma branca enquanto ele dava ré, fechando os aceleradores quando Pynchon começou a assentir.

— Agora pegue... as coisas. E embale munição suficiente... pra você e pra ela. Rápido!

Huxley desceu às pressas a escada para a cabine da tripulação, onde encheu duas mochilas com todos os pentes de pistola e carabina que pôde encontrar. Também acrescentou cantis de água e algumas barras proteicas. *Que inferno, podemos ficar com fome.* Jogou as mochilas no convés, então se virou para reunir a dinamite, hesitando à visão do último lança-chamas restante. *A maioria das coisas vivas têm medo de fogo.* Ele puxou a alça do lança-chamas sobre a cabeça e ergueu o pacote com a dinamite. A subida da escada levou menos de um minuto, mas pareceu interminável, seus ouvidos zunindo com o som de mais disparos de Rhys e exigências roucas de Pynchon para que ele se apressasse.

— Prepare um bloco — disse Pynchon quando Huxley abriu o pacote de dinamite no assento ao lado dele. — Não se preocupe com o timer.

Huxley enfiou um detonador num bloco de dinamite, então ergueu um olhar questionador.— Os controles...

— Eu consigo. — Sangue brotava dos lábios de Pynchon enquanto ele se arrastava um pouquinho para a frente, fechando uma mão ao redor da cana do leme e prendendo a outra aos aceleradores. — Ponha a bomba no bote e então... vão embora. Eu vou assim que estiverem longe.

Huxley queria dizer algo, mas tudo que conseguiu fazer foi encontrar o olhar febril, mas firme, de Pynchon. Eles se encararam por talvez mais dois segundos até que um sorriso leve e reflexivo brincou sobre os lábios do soldado.

— Acho que o nome dele... era Michael — disse ele, a voz rouca e fraca. — Ele parecia... um Michael. — Pynchon deu um aceno minúsculo de cabeça, e Huxley obrigou-se a afastar os olhos.

A bomba era mais leve do que ele esperava, pesando cerca de quatro quilos e facilmente erguida graças às alças que seus criadores tinham colocado dos dois lados. Mesmo assim, Huxley precisou gritar para que Rhys o ajudasse a levá-la ao topo da escada, e juntos os dois a colocaram no bote.

— Ele vai...? — começou ela, virando-se para a casa do leme.

— Ficar. É.

A água continuou a ondular ao redor e se agitar enquanto algo abaixo se remexia, embora alguns tiros certeiros de Rhys conseguissem manter o que quer que fosse longe.

— Acho que eles estão confusos — disse ela após mandar outra bala contra um membro que se debatia a uns dez metros da popa. — Não sabem como reagir a tudo isso.

— Espero que continuem assim. — Huxley jogou o lança-chamas no bote e deu o último empurrão necessário para mandá-lo para a água. — Entre.

Ele segurou a pequena embarcação no lugar enquanto Rhys subia a bordo e assumia o controle do motor. Antes de pular, ele se permitiu um último olhar para a casa do leme. Pynchon era só uma silhueta turva e curvada contra os controles. Huxley não via movimento, mas algo lhe disse que o soldado ainda se agarrava à vida. *Não é da natureza dele se render.*

— Estamos na água! — gritou ele no instante em que o barco se afastou da popa, o rugido dos motores abafando sua voz. A onda revirada na esteira do barco ameaçou inundá-los até Rhys ativar o motor e guiá-los para longe. Huxley sentou-se na proa do bote, a carabina no ombro. Ele deveria estar vasculhando a água por sinais de Enfermos, mas não conseguiu afastar o olhar conforme o barco acelerava em direção à barreira.

Pynchon guiou a proa diretamente para o rasgo irregular deixado pela metralhadora, ganhando velocidade o caminho todo. O barco estremeceu e balançou ao colidir com o muro, a água erguendo-se atrás da popa conforme os motores continuavam tentando levá-lo para a frente. A visão de Huxley da proa estava oculta, mas ele supôs que Pynchon tinha conseguido enterrar o barco na barreira até o vidro da casa do leme. Esperava que fosse o suficiente.

Ele se virou para Rhys e gesticulou para ela se abaixar.

— Melhor nos agacharmos...

A explosão veio antes do que o esperado. Ele sabia que deveriam ser diversas detonações, já que o bloco de dinamite com timer compartilhava sua energia com os outros, mas pareceu uma única explosão enorme. Antes que um instinto de proteção o fizesse fechar os olhos, Huxley viu o barco evaporar em uma explosão de luz branco-amarelada, a destruição subsequente engolida pelo desabrochar das chamas. A água fervilhou com os destroços em queda, a maior parte deles, por sorte, pequenos. A explosão também teve o efeito benéfico de dissuadir os Enfermos submersos de emergir, pelo menos por um tempo.

Huxley piscou e espiou através da cortina de fumaça cinza-preta, só para descobrir que o barco tinha sumido completamente, o único sinal de sua existência sendo uma mancha escura ao redor do rasgo no muro. Pedaços da barreira caíam pelas beiradas da região danificada, e a fumaça impedia Huxley de distinguir detalhes.

— Podemos entrar — disse Rhys. Huxley se virou e a viu examinando o buraco com seus óculos de visão noturna. — Não consigo ver muito do que tem lá dentro, mas definitivamente há um buraco.

Algo agitou a água alguns metros à frente da proa, e por reflexo Huxley empunhou a carabina e acertou a coisa com dois tiros rápidos.

— Então vamos.

Rhys os levou em linha reta até o rasgo, o bote irritantemente lento enquanto atravessava uma superfície repleta de destroços flutuantes e coberta por uma camada arco-íris lustrosa de óleo do tanque de combustível desintegrado do barco. Outras duas vezes, alguma coisa ergueu bolhas na superfície diante da proa, e outras duas vezes Huxley atirou no que quer que fosse. A sabedoria na instrução de Pynchon para mirar a metralhadora logo acima da linha da água se tornou clara quando Rhys conseguiu guiar o bote direto para a abertura. A explosão criara uma espécie de rampa de protuberâncias destruídas, permitindo a ela empurrar a proa para fora da água antes de desligar o motor. Huxley achou a superfície surpreendentemente firme quando pulou do bote, segurando o cabo de amarração enquanto Rhys descarregava seu equipamento.

— Não economizou, hein? — grunhiu ela, arrastando o lança-chamas e uma das mochilas para a rampa.

— Achei melhor estarmos preparados.

A forma que irrompeu da água atrás de Rhys tinha uma vaga semelhança com um caranguejo, com membros alongados, cada um dos quais terminando em uma mão deformada e parecendo com uma pinça. Entretanto, a cabeça que os observava com um olhar ardiloso de cima de ombros encorpados por músculos impossivelmente torneados era toda humana. Huxley quase esperou encontrar o rosto esticado de Plath, mas era um homem, a cara inchada em uma paródia grotesca de algo saído de uma história em quadrinhos de super-heróis. Enquanto mirava a carabina contra ele, Huxley ficou desconcertado com o fato de que a figura usava óculos. Óculos redondos, estilo John Lennon, escondendo os olhos, as hastes agora embutidas na pele que tinha expandido as têmporas do sujeito. A coisa gritou ao pular contra Rhys, as pinças avançando para as costas dela, palavras embaralhadas abafadas pelo estalo da carabina de Huxley. Embora a tivesse erguido e atirado com uma mão só, ele ficou surpreso com a própria mira quando o tiro atravessou a boca aberta e ávida do Enfermo e explodiu atrás do seu crânio. O rosto de óculos ficou flácido, deixando para trás um rastro de sangue conforme o corpo de caranguejo desabava na água e desaparecia de vista.

A morte pareceu agir como um sinal para os irmãos aquáticos do Enfermo, a água se revirando enquanto uma floresta de braços alongados e ondulantes irrompia pela superfície.

— A bomba! — gritou Huxley. Ele baixou a mira e atirou uma rojada nos Enfermos que emergiam, segurando o cabo de amarração enquanto Rhys erguia a bomba do bote. Ela a empurrou rampa acima, então se virou para pegar a segunda mochila. Outro Enfermo entrou à vista atrás da popa do bote, este com os braços terminando em adagas feitas de osso branco. Rhys recuou depressa quando as adagas desceram sobre ela, rasgaram o casco do bote e fizeram voar fatias de borracha.

— Deixe aí! — gritou Huxley, ao ver Rhys estender a mão para a mochila restante. — Vamos!

Ele soltou o cabo de amarração, erguendo a carabina para o ombro, mudou o seletor para automático e descarregou o resto do pente no rosto do Enfermo. Quando ele desabou como uma ruína sem vida, outra criatura menor subiu em suas costas. A coisa abriu as palmas para Huxley enquanto seu rosto de criança abocanhava o ar com um conjunto de dentes alongados. Huxley soltou a carabina e se atirou atrás do lança-chamas, ativou o acendedor e apertou o gatilho, liberando uma torrente de chamas que envolveu o Enfermo que batia os dentes no ar enquanto saltava em sua direção.

A coisa pousou perto da bota de Huxley, envolta em chamas mas ainda se movendo, emitindo um som que era parecido demais com uma criança humana sob dor extrema. Ele a chutou para a água e deu alguns passos para trás, engatilhando a arma de novo quando viu mais Enfermos arrastarem-se para fora do rio. As labaredas os cobriram, ateando fogo a cada um e produzindo um coro de gritos estridentes, depois lamberam a água coberta de óleo além. A explosão de calor e ar deslocado fez Huxley cair de costas, e ele ficou agradecido pelo fato de que não tinha cabelo, embora tenha sido obrigado a bater nas sobrancelhas por alguns segundos para abafar uma chuva de brasas.

Erguendo-se de novo, ele viu que a água estava pontilhada com ilhas de chamas. Ondas perturbavam a superfície em alguns lugares, mas aparentemente os Enfermos sobreviventes ainda tinham alguns instintos de sobrevivência e nenhum deles se revelou.

— Huxley! — sibilou Rhys com urgência. Ele se virou e se juntou a ela no topo da rampa. Ela se agachou no buraco irregular criado pelo sacrifício de Pynchon, os óculos de visão noturna no lugar, examinando um interior que parecia escuridão sólida para Huxley.

— Algum movimento? — perguntou ele, ajeitando os próprios óculos sobre os olhos.

— Nada. — Ele viu a boca dela formar uma careta confusa. — É mais espaçoso do que eu esperava.

Ao ativar os óculos, ele viu o que ela queria dizer. O cenário verde e preto diante dele assemelhava-se a uma catedral mais que qualquer outra coisa. Protuberâncias altas formavam colunas densas e espiraladas que ascendiam até um teto ondulante a cerca de seis metros de altura. Abaixando os olhos, ele viu que o chão era uma extensão de água empoçada entremeada com cristas que pareciam as costelas de algum titã caído.

Ambos se assustaram quando o telefone clicou e a voz disse:

— Prossigam para dentro. Mais atrasos vão ameaçar a missão.

— Ah, cala a boca! — disparou Rhys. Respirando fundo, ela olhou sobre o ombro para a água recoberta de chamas e suspirou. — Mas ela provavelmente tem razão.

— Quer carregar aquilo? — perguntou Huxley, assentindo para a maleta da bomba que ela arrastara para o seu lado.

— Não quero minar seu orgulho masculino. — Ela apontou para o lança-chamas. — Vamos trocar?

CAPÍTULO 13

Huxley achou o ar dentro da estrutura desagradavelmente úmido. Isso, junto com o peso da mochila, da arma e do explosivo nuclear que ele carregava, resultou em um suor constante e uma fadiga crescente. O desconforto foi exacerbado pelo fedor de podridão, óleo e esgoto misturados que se erguia sempre que eles eram obrigados a passar por um trecho de água empoçada. Ele sabia que caminhava não apenas sobre os restos daqueles que haviam morrido ali, mas sobre os efluentes de uma cidade morta. Evidências do fim daquela cidade estavam por todos os lados. Carros e vans estraçalhados projetavam-se de paredes arqueadas feitas do que Rhys passara a chamar de "carne vegetal", junto com postes retorcidos e placas de trânsito.

Após algumas centenas de passos, eles encontraram um ônibus de dois andares, seus passageiros fornecendo as sementes para a enorme protuberância que brotava do teto. Claro, também havia ossos e corpos. Curiosamente, os ossos eram quase todos humanos, mas os corpos, não. Cães, gatos e ratos rosnavam de medo ou raiva, congelados em suas prisões de carne vegetal — esmagados, mutilados e apodrecendo, mas sem outras modificações. Os ossos eram outra história. Desprovidos de pele na maioria dos casos, ainda mostravam sinais de deformidade. Um em particular tinha alterações tão grosseiras que Huxley parou sem querer, hipnotizado pela feiura extrema.

O crânio tinha se estreitado e esticado. Os olhos, dentes e maçãs do rosto eram uma máscara convexa distorcida que só podia ser descrita como demoníaca. Ele jazia entre as ruínas de um carro, um pequeno hatch elétrico, sua estrutura fatiada, presumivelmente pelas garras parecidas com foices que o esqueleto do Enfermo tinha na ponta dos braços de quase dois metros. Huxley tinha uma vaga ideia de como aquilo deveria ser quando ainda estava envolto em pele e músculo, mas não formou nenhuma imagem mental firme, exceto a certeza de que teria sido um verdadeiro pesadelo.

— Ei, voz do telefone — disse ele, enquanto continuava seu escrutínio do esqueleto. O telefone vinha guiando os passos deles, clicando de vez em quando antes que a voz os instruísse a "virar à esquerda em vinte metros" ou "seguir em frente". Às vezes, a rota que ditava era um muro impassável de protuberâncias, o que confirmava sua alegação de que o sistema de cavernas grotesco era impenetrável às várias tecnologias de imagem à disposição daqueles que Huxley começara a chamar mentalmente de seus "Supervisores". Fora as direções, o telefone não consentira em oferecer nenhum outro detalhe esclarecedor sobre esse novo ambiente, algo que Huxley não estava mais disposto a tolerar.

— Virem à direita em cinquenta metros — disse a voz, atualizando uma instrução anterior com a impassibilidade de costume.

— Esqueça isso por enquanto — disse ele. — Me ocorreu agora que você não nos contou de onde veio a Cepa-M. A história de origem. Paciente zero e toda essa merda. Deve ter havido um, certo?

Ele esperou outra declaração sobre a irrelevância da pergunta. Em vez disso, o telefone clicou duas vezes antes de fornecer uma resposta rápida.

— A origem nunca foi determinada. Especulações bem fundamentadas produziram conjecturas, mas nenhuma teoria testável ou substancial.

— Mas não foram aliens, certo? — perguntou Rhys. Ela tinha parado alguns metros à frente, segurando o lança-chamas na altura da cintura, e jogou um olhar azedo para o telefone enquanto girava em um círculo lento, à procura de ameaças.

— Nenhuma evidência de origem extraterrestre foi encontrada — afirmou a voz.

— Deve ter acontecido alguma coisa — insistiu Huxley. — Não pode só ter surgido do nada.

— O primeiro caso identificável foi um trabalhador de armazém de quarenta e três anos do distrito de Enfield em Londres. As testemunhas relataram uma transformação rápida em algo que insistiram parecer muito com um lobisomem. Ocorreram várias mortes antes que o paciente fosse controlado. Alguns sugeriram que uma caixa contendo esporos foi entregue ao armazém em algum momento. O local processava entregas internacionais, então, se a hipótese for correta, o despacho poderia ter se originado em qualquer lugar. Entretanto, é provável que tenha havido diversos casos anteriores não registrados devido à ausência de um resultado violento.

— Lobisomem — repetiu Huxley, ainda fascinado pelo rosto grotescamente deformado. Discernia algo reptiliano no crânio, a curva da mandíbula e os dentes afiados aumentando a impressão de que estava olhando para um dinossauro. *Algo que poderia te assustar quando criança assistindo a* Jurassic Park, *ou um velho filme em stop-motion de Harryhausen.*

— Pesadelos — disse ele, a revelação acrescentando um leve arquejo à voz. — É isso que ele faz. Transforma as pessoas em pesadelos.

— O Bacilo Cepa-M multiplica-se em uma taxa muito maior nos centros do cérebro mais conectados com a memória — disse a voz no telefone. — Emoções também. É possível dizer que medo e memória combinados equivalem a um pesadelo. Através de um mecanismo ainda não identificado, a Cepa-M é capaz de forçar uma mutação rápida de células humanas, guiando o processo para produzir deformidades que às vezes são vagamente reconhecíveis como personagens da cultura popular.

— Uma praga de pesadelos — disse Rhys. — Acho cada vez mais difícil acreditar que essa coisa teve uma origem natural.

A risada começou, um eco baixo, mas inconfundível, que parecia vir de várias direções. Rhys ficou tensa, empunhando o lança-chamas, enquanto Huxley abaixou a bomba e tirou a carabina das costas. A risada continuou por algum tempo, clara e zombeteira, e, quando Huxley identificou a inflexão feminina, reconhecível.

— Plath — disse ele.

— Ela chegou aqui antes de nós. — Os lábios de Rhys recuaram dos dentes enquanto ela erguia o lança-chamas, respondendo à risada com um rosnado alto: — Tenho algo aqui pra você! Venha ver, sua vaca!

A risada continuou com satisfação despreocupada por mais um minuto ou dois, então se tornou mais baixa até desaparecer.

— Como ela entrou aqui sem abrir um buraco como nós? — perguntou Huxley ao telefone.

— Informação desconhecida.

— Parece que ela achou nossa conversa divertida. Por quê?

— Outra informação desconhecida.

Mentirosa. Ele suspirou e pôs a carabina nas costas de novo, erguendo a bomba.

— Quanto tempo até podermos colocar o timer nesse negócio?

— Continuem seguindo minhas instruções. A localização do Lugar de Detonação Primário se tornará evidente em breve.

— O LDP, hein? — disse Rhys, endireitando-se e retomando seu progresso devagar na água fedorenta. — Vocês amam mesmo dar nomes às coisas, né?

Outra hora atravessando poças imundas e carregando seus fardos sobre protuberâncias os levou ao maior espaço que tinham encontrado até então. Emergindo de uma confluência estreita de colunas orgânicas, Huxley parou de repente quando seus óculos de visão noturna o ofuscaram com uma explosão de luz. Tirando-os, ele encontrou um único poste de luz projetando um brilho quase estável sobre uma porção de rua ao lado de um parque. Raízes serpenteavam sobre o asfalto e calçadas antes de se enredar nas grades do parque. Além disso, um pequeno trecho de gramado verde acabava abruptamente em um muro de matéria densa. Do outro lado do parque, via-se uma fileira de lojas ainda não engolidas pela carne vegetal ao redor.

Eles fizeram uma pausa para examinar o local, Huxley usando a mira da carabina para espiar cada canto oculto nas sombras. Desde que os surpreendera com a risada, Plath permanecera silenciosa e invisível, mas Huxley não tinha dúvidas de que ela vigiava cada passo da jornada deles. *Está esperando a gente descansar*, concluiu. *Dormir, até. Como se pudéssemos fazer isso aqui.*

— Não precisa ser um gênio pra adivinhar o que ele temia — disse Rhys, usando o lança-chamas para apontar para a grade do parque. Vendo uma figura jogada sobre a barreira de ferro forjado, Huxley se aproximou. Supôs que fosse um homem pela largura do torso, mas era difícil dizer com o nível de deformidade e a cobertura de raízes. O corpo estava perfurado pelas pontas da grade através das pernas e braços. Esses estavam abertos, a cabeça jogada para trás, ossos brotando do crânio em um círculo espinhoso.

Não só um círculo, pensou Huxley, dando um passo mais perto.

— Uma coroa — murmurou, o olhar passando para as mãos, onde mais ossos tinham brotado para criar a impressão de pregos martelados nas palmas.

— Acha que isso aconteceu mais de três dias atrás? — brincou Rhys com uma sobrancelha arqueada.

— Quem quer que você fosse — disse ele, virando-se para ela —, imagino que não era católica.

— *Au contraire.* Lembro das palavras da Ave Maria, Pai Nosso, o Ato de Contrição e um monte de outras merdas, em inglês, espanhol e latim, ainda por cima. No barco, eu recitava tudo isso para mim mesma, esperando sentir... algo. Não senti. Talvez a fé seja resistente à amnésia cirurgicamente induzida.

Huxley inclinou a cabeça para o cadáver cruciforme.

— Parece que sobrevive à doença também.

— Não que isso o tenha ajudado muito. — A curva irônica dos lábios dela esvaneceu abruptamente, o olhar estreitando-se enquanto examinava a fileira de lojas. — Na janela superior. Em cima do minimercado. Está vendo?

Ele viu: um brilho amarelo fraco e tremeluzente atrás de um vidro sujo e rachado.

— Alguma coisa está pegando fogo?

Rhys balançou a cabeça.

— Não tem fumaça. Acho que é uma vela. — Ela ajustou o aperto no lança-chamas. — Pode ser *ela*. Tentando nos atrair.

— Ela nunca faria algo tão óbvio.

— Vamos conferir ou seguir em frente?

— Sigam em frente — disse a voz no telefone. — Isso não faz parte da missão.

— Sério? — Rhys se inclinou mais perto de Huxley, sibilando para o telefone. — E quem disse que você pode votar? Só por isso, acho que vamos dar uma olhada.

— Rhys — chamou Huxley quando ela virou em direção ao minimercado. Sem olhar para trás, ela chutou a porta parcialmente destruída e desapareceu no interior.

— Sinais de agressividade — disse a voz no telefone. — Pensamento irracional...

— Cala a boca, caralho — disparou Huxley, segurando a bomba com mais firmeza e seguindo Rhys com uma corridinha desajeitada.

O interior do minimercado continha estantes vazias e o chão estava coberto de embalagens de comida abertas. Uma lâmpada tremeluzia em uma das geladeiras, o cheiro que emanava dela indicando que tinha parado de funcionar semanas antes. Um corpo ressequido jazia na frente de um terminal de autoatendimento. Ao contrário de todos os outros encontrados desde que tinham entrado ali, aquele não mostrava sinais de deformidade.

— O crânio foi esmagado — disse Rhys após um olhar rápido para a matéria seca que vazava da cabeça aberta do cadáver. — Saqueador, talvez?

— Ou alguém que tentou impedir um saqueador. Deve ter acontecido bem cedo, logo que as coisas começaram a desandar.

Rhys apontou a lanterna para os fundos do mercado.

— Tem uma porta ali.

Ela passou o lança-chamas para as costas e pegou a carabina, então empurrou a porta com cuidado para revelar a escada além. Um brilho baço e inconstante vindo de cima brincava sobre degraus acarpetados. Ela começou a subir sem hesitar, e Huxley brevemente se questionou se seria sábio deixar a bomba para trás antes de descartar a ideia e segui-la. Ele arrastou seu fardo escada acima com uma mão, a pistola na outra, o plástico duro criando uma batida suave mas audível com cada passo.

— Lá se foi a furtividade — murmurou Rhys, agachando-se no topo da escada. Ela girou a carabina de um lado a outro no patamar e não encontrou nada em que atirar, a arma parando na porta do cômodo que dava para a rua. Estava delineada em uma luz suave e trêmula, e um clique repetido e fraco vinha de dentro.

— Podíamos só tacar fogo no lugar e seguir em frente — apontou Huxley, vendo o suor que cobria o lábio superior de Rhys.

— Curiosidade — disse ela, forçando um sorriso e dando de ombros. — Não consigo evitar. Algumas coisas acho que a amnésia não apaga.

Ela se endireitou um pouco, as pernas ainda curvadas, e aproximou-se da porta devagar, então estendeu a mão depressa para empurrá-la. Recuou um pouco, a carabina pronta para responder a qualquer ameaça com uma rajada automática. Porém, em vez de atirar, Rhys ficou imóvel. Huxley avançou para espiar sobre o ombro dela.

O homem estava sentado em um sofá de couro de dois lugares, flanqueado por pilhas altas de latas de comida minuciosamente organizadas, a maioria vazia, pelo que Huxley podia ver. Ele usava uma camisa listrada e calça social cinza, o tecido rígido pela falta de lavagem.

Sua cabeça abaixada era quase toda calva, com tufos grisalhos junto às orelhas e à nuca. O couro cabeludo brilhava na luz fraca de um toco de vela que ardia em um pratinho na mesa de centro. O homem não ergueu os olhos para reconhecer a invasão, as mãos se movendo sobre a superfície de um quebra-cabeça grande que cobria a maior parte da mesa. Estava quase completo, faltando apenas um pequeno buraco no centro, que diminuía depressa conforme suas mãos ágeis pegavam peças da coluna organizada com cuidado ao lado do quebra-cabeça e as encaixavam no lugar com uma precisão inconsciente.

— Hã — disse Rhys. — Olá.

O homem não interrompeu sua tarefa, mas ergueu a cabeça. Huxley se tensionou, preparado para encarar a bocarra ávida e rangente de alguma criatura saída do estoque amplo de horrores do imaginário popular. Mas o rosto que viu era só o de um velho cansado. Curiosamente, não havia medo nos olhos do homem. Em vez disso, eles se vincaram quando ele lançou um sorriso fraco e cansado de boas-vindas.

— Olá para você também, mocinha — disse ele com a inflexão exata e melódica de alguém que aprendera inglês como segunda língua. — Entre, por favor. Seu amigo também. — As mãos não pararam enquanto ele falava, cada peça clicando ao ser encaixada na imagem quase terminada na mesa. — Receio não ter bebidas para oferecer.

Ele sorriu de novo e voltou a prestar atenção no quebra-cabeça. Rhys deu a Huxley um olhar desconfiado e perplexo antes de entrar no cômodo. Manteve a arma apontada para o velho, deixando uma boa distância entre eles enquanto contornava a mesa à direita. Huxley foi para a esquerda, enfiando a pistola no coldre. Alguma coisa — instinto policial, talvez — lhe disse que aquele montador de quebra-cabeça idoso não representava nenhuma ameaça.

— Posso? — perguntou Huxley, apoiando uma mão na poltrona ao lado do sofá.

O velho inclinou a cabeça. Os olhos ainda no quebra-cabeça.

— Por favor.

O simples prazer de sentar extraiu um grunhido surpreso de Huxley, o som tirando uma risada baixa do anfitrião deles.

— Vocês estão viajando há um bom tempo, então?

— Sim, senhor. Um bom tempo. Ao menos é o que parece.

— Vocês são soldados dos Estados Unidos.

Huxley olhou para Rhys, encontrando-a engajada em uma inspeção minuciosa da sala com uma careta desconfiada.

— O senhor talvez fique surpreso ao ouvir que não fazemos ideia de quem somos — disse Huxley. — Eu provavelmente sou algum tipo de detetive, e minha amiga é algum tipo de médica. Mas não podemos lhe dizer nossos nomes reais.

— Por quê?

Não vendo motivo para mentir, Huxley respondeu:

— Tiraram nossa memória. Fizeram toda uma cirurgia e inseriram um implante. Não sei como funciona, exatamente. Mas nos protegeu da doença, entende?

— Ah. — O velho encaixou outra peça. — Muito esperto.

Huxley entortou a cabeça para ter uma visão melhor do quebra-cabeça. Em vez de uma paisagem ou pintura clássica, era uma foto — uma foto de família. Seis pessoas, duas mulheres, quatro homens, com os braços ao redor dos ombros uns dos outros, rindo. O homem no centro do grupo estava um pouco mais rígido que os outros, tentando fazer uma pose digna que aparentemente divertira aqueles ao seu redor. A foto fora tirada no momento em que essa risada contida irrompeu. O homem rígido na imagem era mais jovem e tinha muito menos rugas na testa do que o velho no seu sofá de dois lugares cercado por um suprimento de comida que diminuía, mas Huxley ainda o reconheceu.

— É sua família? — perguntou ele.

— Sim, exato. Foi a última vez que estivemos todos juntos. Meu vizinho tirou essa foto. Minha esposa a mandou para uma empresa que faz quebra-cabeças por encomenda. Foi meu presente de aniversário de sessenta e cinco anos.

Ele ficou em silêncio ao encaixar a última peça no lugar. Huxley viu seu dedo tremer quando o bateu nessa pecinha, um tremor que se espalhou para a mão, então o braço, até que logo seu corpo inteiro tremia.

— Perdoe minha grosseria — disse o velho e imediatamente começou a desmontar o quebra-cabeça, espalmando as mãos sobre a imagem terminada para desmanchá-la —, mas preciso fazer isso, entende.

— Por quê? — perguntou Rhys a ele.

— Me mantém preso. Eu preciso fazer isso.

— Mantém você preso? Ao quê?

O velho começou a separar peças de segmentos maiores, virando-as para baixo na mesa.

— A este lugar. A mim mesmo. A eles. Assim, eu permaneço.

Huxley olhou o quarto ao redor, tendo a impressão de uma organização cuidadosa que aos poucos se perdera. Ornamentos acumulavam poeira nas estantes, mas não tanto quanto deveriam. Teias de aranha esparsas cintilavam à luz da vela.

— O senhor está aqui desde o começo, não é?

O velho assentiu com a cabeça, as mãos ainda ocupadas em desmontar o quebra-cabeça.

— Depois... — Ele fez uma pausa e Huxley viu sua garganta se contrair, o olhar ficando distante embora as mãos não parassem de se mover. — No começo... no primeiro dia, quando tudo começou, houve uma barulheira na rua lá fora, uma gritaria. Eles foram ver o que estava acontecendo. Eu estava na despensa... — Ele engoliu. — Depois disso, não vi motivo para ir embora. Minha esposa... — Ele fez um som que Huxley pensou ser uma tentativa de uma risada triste, mas imediatamente se transformou em um guincho estridente de dor. O som teria sido insuportável se o velho não o tivesse contido ao erguer uma mão e pressionar o nó do dedão entre os dentes. Sangue brotou e escorreu por cima da pele arranhada e cicatrizada. Huxley lutou contra o instinto de tocá-lo, sentindo-se mais impotente e furioso do que em qualquer momento desde que acordara no barco.

O velho abaixou a mão após alguns segundos, não demonstrando preocupação com o sangue que pingava sobre as peças do quebra-cabeça. Quando falou de novo, sua voz estava tão branda e agradável quanto estivera ao cumprimentá-los.

— Minha esposa disse que deveríamos ter ido embora quando os primeiros soldados vieram. Uma das muitas vezes em que ela estava certa e eu errado. — Dessa vez, ele conseguiu externar sua risada.

— Os primeiros soldados? — Huxley se inclinou para a frente na poltrona, o instinto policial atiçado. — Os soldados vieram aqui antes de a sua... antes que começasse a acontecer?

— Ah, sim. Uma semana antes, na verdade. Eles não estavam vestidos como soldados e vieram em vans sem emblema. Mas eu já fui soldado e sei reconhecê-los, com ou sem uniforme. Usavam coletes à prova de balas sob as jaquetas e tinham armas também. Estacionaram as vans ao redor dos armazéns do outro lado do estádio. A polícia também veio, fechou as ruas, prendeu pessoas que começaram a filmar com o celular. É claro, eles não conseguiram impedir ninguém, mas minha filha me disse que não apareceu nada no Twitter nem em outros lugares. Também não falaram nada no noticiário.

O telefone clicou, mas a voz não disse nada. Huxley o desenganchou do uniforme e encarou o aparelho, a cabeça tomada pela imagem dos Supervisores em seus uniformes e jalecos brancos, todos trocando olhares tensos.

— Vocês chegaram a descobrir o que eles estavam fazendo? — perguntou ele ao velho.

— Não, não. Eles ficaram por uma hora. Minha filha gravou um vídeo deles tirando muitas caixas e computadores do prédio, e escoltando pessoas para vans. Ela disse que viu um homem resistir, mas que os soldados o tiraram de vista muito rápido. Quando eles foram embora, o prédio foi trancado e policiais montaram guarda ao redor. As pessoas não gostaram, claro. Correram boatos por toda parte. Minha esposa disse que deveríamos ir embora, só por segurança. Eu disse que estávamos um mês atrasados no empréstimo da loja... — Ele fez outra pausa, virando a última peça de modo que todas estivessem para baixo. Após um breve momento de hesitação, a paralisia muscular novamente fazendo seu braço e então o corpo todo tremer, ele começou a virar as peças de novo.

— Alguma ideia do que havia nos armazéns do outro lado do estádio? — perguntou Huxley.

— Todo tipo de coisa, tem muitos deles lá. — Com todas as peças já viradas, o velho começou a organizá-las em pilhas: beiradas, cantos, as outras agrupadas de acordo com a cor. — Vocês vieram aqui com um objetivo, imagino?

— Sim. — Huxley bateu na maleta da bomba, forçando uma nota jovial na voz. — Quando este negócio explodir, vai tudo acabar. É o que nos dizem.

— Vai matar tudo aqui?

— É o plano. O senhor ainda tem tempo para tentar sair...

Outra exclamação estridente e dolorida borbulhou dos lábios do velho, embora, para alívio de Huxley, dessa vez ele a tenha contido sem morder a mão.

— Não. Não há lugar algum aonde eu possa ir. Este é o meu lugar. Esta é minha recompensa e minha punição. — Ele piscou os olhos molhados e começou a encaixar peças, formando um canto com destreza. — No começo eu conseguia manter uma rotina. Comer, limpar, ir ao banheiro. Fechei os ouvidos a todas as coisas terríveis que ouvia lá fora e passei a maior parte do tempo sentado, completando este quebra-cabeça. Mantive essa rotina por muito tempo, mas agora não mais. Agora só tem isso.

Ele parou, o tremor retornando quando ele endireitou e virou para encarar Huxley.

— Quando eu era criança, corria pelo jardim da minha avó em Mumbai, até que um dia uma cobra me picou. Doeu muito. Tanto que achei que fosse morrer. — As mãos dele se moveram para os botões da camisa, abrindo-os cuidadosamente para revelar a pele por baixo. Huxley não conseguiu reprimir o estremecimento de repulsa que o percorreu, incapaz de desviar os olhos da cena. Pequenas marcas cobriam a pele do velho, do peito à barriga, parecendo ondular. O olhar enojado, mas fascinado de Huxley viu que cada uma se abria e fechava, como as bocas de peixes-dourados. *Não*, ele se corrigiu, ao ver minúsculas presas projetando-se de cada boca, vazando veneno e batendo os dentes. *Como cobras.*

— Elas mordem menos quando eu monto o quebra-cabeça— continuou o velho, tremendo da cabeça aos pés. — Acho que isso desacelera a doença... lembrar das coisas boas, quer dizer. Se afastar os pensamentos ruins, você vive. Mas ninguém consegue fazer isso para sempre. — Ele piscou, as lágrimas escorrendo pelo rosto que estremecia. — Peço que me matem antes de partir.

Huxley descobriu que não conseguia encarar o velho, então manteve os olhos nas peças do quebra-cabeça enquanto dava uma resposta suave e rouca.

— Acho que não consigo fazer isso, senhor.

— Precisa fazer. — O desespero trinou na voz do velho. — Eu mereço. Entenda, eu matei alguém. Um jovem. Um cliente meu. Ele tentou roubar de mim, então o matei. O nome dele era Frederico. Ele vinha a cada poucos dias e comprava uma caixa da cerveja mais barata no estoque e um exemplar do *Racing Post.* Me dava dicas de apostas. Elas nunca eram boas.

O corpo lá embaixo com o crânio esmagado. Um de incontáveis assassinatos em uma cidade tomada por pesadelos.

— Esse negócio muda as coisas, sabe. — O tom do velho suavizou-se, as mãos retornando ao quebra-cabeça. — As lembranças. Ele as deturpa, as transforma em mentiras. Eu amava minha família mais do que tudo neste mundo, e eles mereciam meu amor. Mas, sempre que me permito parar, eu lembro de coisas. Coisas que transformam minha esposa em uma traidora mentirosa, e meus filhos em ladrões. Coisas que eu sei que nunca aconteceram. Acho que isso se alimenta de feiura. Acho que precisa que odiemos, que é assim que se difunde. Se vocês não me matarem, sei que vou ceder a essa feiura, e então... — Ele abriu os dedos sobre as peças. — Então eles estarão mesmo mortos e eu não serei mais... eu.

A última palavra foi uma explosão mal legível de cuspe e desespero, e ele imediatamente voltou à tarefa. Suas mãos se moviam tão rápido que pareciam um borrão, virando e encaixando peças com uma velocidade e precisão muito além de mera habilidade humana.

— Huxley — chamou Rhys. Ele ergueu os olhos e a viu inclinando a cabeça para a porta, o dedo se movendo para o gatilho da carabina. Huxley balançou a cabeça e se ergueu, soltando a bomba e sacando a pistola. Ele esperava que seu braço tremesse enquanto apontava o cano para a têmpora do velho, esperava um momento de covardia no último minuto, mas isso não aconteceu.

— Os primeiros soldados. — Huxley segurou o telefone próximo à boca enquanto eles saíam no minimercado, as palavras bruscas e muito precisas. — Soldados que apareceram nos armazéns do outro lado do estádio. Soldados à paisana que chegaram semanas antes do exército. Você ouviu tudo isso, certo?

Não houve cliques ou hesitação, mas a prontidão da resposta o deixou desconfiado.

— Sabe-se que a infecção da Cepa-M produz alucinações e lembranças falsas. A situação descrita pelo Enfermo que vocês encontraram simplesmente não ocorreu.

— Mentira. Vocês me selecionaram para isso porque sou detetive. Anos de experiência em obter a verdade me tornam um detector de mentiras ambulante, quer eu me lembre como faço isso ou não. Aquele homem não estava alucinando e não estava mentindo. — Ele e Rhys pararam ao lado da ruína coberta de vegetação de uma viatura policial enquanto ele continuava sua discussão no telefone. — Escutem aqui, seus malditos, quem quer que sejam, não vamos dar mais um passo até nos contarem exatamente o que...

O tiro foi mal mirado, errando-o por uns bons trinta centímetros e estilhaçando o que restava da vitrine atrás dele. A resposta de Huxley foi instintiva e imediata: agachou-se atrás dos restos da viatura e largou o telefone, uma mão ainda apertando a maleta da bomba enquanto erguia a carabina com a outra. Rhys já começara a devolver o fogo, disparando duas vezes na vegetação extensa que dominava o parque. Ele não conseguiu ver no que ela mirava até captar o clarão saído da boca de uma arma, uma luz estroboscópica tremeluzente acompanhada por um rosnado rítmico que indicava uma arma automática. Ele se abaixou enquanto metal rasgado e vidro estilhaçado laceravam a rua.

— Ela encontrou uma arma — observou ele.

Rhys se agachou atrás da roda traseira da viatura, balançando a cabeça e se encolhendo para se proteger de outra rajada.

— Não é ela. — Os tiros cessaram antes que Huxley pudesse perguntar como ela sabia. — Saiu dali — grunhiu Rhys, erguendo-se com a carabina no ombro e atirando mais duas vezes. Huxley viu algo se mover atrás da grade do parque, uma figura cinza-esverdeada, vagamente humana, cambaleando conforme os tiros de Rhys a atingiam.

Huxley levou o olho à mira da carabina e a figura apareceu com clareza brusca. Era um homem — ou tinha sido. Protuberâncias serpenteavam sobre seu corpo dos tornozelos à cabeça, obscurecendo detalhes que poderiam tê-lo identificado. Entretanto, o fuzil bullpup que ele segurava nas mãos enormes o marcava como um soldado. Outra saraivada de Rhys arrancou nacos de carne vegetal do peito da figura, fazendo-a tropeçar, mas sem causar nenhum atraso substancial enquanto ela recarregava o fuzil.

— A cobertura é grossa demais — disse Huxley, centrando o retículo da mira na testa do soldado. O tiro arrancou as protuberâncias que cobriam seu rosto, produzindo um jato de sangue. Ainda assim, ele não caiu. — Merda. — Huxley mirou no mesmo ponto e atirou de novo. Levou três tentativas antes de conseguir enfiar uma bala no cérebro do Enfermo. Mais uma vez, ele não desabou, só girou em torno de si e atirou loucamente, as balas extraindo faíscas das grades do parque e abrindo buracos no asfalto exposto.

Huxley e Rhys se agacharam conforme as balas passavam ao redor e ergueram a cabeça com cautela quando o fuzil ficou em silêncio.

— Sério? — perguntou Rhys. Aparentemente privado das habilidades motoras exigidas para recarregar o fuzil, o soldado Enfermo o largara. Corria na direção deles, os braços esticados e um grito gutural de fúria incoerente emergindo da boca com um jato de sangue. Continuou seus barulhos furiosos mesmo depois de colidir com a grade do parque e projetar uma torrente de fluido vermelho-escuro, os braços se debatendo entre as barras de ferro.

— Caralho — xingou Rhys com um suspiro longo e suave. Huxley se virou e a viu encarando algo no chão. O telefone a satélite estava em vários pedaços, plástico e fios espalhados. Abaixando-se para pegá-lo, Huxley sabia que apertar o botão verde seria um ato inútil, mas tentou mesmo assim.

— Agora vamos pra onde? — perguntou Rhys, a voz carregada de desespero e exaustão.

Huxley olhou para a janela acima do minimercado, onde a vela ainda tremeluzia.

— O estádio parece uma boa aposta.

— Ótimo. Vou perguntar o caminho, que tal? — Rhys ergueu o lança-chamas e o direcionou para o Enfermo, que ainda balbuciava e se debatia contra a grade. — Com licença, senhor. Há um estádio aqui perto, por acaso? Não? Ah, vá se foder, então.

O rugido do lança-chamas abafou os gritos furiosos do soldado e o curto guincho de dor que se seguiu. Ele levou um tempo absurdamente longo para morrer, os braços balançando e as mãos tentando arranhar Rhys com os dedos reduzidos a tocos escurecidos. Ela o envolveu em chamas mais duas vezes e recuou do fedor com uma careta enojada quando ele enfim se tornou cinzas e sucumbiu à imobilidade.

Ela encarou a figura chamuscada por um breve momento, então fungou.

— Acho que o velho poderia ter um mapa em algum lugar. Guia da cidade, talvez.

— Não precisamos. — Huxley apontou em cima do ombro dela para um cruzamento parcialmente obscurecido, cerca de vinte metros à frente. A placa fora retorcida e metamorfoseada pela carne vegetal até se assemelhar a um arco, mas algumas palavras permaneciam legíveis, as mais salientes sendo as quatro posicionadas ao lado de uma seta virada para cima: ESTÁDIO TWICKENHAM 1,5 KM.

CAPÍTULO 14

Decidindo que precisavam se deslocar mais rápido, eles se livraram de todo peso excessivo. Rhys trocou sua carabina por uma combinação de pistola e lança-chamas. Huxley ficou com a carabina e a pistola, mas deixou para trás todo o resto, exceto a bomba. Ambos mantiveram seus óculos de visão noturna, escolhendo poupar as baterias até serem necessárias. Antes de partir, devoraram barras de proteína e beberam a água remanescente nos cantis. Com cerca de um quilômetro e meio faltando, parecia não haver muito motivo para guardá-los. Huxley não percebera como estava com fome até dar a primeira mordida, então engoliu a barra toda e rapidamente desembrulhou outra. Ele se perguntou se a fome decorria da iminência da própria morte, algum desejo inato e desesperado do acumular sensações antes que a chance de fazer isso desaparecesse para sempre. Ou então estava só cansado e muito faminto.

Além da placa que se arqueava sobre o cruzamento, as colunas de carne vegetal se tornavam mais densas e numerosas, formando uma espécie de floresta que logo se estreitava e virava algo parecido com catacumbas. Postes continuavam a tremeluzir em meio a tudo, o que significava que eles não precisavam recorrer aos óculos. Ainda assim, o silêncio ali era perturbador, o lugar cheio de sombras e ainda mais água da inundação, então o fedor estava pior do que nunca.

— Ele levantou algumas questões interessantes, não acha? — perguntou Rhys, indo na frente outra vez enquanto Huxley seguia com a bomba. A densidade das protuberâncias obscurecia boa parte da paisagem urbana, mas era fácil discernir as beiradas de ruas e calçadas, o que lhes permitia seguir uma linha razoavelmente reta.

— Quem? — perguntou Huxley.

— O homem do quebra-cabeça. O que ele disse sobre a doença. Que ela não só se alimenta de lembranças, mas as altera. Como se precisasse que odiássemos, precisasse de nossa raiva. Meu palpite é que os hormônios agem como estímulo. Adrenalina, cortisona, toda a sopa química que se agita quando a pessoa fica estressada. Eles são o combustível.

— Faz sentido. — Huxley falou em um murmúrio cauteloso, preocupado com a animação crescente de Rhys. *Agressiva. Irracional, talvez?* Palavras que a voz no telefone teria dito. Palavras que ele pensava no momento.

— E, para fazer isso, a coisa tem que brincar com nossos pensamentos, mudar nossas lembranças — continuou Rhys. — Isso me faz pensar. Sobre Dickinson, quero dizer. Será que ela foi mesmo abusada ou foi só algo que a Cepa-M inventou para enlouquecê-la?

— Também levanta a possibilidade de que Plath não seja a psicopata que achamos que é.

— Ah, ela é totalmente a psicopata que achamos que é. Duvido que a Cepa-M tenha precisado de qualquer ajuda neste caso. Ela já tinha uma cabeça cheia de coisas ruins pro bacilo se apropriar. Não me surpreenderia descobrir que as pessoas que sobreviveram mais tempo sem mostrar sinais de mutação foram os psicopatas, os sociopatas, os egoístas, malditos que se dão tão bem neste mundo de merda...

— Rhys...

— ... e por que não? Por que não se dariam bem? Já criamos um mundo fodido para eles prosperarem, um mundo onde os mentirosos ambiciosos e ladrões podem governar o resto de nós. Por que eles não prosperariam neste também? — Ela parou, os ombros caindo de fadiga embora sua fala fluísse rápida e nervosa. — Aqueles primeiros soldados. Quem eram eles? Não foi uma coincidência. Não pode ser...

— Rhys.

Ela se assustou com a brusquidão da voz dele, silenciando-se com um arquejo. Não se virou, e ele a viu tremer.

— Você se lembrou de alguma coisa? — perguntou ele.

Ela ficou em silêncio por tempo suficiente para deixá-lo muito ciente de que tinha ambas as mãos ocupadas com um dispositivo nuclear. Se ela escolhesse imolá-lo, ele teria muita dificuldade em sacar a pistola a tempo. Porém, quando ela enfim se virou, o medo de Huxley se dissipou à visão do seu rosto. Em vez de uma expressão insana, ele só viu luto. Não havia deformidade nem ódio insensato. Só uma dor profunda, que era, a seu próprio modo, difícil de encarar.

— A questão é justamente essa — disse ela em um sussurro rouco. — Eu olhei para o meu filho e não senti nada. Deveria ter sentido algo, não? Se ele fosse real. Se eu fosse mesmo uma mãe. Deveria ter sentido alguma coisa. Mas eu não o conhecia. Eu nem sonho com ele. Só sonho com aquele maldito plantão no pronto-socorro. O que quer que tenham feito com a gente, é permanente. Mesmo se conseguirmos sair daqui, as pessoas que éramos morreram antes que essa jornada toda começasse.

— Ele é real. — Huxley tirou a mão da maleta para apertar o ombro dela, puxando-a para perto. — Tão real quanto você e eu e a mulher com quem eu era casado. Temos que nos agarrar a isso. É tudo que temos.

Ela apoiou a testa no peito dele, permitindo-se alguns soluços ofegantes antes de se afastar.

— Eu só queria que tivessem me dito o nome dele.

Eles encontraram a primeira flor pouco depois. As catacumbas se estreitavam por um tempo até que se abriam para criar túneis cavernosos. Pela primeira vez desde que deixaram o rio, Huxley viu a névoa de novo. Ela se acumulava em uma nuvem espessa no final do túnel maior, talvez indicando um espaço mais amplo e possivelmente aberto.

— Bonita — comentou Rhys, parando ao lado de um montinho de protuberâncias. Aproximando-se, Huxley notou uma vaga semelhança a um casal abraçado. Será que haviam sido amantes? Amigos? Talvez até estranhos, buscando algum conforto de outro corpo humano diante da aniquilação. O objeto do interesse de Rhys brotava do que ele pensou que poderia ter sido a cabeça de uma figura maior: um caule curto coroado por uma corola fechada de pétalas vermelho-escuras.

— Não notei muitas plantas por aqui — acrescentou Rhys. — Toda árvore ou arbusto que vimos estava morto ou quase morto.

— Não acho que seja uma planta — disse Huxley. Ele apontou a cabeça para o túnel envolto em névoa adiante. Mais flores vermelho-escuras cobriam o chão e as paredes curvas. Aproximando-se, ele viu que estavam abertas, as pétalas recuadas para revelar uma abertura parecida com uma boca. Olhando para a frente, percebeu que as flores aumentavam em número conforme avançava-se no túnel, as pétalas ainda mais abertas para formar um tapete de flores vermelhas que se estendia para a neblina carmesim mais impenetrável que ele já vira até então. Carros, caminhões e ônibus erguiam-se do campo, silhuetas vagas recobertas pelas flores.

— Elas respondem à luz — disse Rhys, parando ao lado dele. Ativou o acendedor do lança-chamas e se abaixou, aproximando-o de uma das flores semiabertas. As pétalas estremeceram e se alargaram, e uma pequena nuvem rosa de matéria particulada emergiu da boca em um sopro gentil. Rhys se endireitou, examinando a extensão de flores diante deles. — O local de origem do Bacilo Cepa-M — disse ela, virando-se para Huxley com as sobrancelhas arqueadas em uma pergunta óbvia.

— Ainda não chegamos no centro. — Ele segurou a maleta da bomba com mais firmeza e continuou abrindo caminho entre as flores.

O chão parecia instável sob as botas deles, montinhos ásperos e protuberâncias entremeados com trechos infrequentes de calçada e asfalto nus. — Ainda não alcançamos o estádio.

— Estádio Twickenham. — Ela andou ao lado dele. — Parece exótico, né? Quase coisa de Hobbit. Me pergunto o que eles jogavam lá.

— Futebol — disse ele. — É sempre futebol aqui.

— Rugby.

Eles congelaram. A voz vinha da névoa, ecoando de um jeito que não soava nada natural. À frente, atrás, à direita, à esquerda. Huxley não sabia dizer. Eles tinham se aproximado de um dos ônibus cobertos de flores, para o qual Rhys apontou o lança-chamas, já que era o esconderijo mais óbvio. Huxley se agachou, abaixou a maleta e tirou a carabina do ombro.

— Eles jogavam rugby — repetiu a voz.

Apesar do eco, Huxley não teve dificuldade em reconhecê-la. Passou a mira da carabina sobre um campo de flores vermelhas que se mesclavam com a névoa cerca de seis metros adiante. Ele não viu movimento algum e, quando Plath falou de novo, ainda não conseguiu localizá-la.

— Devo confessar, nunca achei que vocês dois chegariam tão longe — comentou ela, seu tom leve e informal. — Sempre achei que seríamos só eu e Pynchon no final. É o que todos os modelos previam.

— Isso é mesmo fascinante — respondeu Rhys, o rosto fixo em uma máscara de hostilidade e avidez. — Por que você não vem até aqui e a gente conversa mais sobre o assunto?

Uma risada leve e vazia. Ao ouvir tiques suaves e rítmicos à direita, Huxley ergueu a carabina bruscamente, a mira revelando gotas de umidade se destacando do espelho retrovisor estilhaçado de um carro coberto de flores.

— Está assim tão ansiosa pra me matar, doutora? — perguntou Plath. — Acho que o juramento de Hipócrates não resiste à amnésia.

— Primeiro: não causar mal. — Rhys girou devagar, os olhos brilhando e o dedo tenso no gatilho do lança-chamas. — Você não faz nada exceto causar mal. Imagino que fosse uma pestilência bem antes de toda esta merda começar.

Outro som, um farfalhar suave. Huxley só viu uma espiral de névoa agitada.

— Pestilência é uma palavra boba. — As palavras de Plath foram acompanhadas por um suspiro exausto. — Sugere que a doença é de alguma forma uma aberração no ambiente em que evoluímos para viver. A verdade é o contrário. Este mundo é feito para nos matar e nós somos feitos para viver só o suficiente até nos reproduzirmos. Esse é o verdadeiro equilíbrio da natureza. Consigo ver agora. As doenças não são uma aberração, mesmo esta, apesar de sua origem única. *Nós* somos a aberração. Uma espécie tão bem-sucedida que por fim devora seu ambiente e assegura a própria ruína. O que está acontecendo não passa de uma correção necessária.

Rhys tirou a mão do gatilho para bater no braço de Huxley, assentindo com urgência para o ônibus. Quando ele respondeu com uma careta de dúvida, ela o apertou com força para dar ênfase. Ele concordou com a cabeça e abaixou a mão para pegar uma das alças da maleta. Rhys começou a seguir na direção do veículo coberto de flores, movendo-se devagar e agachado enquanto ele seguia, arrastando a bomba.

— Vocês não querem saber? — perguntou Plath enquanto eles contornavam o ônibus. Huxley se esforçou para ouvir algum som de dentro do veículo, mas não escutou nada. Rhys, porém, permaneceu focada ali, seguindo firme numa linha arqueada através das flores enquanto os levava mais para perto.

— Saber o quê? — perguntou Huxley, torcendo para que a resposta revelasse um alvo.

— Ora, a origem, é claro. A gênese do Bacilo Cepa-M.

— Claro. — Os olhos dele correram sobre as flores enevoadas, a carabina mirada com uma só mão. — Nos conte tudo.

Houve uma pausa na qual ele evocou a imagem absurda de uma Plath Enferma e deformada subindo em um pódio com anotações em mãos, uma professora prestes a dar uma palestra.

— É tanto surpreendente como comum — disse ela por fim. — Previsível e inacreditável.

Dessa vez, Huxley teve a sensação definitiva de que ela estava mais perto. Estendeu a mão e bateu no ombro de Rhys para fazê-la parar. Ela se interrompeu com um esforço visível, e Huxley sentiu sua ânsia desesperada para liberar as chamas no ônibus.

— No fim, foi arrogância — continuou Plath. — A presunção que tomou a humanidade desde a primeira vez que um macaco tirou faíscas de uma pedra. A ilusão de que podemos transcender as leis naturais que nos prendem. Somos sempre impelidos a entender o mundo, não pelo prazer da compreensão, mas por controle. Por poder. Somos uma espécie engajada em uma jornada infinita para curvar a natureza à nossa vontade. Especificamente, nesse caso, para controlar o poder da mutação.

Rhys soltou um grunhido irritado. Huxley imaginou que ela estivesse dividida entre curiosidade e um desejo ardente de ver Plath queimar.

— Conte algo que não saibamos! — gritou ela. — É claro que mutação é um componente da Cepa-M. Isso é óbvio.

— A mutação é o motor da evolução — respondeu Plath. — Mas é fundamentalmente aleatória, imprevisível. Todos os grandes avanços na seleção natural levaram gerações para aparecer, milhares de anos de trabalho do que Dawkins chamou de Relojoeiro Cego. Mas e se as mutações pudessem ser guiadas, dirigidas, controladas?

Embora sua voz ainda tivesse aquele eco frustrante, o instinto policial afastou o foco de Huxley do ônibus. *É um esconderijo óbvio demais.* Ele se virou, agachando-se de costas para Rhys, e abaixou a maleta de novo para agarrar a carabina com mais força.

— A obra de milênios poderia ser realizada em décadas, ou menos — prosseguiu Plath. — Doenças curadas, inteligência aumentada... mais alto, mais rápido, mais forte. O potencial humano elevado ao máximo. Havia um homem... Vocês não ficarão surpresos ao saber que era um homem com uma quantidade gigantesca de dinheiro. Um homem com tanto pavor da própria mortalidade quanto de perder sua riqueza e poder.

Era o tipo de terror que o levou a investir sua fortuna em pesquisa genética, pesquisa viral, pesquisa sináptica, um grande projeto para conectar a vontade humana com a evolução. Ele queria ser tudo que pudesse, tudo que *queria*. Em vez disso, nos deu a habilidade de nos tornar nossos piores pesadelos, e ao fazer isso condenou o mundo à ruína.

— A Cepa-M é artificial — disse Rhys.

— Claro que é. Só a humanidade poderia ter produzido algo tão perfeitamente cruel. Tão insidioso. A crueldade da natureza é inerente, mas também fria. O sadismo é uma característica, mas também um professor. Um gato que não gosta de matar vai passar fome, mas só humanos torturam por puro prazer. Nesse sentido, a Cepa-M é a humanidade destilada em sua forma mais pura. Sempre fomos um pesadelo.

— Então um ricaço criou esse negócio — disse Huxley, examinando a névoa em busca de algum estremecimento ou vórtice que revelasse a localização de Plath. — E o jogou num armazém no oeste de Londres.

— Não exatamente. Criar um patógeno de tamanha complexidade e perigo em completo sigilo exigia muito esforço. Laboratórios secretos foram estabelecidos em várias localidades. Uma obra de anos, que custou bilhões. O local de Londres era só uma estação de testes. Apesar de ser uma das cidades mais ricas do mundo, também conta com algumas das piores estatísticas de pobreza e população sem-teto. Encontrar cobaias de que ninguém sentiria falta não foi muito difícil.

Huxley detectou na voz dela uma cadência que indicava tanto nostalgia como arrependimento.

— Você foi parte do projeto — disse ele. — Foi por isso que era tão útil a essa missão. Você ajudou a criar a Cepa-M.

— Não sei se a palavra "criar" funciona nesse contexto. Eu fui apenas uma de muitos que facilitaram seu nascimento, um nascimento que era inevitável. Talvez você fique surpreso ao ouvir que não sabíamos o que estávamos criando; a natureza de nosso filho era complexa e potente demais. Nunca tivemos a intenção de que fosse algo contagioso, nem que pudesse se reproduzir sozinho. Nosso patrocinador bilionário imaginou um lacaio trazendo-lhe um único comprimido em uma bandeja de prata uma vez por ano para manter sua condição divina. Mas não se pode acessar a própria essência da evolução e esperar controlá-la.

— Me diga uma coisa — disse Rhys, e Huxley a sentiu se retesar em preparação. — O negócio escapou ou vocês o libertaram?

A pausa que veio a seguir foi longa, e Huxley detectou o primeiro sinal de movimento: uma espiral súbita na névoa acompanhada por um agitar de pétalas deslocadas. Ele resistiu ao impulso de atirar, sabendo que Plath — o que quer que ela fosse naquele momento — se moveria rápido demais para que ele conseguisse acertar, pelo menos daquela distância.

— Ela não está no ônibus — sussurrou ele a Rhys logo antes de Plath começar a falar de novo. Ela estava mais perto, mas ainda irritantemente impossível de localizar.

— Você pensa tão mal de mim, doutora. Mas sim, confesso ter certas... predileções que me colocam fora das normas sociais. Porém, assim como vim a abraçar a necessidade delas, tudo isso não é culpa minha. É aqui que chegamos no aspecto mundano da história. Vejam, tudo se deveu a uma combinação de burocracia e preguiça. Em algum ponto da cadeia logística, um gerente de projeto de nível médio decidiu poupar uns centavos e usar um protocolo de segurança com apenas noventa e nove por cento de garantia. Em um sistema complexo, um por cento é uma margem de erro gigante. Um segurança entediado demorou um pouco demais no banheiro e uma das cobaias escapou. Não demorou muito para as autoridades capturarem o sujeito, e ele ainda estava racional o bastante para contar tudo sobre seu suplício. Eles tentaram ser discretos, manter as coisas em segredo. Nada de escândalo. Nada de processos criminais. Afinal, que governo não gostaria de pôr as mãos em algo tão poderoso? Mas, claro, era tarde demais. Vou poupá-los das metáforas tediosas com gênios e lâmpadas.

— Eles te prenderam — disse Huxley, a carabina passando para a esquerda e a direita na área onde vira a agitação de pétalas, aumentando o arco a cada passada. — Te recrutaram para trabalhar na cura.

— *Recrutar* é uma palavra agradável demais para o que fizeram comigo. Quanto mais desesperada se torna uma estrutura de poder, mais cruéis são seus métodos. Eu cooperei inteiramente desde o começo, mas isso não os impediu de alegar que eu estava escondendo alguma coisa. Acredito que havia uma boa dose de puro revanchismo em todos os tormentos deles. Por fim, à medida que o surto piorava, eles deixaram de lado os agentes nervosos que induziam dor e me alistaram ao Time de Resposta ao Surto Internacional. Acho que vocês conseguem adivinhar o resto.

Outra agitação de pétalas uns dez metros à direita.

— Ela está circulando — sussurrou Huxley a Rhys. Eles se viraram juntos, mantendo-se agachados, de costas um para o outro.

— Você disse que a ideia foi sua — gritou Rhys. — Juntar um bando de voluntários, apagar a memória deles, dosá-los com um inoculante e dar uma bomba de tório para transportarem. Imagino que não tenha percebido que a intenção deles era te mandar junto na viagem.

— Foi um certo choque quando comecei a recuperar a memória, é verdade. Então, quando percebi a verdade sobre o inoculante, comecei a ficar brava. Uma emoção rara para mim.

A mente de Huxley evocou as marcas que ele e Rhys exibiam, as marcas que tinham desabrochado, úmidas e sensíveis, no corpo de Pynchon. Marcas que ele não se lembrava de ver em Plath.

— A sua seringa estava vazia — disse ele. — Eles nos vacinaram, mas você não.

— Vacina? — Plath soltou um ruído feio que ele presumiu ser uma risada, mas soava mais com um guincho sibilante. — Você ainda acha que era isso? Seu idiota do caralho. E minha seringa não estava vazia, só não funcionou em mim. É isso que acontece com experimentos às margens da ciência conhecida. As mentes médicas mais brilhantes do mundo inteiro passaram meses tentando criar uma vacina funcional, e o melhor que conseguiram fazer foi uma cirurgia cerebral invasiva. A ausência de memória é a única proteção que vocês têm, e não vai durar. Quanto à bomba que estão levando...

O ataque foi tão rápido que Huxley mal teve tempo de girar a carabina, apontando-a para a explosão de pétalas que se ergueu na esteira de alguma coisa escura e muito rápida. Um impacto chocante e duro como ferro na lateral de seu corpo o jogou no ar com tanta força que ele deu uma cambalhota completa. Um grito escapou dele quando colidiu com o chão, a dor afiada e profunda e o triturar de ossos não deixando dúvidas de que Plath tinha rachado a maioria, se não todas, as costelas daquele lado. A carabina tinha sumido, embora sua mão continuasse puxando um gatilho invisível, por reflexo.

Carabina! Ele rolou entre as flores, ainda gritando, o choque lhe impedindo qualquer ação além de se debater. Um rugido de ar saiu do lança-chamas de Rhys, mas foi curto, seguido por um grito e uma série de batidas e sons de trituração. *Encontre a porra da sua arma!*

Cuspe jorrou dos seus dentes cerrados enquanto ele forçava o corpo em choque a entrar em ação, rolando para a frente e piscando para secar as lágrimas, em busca da carabina. A arma estava a pelo menos três metros dali, uma distância que subitamente adquirira proporções de maratona. Ele começou a rastejar na direção dela, grunhindo a cada arquejo do corpo machucado, sangue colorindo o cuspe que voava dos lábios. Sua visão girou em conjunto com as ondas de agonia que o tomavam, mas ele não se permitiu parar. Quando fechou a mão na coronha da arma, havia bem mais sangue do que saliva fluindo da boca.

Ele tentou se erguer, mas desabou imediatamente. Em vez disso, forçou-se a sentar e ergueu a carabina ao ombro. Enquanto mirava, sua visão ficou borrada de novo, clareando-se por pura força de vontade para revelar uma figura tão impossivelmente deformada que Huxley precisou de vários segundos preciosos para aceitá-la como real.

O rosto esticado de Plath continuava quase igual àquele vislumbre breve e predatório que ele captara antes que ela fugisse do barco, exceto pela pele escurecida e chamuscada que cobria a porção superior esquerda, resultado da última rajada de Rhys com o lança-chamas. Todo o resto que fazia de Plath um ser humano estava diferente. Seu corpo esticara-se até ter pelo menos três metros, o torso muito mais estreito que os quadris. Seus braços continham duas articulações adicionais e tinham crescido alguns metros. Suas pernas eram ainda mais longas, arcos irregulares de músculos e tendões brotando do traseiro. A mudança mais severa era o fato de que ela adquirira mais duas pernas, ambas posicionadas na cintura. Eram menores que as outras, a carne que as formava estava viva e úmida em alguns lugares. As quatro pernas acabavam em paródias extensas e com garras de pés humanos, com garras enquanto os braços se estreitavam até terminar em espinhos irregulares.

Plath balançou esses espinhos sobre Rhys, que estava obviamente em choque, e talvez sem vida, seus braços e pernas esticados, sangue vazando do nariz e da boca. Huxley não viu sinal de consciência nela. Por algum motivo, Plath estava relutante em empalar sua presa impotente com os espinhos, embora seu rosto ainda chamuscado e parcialmente arruinado exibisse um ódio franco enquanto ela se inclinava perto de Rhys, sibilando uma única palavra:

— Puta!

Huxley apertou o gatilho da carabina, tomado demais por dor e pânico para se lembrar de soltar a trava de segurança. Suas mãos tremeram quando tentou selecionar o modo totalmente automático, bem na hora em que Plath tinha vencido a distância entre eles com alguns saltos usando seus membros impossíveis. Um golpe borrado de seus braços espinhosos fez a carabina sair rolando das mãos de Huxley antes que ela baixasse um pé enorme de suas novas pernas sobre o peito dele.

A dor explodiu em um clarão ofuscante. Ele teria gritado se restasse algum ar em seus pulmões.

— Só espere mais um pouco — disse Plath, seu corpo borrado recuando de vista. — Ainda não terminamos nossa conversinha.

Ele ficou deitado ali, arquejando, surpreso pelo fato de ser capaz de tal coisa. Claro, o jorro sangrento que acompanhava cada arquejo o fazia duvidar que aquilo duraria muito.

— Uma bomba de tório. — Ele ouviu Plath rir de novo e, erguendo os olhos, a viu agachada sobre a maleta. — Estou ofendida que eles tenham pensado que eu cairia nessa. Não teria funcionado, de toda forma: as raízes deste viveiro são fundas demais. Uma centena de megatoneladas não seria suficiente.

Huxley murchou quando outra onda de dor o atravessou, o olhar deslizando de Plath e enchendo-se da visão das flores de pétalas vermelhas. Foi aí que ele viu.

— Não foi minha ideia, aliás — continuou Plath, a voz mais baixa conforme as flores capturavam a atenção total dele. *Pretas.* Ele estendeu uma mão trêmula para a mais próxima. Suas pétalas continuavam principalmente vermelhas, mas haviam ficado pontilhadas de preto.

— Eu queria chamá-la de unidade de dispersão biológica, mas eles temeram que Rhys entendesse. Algum tipo de bomba nuclear foi considerada mais convincente. Acho que eles apostaram no fato de que dispositivos de fissão estavam fora do meu campo de estudos.

Huxley tossiu, um coágulo espesso de sangue emergindo da boca e pousando na flor mais próxima. Imediatamente, as pétalas escureceram e o caule murchou até virar um resquício escurecido patético. As outras flores próximas também murcharam; onde quer que seu sangue as tocasse, elas ficavam pretas, e o efeito estava se espalhando. Ele olhou ao redor e viu que jazia no centro de uma piscina crescente de escuridão, com flores morrendo por todo o lugar.

Anticorpo. A palavra voltou a ele em um clarão, acompanhada pela imagem dela rabiscada com sangue. *Anticorpos... é isso que somos...*

Plath assomou sobre ele, os membros pontiagudos perfurando o chão de cada lado de sua cabeça. Os olhos de Huxley passaram para o membro próximo ao seu ouvido direito, aquele que ela usara para empalar Pynchon. Era mais fino que o outro, cicatrizado e reduzido.

— Este é o problema da ignorância — disse Plath, abaixando-se até seu rosto estar a poucos centímetros de Huxley. — É muito perigosa. Mas não para mim. Eu aprendi desde cedo a sobreviver com sucesso neste mundo. Aprendi tudo que podia, tal como o fato de que não existem bombas de tório.

O olho esquerdo dela estava afundado sob uma massa de carne escurecida, o outro brilhava claramente enquanto ela se inclinava mais para perto.

— Eu li a sua ficha, agente especial — disse ela, a voz em um sussurro solícito. — Não deveria, mas eu tinha jeitos de conseguir acesso. Que carreira brilhante você jogou fora. Eles te contaram que você ainda é casado? Sua linda esposa... — As feições arruinadas dela formaram uma limitação provocadora de uma careta empática. — Acha que ela está esperando por você...?

A mulher na praia, o jeito como ela o olhou. *Um adeus? Uma rejeição final do fracassado bêbado com quem se casara?* Ele não sabia por quê, mas achava que não.

Huxley puxou o ar em uma inspiração longa e trêmula, fixou seu olhar no único olho de Plath, brilhando com a crueldade que a definia, e cuspiu um jato grosso de sangue diretamente nele.

A reação dela foi espetacular, de tão imediata e violenta: o corpo enorme e deformado recuou nas pernas traseiras e os membros retorcidos se debateram enquanto um grito de fúria agonizada irrompia da garganta. Huxley lutou contra a dor para rolar à esquerda, evitando o espinho murcho de Plath quando ela apunhalou o chão a um centímetro das suas costas. Ele continuou rolando, gritando com a dor das costelas quebradas, até que a batida de tambor dos vários membros dela diminuísse. Então entortou o pescoço e a viu ocupada em uma dança enlouquecida pelo campo. Um fluxo constante de obscenidades embaralhadas e repletas de ódio vazava da sua boca, junto a uma torrente de sangue espesso e escuro. Ela dançou mais um pouco e então desabou, estremecendo de dor, e Huxley sentiu uma pontada de esperança de que ela apenas definharia até morrer.

Sem querer confiar na sorte, procurou sua carabina, mas não encontrou nada exceto mais flores escurecidas. *Pistola,* ele lembrou, a mão se movendo ao coldre e encontrando-o vazio. Provavelmente a perdera quando Plath bateu nele da primeira vez. *Merda...*

— FILHO DA PUTA! — O desafio estridente era desanimador de tão alto, assim como a determinação que Plath demonstrou em ficar de pé sobre os membros deformados. — Perdedor patético, inútil, maldito... — vociferou ela, cada palavra acompanhada por um jorro espesso de carne e sangue enquanto se arrastava até ele; atraída, presumiu Huxley, por puro instinto predatório. Os dois lados do seu rosto estavam pretos, um queimado, o outro murcho e encovado como as flores que tinham sentido o toque do sangue dele.

Huxley recuou às pressas, os calcanhares arranhando protuberâncias mortas e asfalto. Pelo jeito como Plath continuamente tropeçava na perseguição, tossindo pedaços das tripas o tempo todo, ele tentou se reconfortar com a ideia de que ela estaria morta logo depois de matá-lo. Não funcionou.

A rajada de chamas lambeu os braços espinhosos de Plath primeiro, fazendo-a parar de súbito. Um guincho ainda mais dolorosamente alto que o anterior ergueu-se quando ela girou na direção da origem das chamas. O fluxo de fogo ficou mais intenso conforme sua fonte se aproximava do alvo. A língua amarelo-laranja flamejante removeu boa parte da massa superior de Plath, envolvendo-a em um turbilhão de fumaça preta e um redemoinho de brasas. Rhys apareceu na beirada da onda de calor, mancando através da fumaça, o lança-chamas ainda soltando seu jorro ardente na casca cada vez menor de Plath. Rhys parou e caiu de joelhos, com o dedo no gatilho até a arma gastar todo o combustível remanescente. Alguns resquícios de substâncias inflamáveis se arquearam para juntar-se às chamas que consumiam Plath antes que a arma ficasse em silêncio.

Huxley viu Rhys tombar para a frente e esperou ouvir a batida cada vez mais lenta do próprio coração acompanhada por uma diminuição de visão. Em vez disso, convulsionou em um surto de dor e tossiu mais sangue nas flores já mortas.

— Você não parece muito bem — disse Rhys, rouca, virando-se para ele. Seu rosto era uma bagunça de ferrugem e sangue misturados. — Sem ofensas.

— É só um... arranhão. — Ele riu e então desejou não ter feito isso, embora a agonia resultante servisse para dissipar sua fadiga remanescente, pelo menos por ora. Após o que pareceram pelo menos cinco minutos de arquejos dolorosos, ele se empurrou para ficar de joelhos. Mais um minuto e, inacreditavelmente, estava de pé. Apertou as costelas quebradas, temendo que parte do que estava dentro delas vazasse, e cambaleou na direção de Rhys.

— Achei que ela tinha te matado — disse ele, um comentário redundante.

— Achou? — Ela conseguiu erguer um braço, apontando um dedo trêmulo para o que restava do corpo chamuscado de Plath. — Bem, fui eu que matei a desgraçada, né?

Ela se encolheu e abaixou o braço. Huxley viu que a marca em seu pescoço tinha crescido em tamanho, juntando-se a várias outras. Como a de Pynchon logo antes do fim, a textura era diferente, brilhando molhada e cheia de bolhas em vez de áspera. Levando uma mão à clavícula, ele estremeceu ao sentir uma dor mais afiada e profunda que todas as outras, comunicando-se às suas costas e coxas, onde sabia que mais marcas apareceriam.

— Ferimento — disse ele. — É esse o gatilho para o estágio final.

Rhys apertou os olhos para ele.

— Quê?

Ele não respondeu, preferindo, em vez disso, olhar ao redor até encontrar a maleta da bomba. Tropeçando até ela, caiu de joelhos e a puxou para perto, espiando o timer.

— Não! — disse Rhys, não conseguindo exatamente gritar enquanto ele digitava a sequência e ativava a contagem. — Ainda não chegamos lá.

Huxley abaixou a maleta e virou o display para ela, a leitura já contando: 00:28, 00:27, 00:26...

— Pare! — Rhys grunhiu e se forçou a levantar. — Pare! — Ela só conseguiu avançar alguns passos antes de cair e encará-lo com desespero. — Não podemos... agora não... não aqui...

— Uma bomba de tório — disse Huxley, vendo o timer ticar: 00:15, 00:14, 00:13... — Não existe isso, segundo Plath.

— Você... — Rhys apertou os resquícios pretos das flores, arrastando-se para perto. — Você não pode... ter acreditado nela...

— Não. — Huxley inclinou a cabeça em concordância. — Não sobre tudo. Mas quanto a isso... — Ele bateu no display do timer. — Quanto a isso, eu acredito.

00:06, 00:05, 00:04...

— Huxley! — Ela estendeu uma mão agitada para ele, os dedos abertos. — Por favor!

— Esse não é o meu nome.

00:00.

Os zeros no timer piscaram duas vezes e a tela se apagou. Huxley encarou a maleta por dois segundos antes de empurrá-la fracamente.

— E isto não é uma bomba.

Ele sibilou entre os dentes cerrados enquanto se erguia, movendo-se para cair ao lado de Rhys e ajudando-a a se sentar.

— Viu? — disse ele, puxando a gola do uniforme para revelar sua marca sensível e expandida. Ele a sentia pulsar, como algo pronto para explodir. — Nunca foi uma bomba. Éramos nós. — Ele tomou a cabeça dela nas mãos e apertou a testa na dela. — Nós somos a bomba. Sempre fomos. Sobrevivência, lembra? Esta missão se tratava de sobrevivência. Tínhamos que sobreviver o bastante para chegar aqui.

Ela se apertou contra ele, a violência de seus tremores indicando uma dor que equivalia ou excedia a dele.

— Acho... — grunhiu ela por fim, apoiando as mãos nos ombros dele para se levantar. — Que deveríamos fazer... o que viemos fazer.

Ele ergueu os olhos e a viu oferecer uma mão, um cansaço profundo e amargo trazendo uma recusa firme aos lábios. *A mulher na praia... minha esposa. O filho de Rhys. O marido de Pynchon. Quem quer que Golding e Dickinson tenham vindo aqui para salvar.*

Huxley tomou a mão dela, quase a puxando para baixo quando se levantou com esforço. Eles tiveram de segurar um ao outro para não cair conforme seguiam em frente, embora tropeçassem muitas vezes. O destino dos dois ficou óbvio naquele momento, uma nuvem de névoa tão espessa que parecia um hematoma vasto e disforme. Ambos sangravam pelo caminho, deixando um rastro de flores escurecidas e mortas. Huxley conseguia sentir o inoculante atuando dentro dele, uma náusea febril e agitada que o estraçalhava com pulsos da mais pura agonia e tornava cada passo um exercício masoquista. Rhys soluçava com o esforço, mas, toda vez que ele achava que ela poderia cair, ela o apertava com mais força e seguia em frente.

Quando o hematoma de névoa encheu sua visão, Huxley começou a distinguir uma forma dentro dele, larga e monolítica.

— O estádio — disse ele, o esforço de falar fazendo-o convulsionar e vomitar um pedaço de algo molhado, mas sólido. Ele teria caído se Rhys não o tivesse segurado até recuperar um pouco da sensação do corpo. Ele se endireitou de onde estava agachado em agonia para absorver a visão do estádio. A névoa continuava espessa, mas ele conseguia distinguir a massa densa de flores que o cobria.

— Foi aqui... que eles vieram — arquejou Rhys. — Milhares... vieram morrer aqui.

Huxley a abraçou mais perto, e eles entraram na névoa. Alguns minutos tropeçando os trouxeram à vista de um imenso muro de flores. Huxley ergueu os olhos e viu que o estádio estava completamente coberto de flores, cada uma com pétalas abertas para lançar o que Plath chamara de "corretivo necessário".

— Talvez ela tivesse razão — disse ele num murmúrio lento e arrastado.

Rhys se remexeu contra ele, sem conseguir erguer a cabeça.

— Quê?

— Plath... salvar o mundo... pra quê? Pra eles só... — Ele ergueu o braço, balançando-o para o muro de flores. — Só fazerem isso... tudo de novo.

A reposta de Rhys veio num soluço suave, acompanhado por um movimento que ele encarou como um dar de ombros.

— Talvez... não façam.

O marido de Pynchon. O filho de Rhys. Minha esposa.

— É. — Ele começou a andar de novo, puxando-a junto. — Talvez.

Eles pararam a um passo do muro de flores, os olhos de Rhys vazando lágrimas vermelhas enquanto ela piscava para a barreira.

— Não tem por onde entrar.

— Não acho que... importe. — Huxley olhou para trás, para o caminho pelo qual vieram, a passagem deles marcada por um rastro de escuridão murcha que aos poucos se expandia pelo campo. O chão por baixo tinha um brilho úmido, uma maciez de lama que o fizera afundar em alguns pontos, fissuras aparecendo conforme a podridão se espalhava das flores às raízes. *As raízes desse viveiro são fundas demais...*

Ele deu um passo cambaleante para trás, tomando a mãos de Rhys.

— Pronta?

Inacreditavelmente, ela conseguiu sorrir para ele e respondeu com um aperto fraco dos dedos. Palavras, porém, estavam além das capacidades dela. Olhando para seus olhos injetados, ele sabia que ela não o via, e sim um menino sorridente cujo nome ela não conseguia se lembrar.

Ele retribuiu o sorriso e eles se viraram juntos, caminhando em direção ao muro. A princípio, as flores se encolheram ao mero toque dos dois, sublimando-se em fios sem cor. A barreira ficava mais espessa alguns passos adiante, as flores ainda morrendo, mas em um número tão grande que criavam uma massa densa e macia. Huxley continuou andando enquanto pôde, forçando as pernas trêmulas. Quando elas enfim cederam, Rhys caiu com ele, as mãos dos dois ainda apertadas. Conforme as flores mortas o abraçavam, as marcas que desfiguravam seu corpo se abriram para lançar sua torrente final de veneno. Houve dor, então frio, então uma sensação perversa de conexão. Talvez fosse o resultado de uma mente que se esvaía, mas ele pensou sentir todo aquele viveiro monstruoso morrendo, o veneno vazando de seu corpo estraçalhado espalhando-se por cada pétala e caule. Ele se regozijou com a morte daquilo tudo.

Os últimos pulsos do seu coração agitaram os cantos bloqueados de seu cérebro enquanto ele confundia a morte com o sono, e naqueles segundos ele sonhou. Uma mulher na praia, o cabelo esvoaçando no vento salgado. Ela se virou para ele, com o rosto contraído em uma tristeza terrível.

— Não vá — ela implorou. — Acabamos de nos encontrar de novo.

— Preciso ir — disse Huxley, e ela o abraçou. Ele a segurou enquanto ela chorava, saboreando a sensação do aperto dela, o cheiro do seu cabelo enquanto o vento o jogava contra o rosto dele. Erguendo-se para levar os lábios perto do ouvido dele, ela sussurrou algo.

— Meu nome — balbuciou ele com o último espasmo do corpo, ainda segurando a mão de Rhys, que não tinha mais vida. — Ela disse... meu nome...